KB142196

제 고독에 초대합니다

정민선 장편소설

제 고독에
초대합니다

정민선 장편소설

팩토리나인

목차

일러두기

본 소설은 다큐멘터리의 형식을 빌려 쓰였습니다.
이야기의 이해를 돕기 위하여 등장인물 소개를 미리 읽어주시기를 부탁드립니다.

다큐 속 닉네임: A

양은수 女 33세 출판사 편집자

#사랑따윈 믿지 않아. 나를 지킬 수 있는 건 오지 나뿐.

혼자 놀기의 달인. 자유로운 영혼. 그렇지만 골수까지 모범생. 엄마 눈엔 그저 시집 못 간 애물단지 노처녀지만, 스스로는 자발적 싱글 겸 욜로족으로 평생 여행 다니고 연애만 하며 살 거라 다짐했다. 그놈이 뒤통수를 치기 전까지는. 고1 때부터 15년을 사귄 첫사랑의 상상 초월 배신으로 멘탈이 무너진 A. 이제 그녀에게 남은 것은 함께 사는 고양이와 텃밭의 채소뿐, 남자도 사랑도 다 필요 없다. '나는 약하지 않아.', '나는 혼자서도 굳건할 수 있어.' 매일 되뇌지만, 사실은 너무도 외롭고 누구에게든 의지하고 싶다.

다큐 속 닉네임: B

지선호 男 32세 대기업 과장

#세상에 믿을 게 없어서 여자를 믿으라고? 차라리 독거노인이 되겠어.

외모도 출중하고 아는 것도 많고 거기다 인품까지 훌륭하다. 대학 시절 캠퍼스 커플로 불타는 연애 끝에 결혼했다. 하지만 행복도 잠시, 신혼여행에서 아내의 이중생활을 알아버렸다. 그게 천운이라면 천운이었을까. 혼인신고 전에 헤어진 덕분에 서류상은 깨끗한 미혼. 그 후로 세상과 거리를 두며 워커 홀릭으로 살고 있다. 살기 위해 명상을 시작했고 평정심을 되찾았다. 그런 그의 마음에 동요를 일으킨 사람이 나타났으니, 바로 A다. 비슷한 상처 때문일까. 이 여자, 자꾸 신경 쓰인다.

다큐 속 닉네임: C

고숙자 女 26세 액세서리 디자이너

#내 인생이 이렇게 꼬일 줄은 상상도 못 했다. 하지만 난 굴하지 않지!

겉보기엔 부족할 것 없고, 남 부러울 것 없는 삶을 사는 것처럼 보인다. 하지만 그 속을 들여다보면 산전수전 공중전까지 다 겪어 웬만한 일에는 눈 하나 꿈쩍하지 않는 인생 만렙. 무슨 이

유에선지 툭하면 뛴다. 러닝머신 위에서도 뛰고 한강에서도 뛰고. 그게 자신을 지키기 위한 몸부림인 줄은 아무도 모른다. 어느 날부터 뛰다가 쓰레기도 줍기 시작했다. 전문용어로 플로깅이라고 한단다. 뛰고 있을 때만이 자신이 살아 있음을 느낀다. 뜻한 바 없던 N과의 재회에 휘청였으나 피하지 않고 정면 돌파로 맞선다.

다큐 속 닉네임: D

이서준 男 42세 시나리오 작가 지망생

#내 비록 미약하여 잠시 은둔 중일 뿐, 누구보다 세상과 소통하고 싶다고!

한때 촉망받던 소설가. 관찰력이 뛰어나고 상황 판단이 빠르며 이해력이 높다. 낸 책은 비록 단 한 권에 불과했지만, 사람들은 그를 일컬어 천재라고 칭송했다. 하지만 기대에 부응해야 한다는 부담감은 그를 나락으로 떨어트렸고, 모르는 사람이 보면 한량 그 이상도 이하도 아니다. 인세를 아끼고 아껴 최소한의 생활비로 근근이 삶을 이어가며 게으르게 있다가도 미친 듯이 글에 몰입하기도 한다. 혼자 있는 시간이 길어지다 보니 웃는 법을 잊어버렸고 냉소적으로 바뀌었다. 나는 법을 잊어버린 비운의 천재.

다큐 속 닉네임: N

김여진 女 26세 SNS 인플루언서

#나는 SNS상의 여신으로 남을 거야. 대면 만남은 왠지 껄끄러운걸.

금수저까진 아니고 은수저 정도 되는, 사람들이 서로 아옹다옹하는 것이 그저 짜증 나는 공감 불능자. SNS에는 나를 추종하는 사람들이 이토록 많은데, 진짜 관계라는 게 왜 필요한 거지? 거추장스럽고 귀찮아! 그런데 단톡방 초대에는 왜 응했냐고? 재밌어 보여서! 그게 다야. 진지한 건 절대 사절이라고. 좋은 말로는 자유분방, 나쁘게 보면 제멋대로인 Z세대. 근데 이 사람들, 자꾸 거슬리고 불편해. 태어나 처음 느껴보는 이 생경한 감정의 정체는 대체 뭐지? 바움쿠헨처럼 겹겹이 보호막을 치고 있는 여자. 과연 N에겐 어떤 과거가 숨겨져 있는 걸까.

다큐 속 닉네임: G

차민재 男 50세

#실은 내가 외로워서 그래. 이젠 고독사가 무서운 나이라고.

베일에 싸인 인물. 어린 시절부터 사람의 마음이란 게 참 궁금했다. 왜 아버지는 술만 마시면 엄마에게 폭력을 행사하는지,

그럼에도 불구하고 엄마는 왜 아버지와 못 헤어지는지. 공부만 하다 세월이 흘러 어느덧 오십이 되었다. 주위에 다른 싱글들을 벗 삼아 취미 생활도 하고 일도 하며 외롭지 않게 살아왔는데, 지독한 독감으로 열이 40도를 넘나들던 날, 퍼뜩 두려워졌다. 이대로 죽으면 내 시신은 언제 발견될까? 게다가 영원한 동지일 줄 알았던 30년지기 여사친은 난데없이 결혼을 해버렸다. 이제 내 마음은 어디에 두어야 하는 거지?

팀장

주은하 女 50세 출판사 편집장, 딩크족

#너와 나 사이의 거리는 이 정도가 딱 좋아. 괜히 망치지 말자.

A의 상사이자 G의 대학 동기. G와는 오랜 시간 남사친, 여사친으로 지내고 있다. 자신을 향한 G의 마음을 알고 있었지만, 타이밍이 어긋나 다른 사람과 뒤늦은 결혼을 했다. 늦게 한 결혼이었기에 아이는 처음부터 바라지도 않았고 그저 인생의 동반자를 만나 조용히 평화롭게 살고 싶었다. 그런데 결혼은 사람을 더욱 고독하게 만들었고, 후회하고 있다는 본심은 숨긴 채 그저 좋은 친구로 G의 곁에 머물고 있다. 그런데 30년간 지켜왔던 우정에 금이 갈 뻔한 사건이 발생하고야 마는데. 남녀 사이 친구, 가능한 거야?

프롤로그

다큐, [혼자이지만 외롭지는 않습니다] 기획자의 말

사실 회사에서도 크게 기대하는 다큐멘터리는 아니었어요. 시작은 땜빵이었죠. 드라마 주연배우의 음주운전으로 첫 방송 날짜가 무기한으로 연기되는 바람에, 2년 전쯤인가 편성국장님께 읍소했던 기획안이 얼떨결에 기회를 얻게 된 겁니다. 누군가의 불행이 누군가에겐 기회가 된다는 게 참 아이러니하지만, 이것 또한 세상살이 흔하다 못해 숱한 일 중 하나겠지요.

언젠가는 고독한 사람들에 대한 이야기를 꼭 해보고 싶었어요. 좀 더 솔직히 말하자면 그냥 제 자신에 대한 이야기를 하고 싶었는지도 모르겠네요. 인간은 원래 다 외롭고 고독하잖아요. 그렇다고 제가 직접 나서기는 좀 애매해서, 섭외는 가장 가까운 사람부터 시작했습니다. 제 죽마고우. 초등학교 때부터 붙어 다녔으니까, 그게 벌써 몇 년째인가요. 40년도 넘었네요. 그친구를 섭외하고 그 친구에게 또 다른 출연자를 소개받고 그런 형식으로요. 물론 맨땅에 헤딩도 했습니다. SNS도 뒤지고, 결혼정보업체에서 추천도 받았죠.

사실 외로움, 고독에는 나이도 국경도 없잖아요. 좀 낡은 표현이지만 지구촌이라는 말이 처음 나왔을 때 얼마나 신선했나요. 언제라도 전 세계 사람들이 어떻게 살고 있는지 볼 수 있고, 원한다면 당장에 비행기를 타고 그곳으로 떠날 수도 있고, 다른 나라의 문화를 얼마든지 향유할 수 있다, 참 멋진 일이죠. 하지만 문명이 발달하고 타인의 세계가 가까워진 것이 자명한데도 불구하고 이상하게 외로움이나 고독이란 것은 전혀 해소되지 않는 느낌이었어요. 오히려 전 세계 사람들이 인터넷이라는 가상의 세계 뒤에 숨어 각자의 고독을 더 짙게 만드는 것만 같았죠. 실제 자신은 더욱 꼭꼭 숨긴 채 말이죠.

소통의 부재. 네, 저는 고독의 근본 원인을 그것으로 전제하고 이 이야기를 시작하게 되었습니다. 이대로 가다간 아마 우리는 과거보다 현재 그리고 미래에 더 혼자일 수밖에 없을 테니까요.

여기까지 얘기하면, 저를 독신남이나 돌아온 싱글 정도로 오해하실 수도 있는데, 사실 저는 50대 가장입니다. 사랑하는 아들과 딸은 고등학생과 대학생이고요. 그런 제가 고독을 느낍니다. 아이들은 자신들의 세상을 살아가느라 (과도한 사회적 경쟁 때문일 수도 있겠네요) 저와 이야기할 시간이 없고, 아내와는 서먹해진 지 오래거든요. (많은 부부가 공감하실 겁니다) 그러다 보니 자연스레 퇴직 이후의 삶에 대해서도 걱정이 들더군요. 옛 친구를 다시 찾아 골프나 등산 혹은 낚시를 하면서 지내는 삶. 네, 나쁘지 않습니다. 그런데 제 안의 깊은 곳에서부터 솟구쳐 오르는 이 내밀한 고독은 과연 누가 책임져줄 수 있을까요.

물론 각자가 느끼는 고독의 크기라든가 모습은 천차만별일 거라고 생각합니다. 그래서 다양한 연령대의 다채로운 사람들이 생각하는 그 나름의 고독에 대해 정의해보고 싶었고요. 각 출연자가 어떻게 혼자서 살아가고 있는지, 그들의 일상을 따라가 보면서 울고 웃게 되시길 바랍니다. 저 역시 편집본을 보고 참 많은 생각을 했습니다. 한 가지 아쉬운 건 부모의 동의를 받는 것이 어려워 포기한 10대와 60대 이상의 노인, 그리고 외국인 출연자인데, 새로운 시즌을 기획하라는 얘기가 들리는 만큼 그땐 꼭 넣어보도록 하겠습니다.

한정된 공간에서 낯선 타인을 맞닥뜨리게 되었을 때, '고독'이라는 단 하나의 키워드로 이들이 얼마나 가까워질 수 있는지에 대한, 실험 아닌 실험은 그렇게 시작되었습니다. 명시적으로 드러나는 정보를 공개하지 않았기 때문에, 이들은 서로에 대해 무지했습니다. 그런데 의외로 알아서들 친해지고 싸우고 화해 하더군요. 그 반응은 예상했던 것보다 훨씬 뜨거웠고요. 이 정도로 전 국민이 외로워하고 있는 줄은 저도 몰랐습니다. 하하.

인간은 본디 연약한 존재라고 생각합니다. 게다가 어디 세상 살이는 만만하던가요? 아니요. 언제든 우리를 할퀴고 물어뜯을 태세를 하고 있죠. 그런 날카로운 세상에 상처 입은 나약한 영혼들이, 누군가와 어울리기보다는 숨어 있는 것을 익숙하고 편하게 생각했던 이들이, 익명이라는 하나의 보호구를 착용하고 처음엔 대화방에서, 이후엔 오프라인에서 소통하면서, 자신들의 상처를 어떻게 극복하고 조금씩 달라져 가며 어떻게 성장해 가는지 함께 공감해주시길 바랍니다.

개인이 개인에게 주는 영향은 실로 대단하다는 것을 이 다큐 멘터리를 제작하면서 저 역시 다시금 배웠습니다. 고독이나 외로움이라는 키워드가 인류 보편의 정서라는 것도요. 아무리 개인주의가 팽배하고 있다 한들 인간은 결코 홀로 살아갈 수 없습니다. 이 다큐멘터리를 통해 인간이 자신의 고독을 타파하기 위해서는 단 한 가지면 된다는 것, 그것을 깨닫는 계기가 되었으면 좋겠습니다. 주위 사람에게 안부를 물어주세요. 그 한 마디를 건넸을 때 돌아오는, 그러니까 타인의 따스한 한 마디의 파장이 주는, 가슴 깊은 곳에서부터 차오르는 듯한 뜨거운 감정을 느껴보시길. 지면을 통해서나마 이렇게 이 다큐멘터리에 대한 코멘트를 달 수 있어 영광이었습니다.

1.

혼자인 사람들

#A의 기록 1 _ 집

여긴 어디고 나는 누구일까. 분명 익숙한 공간인데 낯선 이질감이 나를 감싼다. 공기부터 오묘하게 뒤틀린 이곳에서 나는 무엇을 해야 하며 무엇을 보여줄 수 있을까. 시선, 시선들…. 과연 나는 나의 새로운 도전을 감당할 수 있을까. 과연 나는 옳은 선택을 한 것일까. 머리는 복잡한데 사위는 고요하다. 그래, 세상에 미리 답을 알 수 있는 것은 아무것도 없다. 우린 그저 현재를 살아가면 될 뿐.

"A 씨, 그러니까 지금부턴 편하게 찍어주시면 되고요."

"아, 네."

잠시 딴생각을 하는데 피디가 말을 걸어온다.

"긴장하실 필요 없어요. 자연스럽게. 브이로그가 뭐 별건가요. 그냥 일상을 보여주면 되는 거죠."

"제 삶이 그렇게 재미있는 편은 아니라서요."

"그건 걱정하지 마세요. 저희가 하는 일이 뭡니까. 평범한 일상도 드라마틱하게!"

드라마틱하게. 낯선 이의 한마디가 나의 폐부를 찌른다. 그런대로 괜찮은 삶이라고 생각하며 살아왔다. 부모님이 편찮으셨던 적도, 찢어지게 가난했던 적도 없다. 먹고 싶으면 먹었고, 가고 싶으면 어디든 갈 수 있는 삶이었다. 나는 자존감이 높은 아이였다. 나를 사랑해주는 사람들과 그럭저럭 괜찮은 환경 덕분에. 그것이 굉장한 행운이었다는 것을 이전에는 몰랐다. 그리고 지금의 나는 바닥이다. 도대체 어디까지 파고들어 갈 수 있을지 모를 만큼 엉망이다. 이 시간도 결국은 지나갈까. 이렇게 형편없이 망가졌어도 다시 고쳐질 수 있는 걸까.

"그럼 저흰 먼저 가볼게요. 일주일 동안 매일 1시간씩 찍어주시면 되고요, 다음 주 같은 시간, 여기로 다시 찾아뵙겠습니다."

"네, 안녕히 가세요."

덜컥-. 현관문이 닫히는 소리를 들으니, 그날 밤 닫힌 문 앞에서 울부짖던 나의 모습이 떠오른다.

"네가 어떻게 나한테 이럴 수가 있어! 거짓말이지? 아니지?

그래도 이런 장난은 좀 심하잖아. 무슨 말이라도 해봐! 변명이라도 해보라고!"

그를 흔들고 때리고 내 정신이 아닌 시간이 지나고 나서야 깨달았다. 닫힌 문 앞에서 울어봤자 아무도 들어주지 않는다는 것을. 어이가 없어 허탈한 웃음이 났다. 방음에 취약한 집이라서 행여라도 옆집에서 이상하게 생각할까 봐, 죽을죄를 지은 건 바로 너인데, 그런 너를 보호하고자 나는 문을 닫았구나, 깨달은 순간 욕지기가 올라왔다. 그나마 다행인 건, 이 사건이 과거 시제로 쓰인다는 점이다. 그러니까 나는 이제는 괜찮아야만 하는 당위성을 부여받았다. 실제가 어떤지와는 상관없이.

이것은 희극일까, 비극일까.

"아, 안녕하세요. 좀 어색하지만 시작해보겠습니다. 저는 서른세 살이고, 출판사에 다니고 있고요. 여긴 제가 사는 집입니다. 이렇게 하면 잘 보이실까요? 네, 조용한 동네의 작은 빌라 3층입니다. 제가 좀 아날로그 타입이라 이런 건 좀 많이 쑥스러운데요, 그래도 재밌게 잘 봐주셨으면 좋겠어요. 아, 아까 피디님께서 질문지를 주고 가셔서요, 일단 읽고 한번 답해볼게요. 어…, 혼자 산 지는 얼마나 되었나요? 대학 졸업하고 바로 취직하면서 독립했어요. 이제 10년 차가 되었네요. 그리고 다음 질문이…, 혼자라서 외로운 적은 없나요? 인간은 원래 외로운 거 아닐까요? 혼자라서 외롭다는 생각은 해본 적이 없는 것 같아요. 혼자일 땐 주로 뭘 하며 시간을 보내나요? 여기 빔프로젝터 보이시죠? 여기서 넷플릭스도 보고, 음악도 듣고, 아! 그리고 제가 완전히 혼자는 아니라서요. 밍구야! 밍구야? 얘가 제가 키우고 있는 저의 반려묘입니다. 이제 저는 출근 준비를 해야 해서요. 이따 회사에서 다시 만나요, 안녕."

#A의 기록 2 _ 출판사

점심에 병원에 다녀왔다. 선생님께서 점점 나아지고 있다며 좋은 일이라고 하셨다. 나는 정말 나아지고 있는 걸까. 누군가를 미워하는 일은 결국엔 나를 죽이는 일이라는 말에 전적으로 동의할 순 없지만, 내가 병들어 있다는 것만은 알겠다. 속이 유독 시끄러운 탓인지 입안까지 껄끄럽다. 지금 내게 필요한 것은 마음의 안정, 아니 고요다.

"지금은 점심시간이고요. 아까와 달리 한적하죠? 이렇게 한 번씩 점심시간을 혼자 보내곤 하는데요, 늘 사람으로 가득 차 있는 이곳에 혼자 남게 되면 묘하게 해방감이 느껴지더라고요. 사실 오늘은 입맛이 없어서 굶었어요. 대신 저녁엔 끝내주는 먹방을 보여드릴게요. 근데 도대체 30대 미혼 여성의 일상에서 어느 부분이 흥미로울 수 있을까요? 제가 할 말은 아니었네요.

제가 다니는 회사 구경시켜드릴게요. 뭐, 사실 별건 없죠? 아무래도 출판사다 보니 책만 많습니다. 요즘 MBTI 많이들 하시잖아요. 저도 과몰입한 1인 중 한 명인데요, 인터넷으로 해보니까 저는 빼박 I더라고요. 여러분 MBTI는 뭔가요? 댓글 달아주세요. 하하. 이렇게 하는 건가요? 이제 슬슬 사람들이 올 시간이 된 것 같네요. 이따 다시 켤게요."

브이로그라는 건 생각보다 재미있었다. 나에 대해 이야기한다는 것, 타인에게 나를 드러낸다는 것이 조금 어색했지만, 별다른 거부감은 들지 않았다. 어쩌면 아직 어떤 피드백도 받지 않아서일 테지만, 딱히 나쁘지 않다.

#A의 기록 3 _ 단골 이자카야

"저는 정시 퇴근을 했습니다. 이젠 일에 목숨 걸지 않아요. 물론 처음부터 그랬던 건 아니에요. 20대 땐 정말 열심히 일했고 보람도 느꼈고. 참! 이거 회사 팀장님도 보실 수 있겠네요. 피디님, 편집해주세요. 요즘 삶이란 것에 대해 여러 가지 생각이 들어요. 일을 제외했을 때 나는 무엇으로 설명될 수 있는가. 나라는 인간의 가치는 무엇으로 매겨지는가. 아니, 근데 생명은 그냥 그 자체로 존귀한 것 아니에요? 왜 우리는 높은 자리에 올라야만, 부자가 되어야만 인정을 받게 프로그래밍 된 거죠?"

"혼자서 뭘 그렇게 떠들어?"

"아, 이분은 제 단골 이자카야 주인장이십니다. 아저씨, 자기소개 좀 부탁드려요."

"흠흠. 상호 말해도 되나? 저는 연희동에서만 20년째 가게를하는 예순네 살 청년 김 아무개입니다."

"하하. 김 아무개가 뭐예요?"

이분은 나의 키다리 아저씨다. 독립 후 나의 모든 역사를 알고 있는 나의 절친. 현재 우리는 서른 살이 넘는 나이 차를 뛰어넘는 우정을 과시하고 있다. 내가 아는 가장 멋진 어른. 아저씨는 자신만의 권위를 내세우는 꼰대가 아니다. 그래서 친해졌고, 그래서 좋다. 그는 누구보다 타인의 감정에 공감을 잘하는 특별한 능력을 지녔으며, 단골 특혜 서비스를 아낌없이 팍팍 주는 자칭 호구였으며, 당신의 경험치를 아낌없이 나눠주는 우주 최강 슈퍼 울트라 멋진 찐어른이다. '저렇게 나이 먹고 싶다'고 생각하게 해준 나의 롤모델.

그런데 요즘은 잘 모르겠다. 다른 건 아니고, 계속 이렇게 살아가는 게 맞는 건지 잘 모르겠다. 이 나이에 사춘기도 아니고, 뭔지 잘 모르겠지만 삶의 의미를 다 잃어버린 것 같다고 해야하나. 아니, 좀 더 솔직해지자. 그동안 삶의 의미고 나발이고 생각할 겨를도 없이 내 삶은 안정적이었고 재미있었다. 최소한 그 일이 있기 전까지는.

모든 걸 되돌릴 수 있다면 얼마나 좋을까. 이따위 한심한 생각이나 하는 내가 너무도 싫다. 하지만 모든 인간이 진취적이고 미래지향적일 순 없는 거잖아?

"얼굴이 좀 핼쑥해졌다."

"그래요? 여길 끊었더니 살이 절로 빠지던데요?"

"살 빠지니까 못 쓰겠어. 단골 컴백 기념으로 오늘은 내가 쏠게. 뭐 먹을래?"

나는 아저씨에게 그의 이야기를 털어놓는 대신 동굴행을 택했다. 단지 쪽팔린다는 이유로. 쪽팔림이란 게 경우에 따라서는 정말 아무 일도 아니라는 것을 나 역시 잘 알고 있다. 타인은 나에게 그다지 관심이 없고, 설사 일말의 관심을 가졌더라도 쉬이 그 흥미는 꺼지고 말 테니까. 하지만 그 경우의 수라는 게 아저씨와 나 사이엔 0이다. (제로 사이다의 당이 정말 0%인지는 확인해봐야겠지만) 아마 내가 털어놓으면 아저씨는 온 마음을 다해 내 이야기를 들어줄 것이고, 같이 분노해줄 것이며, 어쩌면 눈물까지 보일지도 모르겠다. 그런데 나는 왠지 그게 싫었다. 마음의 거리가 가장 가깝게 느껴지는 사람에게조차 나 자신을 드러내지 못한다는 건 일종의 결벽일까. 나는 두려웠다. 타인에게 함부로 기댔다가 겪게 될 후폭풍이. 내 사람을 다시 한번 잃을 순 없었다. 그건 나 자신을 잃는 고통이었으니까. 그렇게 반년의 시간이 지났고 이곳에 다시 발을 디뎠다. 아저씨는 예상대로 아무 것도 묻지 않았다.

"제 영상만 계속 보시면 좀 재미가 없으실 것 같아서 특별 게스트로 저의 절친 이모 양을 초대했습니다. 아, 이모 양이라고 하니까 왠지 좀 웃기죠? 오늘, 저모 양은 없습니다. 고모 양이라도 불렀어야 했는데, 죄송합니다. 하하. 이모 양은 고1 때부터 지금까지 쭉 함께하고 있는 친구고요, 이 친구가 6개월 전쯤 결혼을 했고 그날 제가 부케를 받았는데, 아, TMI였네요. 어? 드디어 저의 최애 메뉴 나가사키 짬뽕이 나왔습니다. 이거 국물이 진짜 끝내주거든요. 그럼 아까 약속드린 먹방, 이번에 해 볼까요?"

나조차도 몰랐던 새로운 나. 브이로그를 찍은 지 하루도 채 지나지 않았는데, 나는 나에 대해서 새롭게 배워가는 기분이다. 내가 규정짓고 내가 알고 있다 자만했던 나는 진짜 나였을까. 세상에 변하지 않는 존재라는 게 존재하기는 하는 걸까. 공기처럼 살고 싶다고 생각했다. 절대 없어선 안 되지만 평소엔 있는지도 모르는 그런 무언가가 되고 싶었다. 그런데 지금의 나는? 나 같은 사람도 살고 있으니 희망적이지 않냐고, 매우 힘들고 아팠지만 중요한 건 이렇게 살아 있는 것 아니겠냐고, 내게 일어난 일이 실은 별거 아니었다고, 객관적인 검증을 받기 위해 카메라 앞에 섰다. 저기, 이자카야 문을 열고 들어오는 사람이 바로 이모 양이다.

"그래서 지금 브이로그를 찍는다고? 네가?"

"응. 내가. 웃기지?"

"살다 보니 별일이 다 있다."

"그래서 너는 신혼 재미는 좋아? 어휴, 깨 볶는 냄새. 너랑 더는 친구 못 하겠다."

"야, 너도 곧 할 거잖아. 근데 네 이름이 여기선 A라고?"

"응."

"왜 A야?"

"Apple. 내가 좀 상큼하잖아."

오랜 친구와 시시덕거리는 소중한 하루. 6개월 만에 매우 사적이고 소소한 만남을 가졌다. 칩거를 끝내고 용기를 내기까지 나는 몇 번을 망설이고 주춤하였는가. 이제야 비로소 숨이 좀 쉬어지는 것 같다. 친구가 신혼여행을 다녀오고 신혼집을 단장하고 끊임없이 나와의 만남을 시도하는 동안 나는 여러 핑계를 대며 그녀를 피해왔다. 보여주고 싶지 않아서. 이토록 망가진 나. 이토록 부서진 나. 이토록 아무것도 아닌 나. 혹자는 배부른 사치라고 할지도 모른다. 생사를 오가는 일도 아닌데, 뭐 그리 유난이냐며 머리를 쥐어박을지도 모른다. 하지만 그 일은 내겐 평생 잊을 수 없는 오욕이었고 사고였다. 나는 누구에게도 이야기할 수 없었다. 그 더러웠던 기억을.

외롭지 않다는 건 거짓말이었다. 나는 지독하게 허전했고, 이 공허를 어찌할 줄 몰랐고, 행여나 나의 허무를 누구라도 눈치챌까 침묵을 택했다. 그러는 동안 나는 물을 주지 않은 화분처럼, 한 줌의 햇빛도 받지 못한 식물처럼 그렇게 시들어갔다.

#B의 기록 1 _ 집

도심. 한강 변. 불빛을 반짝이며 어딘가를 향해 가는 차들의 끊임없는 행렬. 그 속엔 설렘과 두려움과 지루함과 낯섦과 아무 생각 없음이 혼재되어 있을 거였다. 아마도 그 무리에 잠시 속했던 나. 현재는 무사히 이탈한 채 철저한 이방인으로서 그들의 세계를 관망하는 나. 이곳은 편안한 나의 집. 모든 것은 정갈하게 정리되어 있고 나는 편안하고 적요한 마음 상태를 유지 중이다. 사회인으로서의 나와 개인으로서의 나를 철저히 하기 위해서는 두 가지 절차를 거쳐야 하는데, 첫째는 샤워를 하고 편안한 옷으로 갈아입을 것. 둘째는 바로 이것이다.

"10분 명상에 함께해주신 여러분, 환영합니다. 먼저 몸의 긴장을 모두 내려놓은 상태에서 코로 천천히 깊게 숨을 들이마십니다. 그리고 입으로 숨을 길게 내뱉습니다."

"흠~ 후우우우우~"

"다시 코로 숨을 들이마시며 폐에 공기가 점점 차오르는 것을 느낍니다. 이제 길게 입으로 숨을 내쉽니다. 몸에 남아 있던 힘과 경직된 생각, 그 모든 것을 숨과 함께 내뱉어봅니다."

이 세계와 엄격히 동떨어지기 위한 나만의 하루 의식. 유튜버의 나긋한 목소리를 들으며 나의 세계로 침잠해본다. 언젠가부터 명상을 하지 않으면 잠이 들지 못한다. ON · OFF를 분명히 하는 것, 그것이 내가 이 세계를 살아가는 방식이다. 이제 카메라를 켜본다.

"안녕하세요. 저는 서른두 살, OO전자에 다니고 있는 B입니다. B라는 이니셜에 특별한 의미는 없고요, 앞서 출연자께서 A를 선점하셨다기에 단순하게 다음 알파벳인 B를 택했습니다. 안 그래도 복잡한 세상, 이런 것에까지 불필요한 에너지를 쓸 필요는 없잖아요. 이 다큐가 어떤 기획 의도로 제작되고 있는지는 잘 모르겠지만 제가 설명 듣기로는 고독사를 방지한다고 하는데, 아무리 가는 데 순서 없다지만 제가 그럴 나이는 아닌 것 같은데. 하하. 아무튼 네, 여긴 제집이고요. 보시다시피 뷰가 좋죠. 뷰 때문에 이곳을 선택했는데, 대출 원금에, 이자에, 압박이 어마어마하네요. 다들 저랑 비슷하게 사시는 거 맞죠? 하하. 거두절미하고 그럼, 여기 질문지 좀 읽어볼게요. 혼자 산 지는 얼마나 되었나요? 3년 남짓 됐습니다. 혼자라서 외롭지는 않나요? 안 외롭다고 하면 거짓말이죠. 그런데 둘이라고 안 외로운 건 아니더라고요. 아, 물론 모든 사람에게 해당하는 말은 아니라고 생각합니다. 혼자일 땐 뭘 하며 노는지. 사실 혼자 있는 시간이 좀 짧아요. 이놈의 회사가 돈은 많이 주는데 그만큼 사람을 부려먹네요. 그래서 OFF인 시간을 알차게 보내려고 나름대로 노력 중입니다. 그래서 서재도 만들었고…. 아, 말로만 설명하는 것보단 직접 보여드릴게요. 같이 이동해볼까요? 어? 잠깐만요, 카톡이 왔네요. 이게 뭘까요?"

G님이 A님을 초대했습니다.

G님이 B님을 초대했습니다.

G님이 C님을 초대했습니다.

G님이 D님을 초대했습니다.

G님이 N님을 초대했습니다.

G 안녕하세요. G입니다. 저도 다큐멘터리의 일원인데요, 제가 제일 연장자라고 단톡방을 만들라고 해서 초대했습니다. 우리끼리 무슨 얘길 하라는 건지는 잘 모르겠네요. 하하.

A 안녕하세요. A입니다.

B 아, 저는 B라고 합니다.

C 반갑습니다. 저는 C라고 해요.

D D입니다.

N N이에요.

G 다큐멘터리의 주인공은 이렇게 우리 여섯 명이라고 하네요. 다들 한 가하신가 봐요. 모두가 즉답을. 흐흐.

A ^^;; 부정할 수 없는 진실이네요.

G 다들 첫날인데 분량 채워서 잘 찍고 계신가요?

A 네. 나름 열심히 찍고 있어요. 재미가 있을지는 모르겠지만.

B 저는 뭐 재미까진 제 영역이 아닌 것 같아서 그냥 찍고 있습니다.

D 저는 아직인데. 아, 근데 여기 단톡방 규칙 같은 건 없습니까?

C 근데 이 방에서 우리더러 뭐 하라는 거예요?

N 그냥 혼자 사는 사람들끼리 친해져 봐라, 뭐 그런 거겠죠?

B 이름도 나이도 직업도 아무것도 알 수가 없는데, 어떻게 친해져야 할까요?

N 그게 오히려 더 편할 수도 있죠.

A 전 재밌을 것 같아요. 친한 사이에 오히려 못 털어놓는 얘길 여기에 할 수도 있고.

C 피디님이 오픈 채팅방 어쩌고 하시더니, 그냥 단톡방이었네요.

G 규칙은 이 정도면 어떨까요? 1. 매일 아침저녁으로 생존 신고를 한다. 2. 서로의 신상에 대해 묻지 않는다.

C 좋네요.

G 아! 그리고 피디가 개인적인 연락은 삼가달라고 합니다.

C 갠톡 하지 말란 얘긴가 보네요. 출연료 받는 입장이니 지키라는 건 지켜야겠죠? 근데, 오늘 하루는 다들 어떠셨어요?

C의 기록 1 _ 오피스텔 내 헬스장

빛과 어둠이 공존했던 찰나의 시간이 지나고 어둠만이 세계를 점령하는 것을 못 견디겠다는 듯 불빛이 하나둘 켜지면 내 안의 또 다른 자아는 재촉한다. 가만히 앉아 있지 말라고. 어서 빨리 몸을 일으키라고. 그리고 걷든 달리든 무엇이든 하라고. 지금 내 앞 모니터에선 나의 최애 노래가 반복 재생되고 있다. '속도를 높였다 낮췄다 긴장을 늦추지 말 것.' 그렇게 몸을 움직이다 보면 잡념이 사라진다. 거기에 음악까지 곁들이면 '까짓것 어떻게든 살아보자.' 싶다. 몸이 튼튼해지는 것만큼 마음도 단단해진다. 나를 일으켜준 나의 뮤즈에게 감사의 인사를.

"안녕하세요. 저는 C입니다. 나이는 스물여섯. 아직 꽃다운 나이죠? 직업은… 투잡이라고 할 수도 있을 것 같은데, 아직 저에 대해 다 오픈하고 싶진 않아서 더 이상은 함구할게요. 한 2년 전까지는 회사에 다녔었는데 지금은 프리랜서로 일하고 있어요. 보통 집에서 작업을 하고 온라인 마켓으로 판매를 하는데, 오늘은 오랜만에 밖에 나갔다 와서 좀 피곤하네요. 그래도 운동 루틴을 깨고 싶진 않아서 보시다시피 러닝머신 위에 있습니다. 사실 혼자 사는 데다가 저처럼 출퇴근하는 일이 아니면 한없이 게을러지기 쉽거든요. 그럼 또 그런 제 모습이 마음에 안 들어서 화가 나요. 그래서 무조건 뛰자, 이렇게 생각을 바꿨습니다. 제가 요즘 니체의 책을 보고 있는데, 도통 못 알아듣겠는 말이 태반이지만 그래도 딱 하나 꽂힌 게 있어요. 바로 초인. 그러니까 나를 극복함으로써 가장 높은 차원의 내가 될 수 있다나, 뭐 그런 건데. 사람이 정말 단순한 게 이렇게 운동 하나 꾸준히 하는 것만으로도 제가 좀 더 나은 사람이 된 것 같다니까요. 하하. 아! 그리고 얼마 전에 재미있는 기사를 봤어요. 이영애 다이어트라고 쓰여 있길래 클릭해봤더니 빙의라고해야 할까요, 내가 그 배우라고 상상하면서 먹으라는 거였어요. 닭발, 컵라면, 마라탕 이런 거와는 전혀 안 어울리는 이미지시잖아요. 아무튼 그렇게 해서 8kg을 감량했다는 뭐 그런 글이었는데, 내가 상상하고 꿈꾸는 내가 되기 위해선 나를 더 단련시켜야겠구나, 요즘 이게 제가 꽂힌 인생의 주제입니다. 아, 본론 얘기를 해야겠죠? 피디님이 몇 가지 질문지를 주고 가긴 하셨는데, 집에 놓고 와서요. 그냥 기억나는 대로 답해본다면 외로운 건 뭐 매일 외로워요. 예전엔 아닌 척하는 게 더 세 보이는 거라고 생각했는데, 다 불필요한 거더라고요. 인간은 누구나 다 외로운 거 아니겠어요? 저는 그래서 그 외로움을 조금이나마 잊어보고자 매일같이 뛰고 있네요. 하하."

A 저는 오랜만에 친구 만나서 술도 한잔하고 수다도 떨고 그랬어요.

B 좋으셨겠네요. 저는 퇴근하고 집에서 쉬고 있었어요. 사람들 만나서 얘기하고 그런 것도 다 에너지잖아요. 언제부턴가 그런 데 쓸 여력이 없더라고요. 마음만 복잡해지고.

D 저는 매일 비슷한 하루인데. 한 보름 됐나? 오늘이 며칠이죠? 집에만 있었더니 좀 답답하긴 하네요.

C 그 오랜 시간 집에만 계셨다고요? OMG! 저로선 상상도 할 수 없는 일인데.

N 세상엔 다양한 사람이 있으니까요. 저는 D님 이해돼요. 참, 저는 오늘 좀 바빴는데, 별로 안 궁금하시죠?

G 궁금하다고 하면 말해주실 건가요?

N 아니요.

C의 기록 2 _ 집

나는 사람을 믿지 않는다. 내가 사람을 믿지 않게 된 건 두 가지 사건에서 기인한 것이다. 하지만 괜찮다. 나는 그로 인해 성장했고 세상에 믿을 건 나 자신밖에 없다는 진리를 깨달았으니까.

"저는 1시간 러닝하고 씻고 이제 한잔하려고 합니다. 여기 보이시나요? 짜잔. 와인이랑 육포입니다. 혹시 주종 뭐 좋아하세요? 저는 뭔지 아시겠죠? 왜 요샌 랜선 술자리도 갖고 그러던데. 이 방송이 언제 나갈지는 모르겠지만, 이 시점에 우리 한잔해요. 술은 원샷이 제맛이죠. 와인이라고 뭐 꼭 음미해서 마셔야 하는 건 아니잖아요. 사실 제가 술을 잘 마시는 편은 아니에요. 와인을 좋아하는 이유도 빨리 취하기 때문이거든요. 1시간 흠뻑 땀을 흘리고 샤워하고 이렇게 와인을 두 잔 정도 마시고 나면 제가 있는 곳이 마치 다른 곳처럼 느껴져요. 그 기분이 참 묘하게 매력적이거든요. 그럼 좀 살 만해져요. 이 기분 아는 분도 계시겠죠. 분명 그럴 거예요."

나는 술을 좋아하지 않았다. 처음에 내가 술을 마시게 된 건 그저 살기 위해서였다. 나는 내 앞에 놓인 현실이 싫었고, 나를 잊기 위해서 술을 마셨다. 빙그르르 천장이 흔들리고 주변의 사물이 흐려지면 그래도 '뭐 어때'라는 생각 정도는 들었으니까. 하지만 이젠 어느 정도 이 술이란 걸 즐기게 된 것 같다. 물론 사람은 쉽게 변하지 않는다. 그렇다고 해서 변할 수 없다는 이야기는 아니다.

#D의 기록 1 _ 집

어두운 방 안을 드리운 짙은 암막 커튼은 아주 조금의 빛도 허락할 수 없다는 듯 단호한 탓에 아침인지 밤인지조차 가늠할 수가 없다. 맥주캔 서너 개와 먹다가 만 과자봉지가 나뒹굴고 구형 노트북이 켜진 채로 꺼져 있는 이곳엔 여기저기 프린트된 종이들이 흩어져 있다. 개중 더러 찢어진 것들엔 한숨과 분노가 뒤엉켜 있다. 그리고 싱글 침대 위 비스듬히 앉아 죽은 듯이 숨 쉬고 있는 한 남자, D가 있다.

내가 이런 촬영을 하게 되다니! 나를 아는 사람이라면 모두 놀라 까무러칠 일이다. 사람들 앞에 나서는 게 싫어 필명으로 살았고, 조용한 게 좋아 서울 외곽으로 이사 온 내가 방송이라니. 천재 작가. 세상은 나를 그렇게 불렀었다. 그때의 나는 무서울 게 없었다. 자고 일어나면 아이디어가 샘솟았고 그걸 A4용지에 새기는 일은 전혀 어려운 일이 아니었다. 그리고 그때의 나는 오만했다. 글 앞에서 좌절하고 실망하는 이들을 보며 재능이 없는 일에 왜 목숨을 거냐며 미련하다고 비웃었다. 그때는 몰랐다. 처지는 언제고 바뀔 수 있으며, 글이란 건 결코 호락호락한 상대가 아니라는 것을. 습관처럼 공모전에 떨어지고 겨우 찍어낸 책이 초판으로 끝나는 일을 반복하면서 깨달았다. 나는 전혀 특별한 사람이 아니었고 그저 운이 좋았을 뿐이며 실패는 한 번으로 끝나지 않는다는 것을. 그리고 그 실패라는 것이 거듭되다 보면 경제적인 나락을 초래…, 아니, 생존의 문제가 되기도 한다는 것을.

"안녕하세요. D입니다. 살다 보니 이런 것도 하는 날이 오네요. 지금 시각이… 새벽 3시 25분이네요. 네, 저는 낮과 밤이 좀 바뀌었습니다. 밤에는 작업을 하고 낮에 잠을 청하죠. 제 나이는 네, 액면가가 좀 있어 보이죠? 불혹도 몇 년 지났습니다. 사실 이 다큐는 출연료를 많이 준다고 해서 찍게 됐습니다. 보시다시피 제가 사는 게 좀 많이 허름합니다. 이 나이 먹고 이런 옥탑방에서 사는 거 보면 답 나왔죠? 심지어 도심에서도 한참 떨어져 있습니다, 여긴. 하하. 제 출연 계기에 또 다른 의미를 부여하자면 마흔 넘은 별 볼 일 없는 독거남 보면서 '그래도 내가 낫구나.' 희망을 갖고 사시라, 이 정도 되겠습니다. 그럼 지금부터 작업을 좀 해볼까 하는데, 노트북 앞에 앉아볼까요? 네, 저는 무명작가입니다. 자기소개를 할수록 초라해지지만 어떡하겠습니까. 이게 현재 저의 위치인걸. 아 참! 피디님이 주신 질문지가 어디 있더라? 아, 혼자 산 지 얼마나 됐는지. 다른 출연자분들 나이는 제가 전혀 모르겠지만 독립 경력으론 저를 이길 만한 사람은 없을 것 같은데. 대학 자취부터 시작해서 22년 됐습니다. 인생에서 혼자 산 세월이 더 기네요. 외롭지는 않은지…, 사실 원체 혼자 있는 걸 좋아해서 주변에 사람이 없어서 느끼는 그런 외로움은 없습니다. 얼마 전에 감기 몸살이 심하게 와서 고생을 좀 하긴 했어요. 이 나이에 엄마를 부르기도 뭣하고 글 쓴다고 두문불출하던 녀석이 아프다고 친구를 찾을 수는 없는 노릇 아닙니까. 그냥 뭐 죽다 살아났죠. 그때 마음이 좀 거시기 하긴 합디다. 하하. 사실 절 외롭게 하는 건 사람이 아니라 응답 없는 이 글이란 녀석이죠. 글 작업이란 게 정말 혼자만의 싸움이거든요. 저처럼 이름 없는 작가는 남들 눈엔 게으른 한량 그 이상도 이하도 아닙니다. 남들이 그런 시선으로 나를 보는데 내가 나를 지켜낸다는 건 어지간히 어려운 일입디다. 그럼 마지막 질문. 혼자 있을 땐 주로 뭘 하는지, 이 질문엔 답하기가 좀…. 전 대부분의 시간을 혼자 지내거든요. 이쯤 되면 고독사 방지 프로그램은 저를 위해 기획된 게 아닐까 싶네요. 하하. 밤엔 글을 쓰고 낮엔 잠을 잡니다. 심플하죠. 주변에선 생활 패턴을 좀 바꿔 보라고 아우성인데, 저라고 노력 안 해봤겠습니까. 안 되는 건 안 되는 거더라고요. 나이 먹어서 좋은 게 딱 하나 있는데, 뭔 줄 아십니까? 포기가 빠르다는 거. 뭐 젊은 시절에야 포기는 배추 셀 때나 쓰는 말이란 거에 웃었지, 이 나이에 그런 농담으로 웃으면 미친놈이죠. 제 말에 어폐가 있었네요. 안 되는 건 안 되는 건데, 왜 저는 안 되는 글에 목숨 걸고 있는 걸까요?”

오늘 밤 역시 작업이 되지 않는다. 수월하게 글을 써 내려간

적이 언제였는지 기억조차 나지 않는다. 어쭙잖은 성공은 하는 게 아니었다. 그건 더 최악이다.

D 다들 주무시는 거겠죠. 저는 원래 이 시간엔 잠이 오지 않습니다. 그래서 보통 이때 일을 하죠. C님이 상상조차 할 수 없는 일이 저에겐 익숙하고 편합니다. 그러니까, 며칠이고 집에만 있는 일 같은 거요. 아무도 답 안 하셔도 됩니다. 다들 일어나셨을 땐 '삭제된 메시지입니다'라만 보이겠네요. 사람에 따라선 누군가와 어울리는 게 과도하게 불편한 사람도 있는 법입니다. 자의식 과잉이라고 해도 어쩔 수가 없네요. 이렇게 생겨먹은 게 저라는 사람입니다.

N 혼자 뭘 그렇게 떠드세요.

D 안 주무셨습니까?

N 불면증이요. 술도 먹어보고 약도 먹어보고 다 해봤는데, 잠이 안 오기로 작정한 날은 답이 없더라고요. D님도 불면증?

D 저는 불면증이라기보단 낮과 밤이 바뀐 사람입니다.

N 그러시구나. 그럼 이 시간엔 주로 뭘 하세요? 일?

D 네, 그렇죠. 자고 싶은데 잠이 안 오는 건 무척 괴롭겠네요.

N 네. 양을 천 마리 넘게 세본 적도 있어요. 제가 미쳤나 싶더라고요.

D 잠을 못 잔 지는 얼마나 되신 겁니까?

N 학창 시절엔 공부하느라 못 잤죠. 그리고 대학 들어갔더니 밤새 술을 마시든 놀러 다니든 아무도 뭐라고 안 하던데요? 참 이상해요. 19에서

20으로 숫자 하나만 바뀌었을 뿐인데, 봉인 해제라니! 좀 이상하지 않아요? 철 안 든 건 매한가진데. 암튼 그때부터 어긋난 건지…, 이젠 자고 싶은데도 잠이 안 와요. 뭐 결정적인 계기가 된 사건이 있긴 한데 그건 여기에 말하긴 좀 그렇네요.

D 저도 마침 작업이 잘 안 되는데 이렇게 얘기나 할까요?

#N의 기록 1_집

열어놓은 창으로 차가운 바람이 뺨을 스치며 지나가자 한기가 온몸에 전율처럼 퍼졌다. 오늘 밤 역시 잠들긴 글렀구나, 생각하던 차에 단톡방 알림이 진동했다. 그리하여 오늘 나는 처음으로 낯선 사람에게 내 이야기를 해보았다. 사실 그리 깊은 얘기를 나눈 건 아니었고 그저 시시껄렁한, 왜 우리는 밤에 잠을 자지 않는가라든가 좋아하는 노래라든가 재밌게 읽은 책이라든가 그런 것들에 대해 떠들었다. 그리고 톡이 어느덧 300개가 넘어갈 때쯤 신기하게 잠이 쏟아지기 시작했고, 나는 서둘러 브이로그를 찍어야겠다고 생각했다.

 "안녕! 아, 이건 방송으로 나가는 거지, 참! 그럼 내 팔로워들만 보는 건 아니니까 존댓말을 써야겠네…요. 좀 어색하지만, 해볼게요. 지금 시간은, 보이시나요? 새벽 4시가 다 되어가네요. 그런데 매일 1시간씩 찍어야 한다는 거, 실화? 어떻게 1시간이나 혼자 떠들어요? 차라리 뭘 만들기를 할까. 에이, 그냥 대충할래요. 어차피 많은 부분 편집해서 나갈 텐데 저 하나 분량 좀적게 찍는다고 큰일이야 나겠어요? 아! 좋은 생각이 났어요. 잠자는 방송, 어때요? 눕방. 너무 날로 먹는 느낌인가. 음…, 낮에저는 좀 바빴어요. 브이로그라는 게 자연스러운 모습을 보고 싶으신 거겠지만 일하는 현장을 찍는다는 게 좀 어색하더라고요. 뭔가 너무 나를 다 보여주는 느낌이고 익숙하지 않다고 해야 하나. 그래서 이 시간이 되어서야 카메라를 켜게 되었습니다. 저는혼자 산 지는 4년 정도 됐어요. 본의 아니게 인플루언서라는 이름으로 불리게 되면서 돈도 벌게 되고 그러면서 학비도 스스로낼 수 있게 되니까 제일 먼저 하고 싶은 게 본가에서 나오는 거였어요. 집이란 곳이 원래 마음이 편해야 하는 곳이잖아요. 그런데 그전까지 제게 집은 세상 제일 불편한 곳이었어요. 물론여기 독립해서 살고 있는 이 집은 가장 편한 장소, 맞습니다. 그리고 평상시 외로움보다는 자유로움을 더 느끼는 것 같아요. 왜 어떤 공간에 들어섰을 때 느껴지는 공기의 무게라는 거 있잖아요? 예전 집에선 그 무게가 참 무거웠어요. 이 방송 보면엄마 아빠가 서운해하실까요? 저희 집에 무슨 대단한 불화가있다거나 한 건 아니고요. 그냥 제가 독특한 아이였던 걸로 하죠. 혼자 있을 땐, 뭐 제가 하는 일은 빤해요. 협찬받은 것들 후기도 올리고 인스타그램에 이런저런 잡다한 글들도 쓰고. 사실 제가 잠을 잘 못 자는데, 오늘은 일정이 많기도 했고 이상하게 졸리네요. 그럼 저의 자장가, 같이 들어보실래요?"

그렇게 나는 Ra.D의 〈엄마〉를 플레이한 채로 잠이 들었다. 얼마나 오랜만의 단잠이었을까. 사람들은 아무렇게나 지껄였다. 이 정도는 불면증 축에도 못 낀다고. 왜들 그렇게 쉽게 말하는 걸까. 그냥 내가 힘들다면 힘든 건데, 왜 자기들의 잣대로 이 정도면 힘들다, 이 정도면 아무것도 아니다, 그렇게 판가름을 하는 걸까. 그냥 아프다면 아픈 거고, 죽고 싶다 하면 정말 그런 심정인 거다. 세상 그 어떤 누구도 내 상처를 폄하할 순 없다. 내가 〈엄마〉라는 노래를 좋아하는 건 엄마에 대한 절절한 애정 때문이 아니다. 차라리 애증에 가까운 감정일 것이다. 그래서 아이러니하게도 이 노래를 들으면 눈물이 난다. 이런 엄마를 한 번도 가져보지 못한 나에 대한 연민인 걸까. 아니면 대리만족? 모성애의 신화 같은 건 개나 줘버렸으면 좋겠다.

난 한 번도 오롯이 엄마에게 인정받아본 기억도, 따뜻한 눈빛을 받아본 기억도 없다. 나는 엄마에게 어떤 존재였을까. 아마도 조용히 알아서 잘 있는 애 정도로 요약되겠지. 아마 그 집을 뛰쳐나오기 전까지 엄마는 나를 그런 딸로 알고 있었을 것이다. 혹자는 엄마도 어쩔 수 없었을 거라고, 네가 엄마였어도 별반 다르지 않았을 거라고 말하지만 나는 곧 죽어도 엄마를 이해하고 싶지 않다. 나는 너무도 어렸고 연약했고 세상이 무서웠으니까. 괜찮다고, 너는 존재만으로도 특별하다고, 무엇이든 말해보라고, 엄마는 언제나 네 편이라고, 신은 그렇게 말해주는 엄마를 내게 허락하지 않았다. 도대체 이럴 거면 왜 낳았냐고, 언니 하나로 버거웠으면 나 같은 건 엄마 배 속에 있을 때 지웠어야 하는 거 아니냐고, 행여 언니가 잘못되기라도 할까 봐 보험 드는 심정으로 나를 낳았던 거냐고, 악에 받쳐 소리를 지르던 날, 비가 참 많이도 내렸다. 그날 내가 흘린 눈물은 후회나 회한이 아니었다. 나는 그제야 용기를 낸 내가 가여워 울었다.

G 생존 신고! 좋은 아침~. 저는 출근 중입니다. 근데 D님이랑 N님은 새벽에 무슨 대화를 이렇게 하셨을까요? 와, 다 읽지도 못하겠네.

B ㅅㅈ 저도 출근 중입니다. 날씨가 참 좋네요.

A 저는 회사에 도착했어요. 왠지 생존 말고 필승을 외쳐야 할 기분이네요. 오늘까지 마감이라 야근 당첨입니다.

B 파이팅입니다. 저는 야근을 밥 먹듯이 해서 오늘도 물론 합니다.

G 두 분에 비하면 저는 오늘 오전 근무만 있는 날이라 가뿐하네요. 괜히 죄송합니다. ^^;;

A 아니에요. 누구 하나라도 행복하면 된 거죠.

B 아, 원래 자주 반차 내고 그러세요?

G 네. 비교적 마음먹으면 자유롭게 쉴 수 있는 직종이긴 하네요.

B 부럽습니다. 저는 매일 쳇바퀴 돌 듯 반복되는 업무에 허덕이는데.

G 힘에 부치는 날은 과감히 연차 내고 평소 하고 싶었던 일을 해보시는 것을 추천합니다. 처음이 어렵지, 막상 저 하나 없다고 어떻게 안 되더라고요. 하하.

A 아, 마음은 오늘이 제일 땡땡이치고 싶은 날이네요.

G 아, A님! 그래도 오늘은 자중하시고요. ㅎㅎ 그렇다고 우리가 그렇게 무책임한 어른이 될 순 없으니까요.

G의 기록 1 _ 단풍길

11월의 어느 날. 한낮의 공원은 싱그럽다. 파워워킹과 수다를 버무리며 걷는 무리와 승부에 목숨이라도 건 듯 치열한 젊은이들의 땀방울에선 생의 내음이 샘솟는다. 저만치 인라인을 신고 엄마 손을 잡은 채, 한 발짝도 떼지 못하는 예닐곱 살쯤 돼 보이는 여자아이가 귀여워 웃음이 난다. 늦게라도 결혼했더라면 저만 한 아이는 품에 안았을 텐데. 후회한들 무슨 소용이 있으랴. 처음부터 독신으로 살 생각은 아니었고 어쩌다 보니 나이를 먹었을 뿐인데, 생전 관심도 없던 아이들이 요즘엔 그렇게 눈에 밟힌다. 아무래도 나이를 먹긴 먹었나 보다. 영화나 드라마를 보면 그렇게 눈물이 난다.

흔히 볼 수 있는 익숙한 풍경이 다소 생경하게 느껴지는 것은 아마도 마음의 문제일 터. 색색으로 물든 나뭇잎은 자신들을 보러 나온 사람들을 바라보며 무슨 생각을 할까. '좋은 시절이다', 그리 생각할까. 아름다움이란 언제고 지고 마는 것을. 나는, 우리는, 어떻게 살아가야 하는 걸까. 낡고 오래된 벤치에 앉아 하늘을 한번 올려다보았다. 이 지구의 끝, 광활한 우주, 먼지보다 작은 입자일 뿐인 나. 이토록 작고 보잘것없는 나는, 나와 충돌해 고통을 생산하고 몸부림치며 괴로워한다. 우스운 일이다. 밥이나 먹어야겠다. 내가 가장 좋아하는 점심 메뉴는 서브웨이 샌드위치다. 이탈리안 플랫 브레드에 치즈는 모차렐라, 채소는 빠짐없이 넣고 랜치와 스위트어니언 소스를 넣은 이탈리안 비엠티. 아! 아보카도도 꼭 추가해야 한다. 일주일에 세 번쯤 같은 메뉴를 먹고 있는데, 직원들은 물렸는지 나와 끼니를 함께해 주지 않는다. 오늘은 오전 예약만 받고 밖으로 나왔다. 중요한 약속이 있기 때문이다.

"안녕하세요. 저는 G입니다. 어쩌다 보니 브이로그가 하루 늦었네요. 여기, 단풍이 참 멋지죠? 내일은 가을비가 내린다는데 단풍 비도 함께 내리겠네요. 직장인들의 점심시간은 얼추 끝난 것 같고 저는 오늘은 일을 좀 일찍 끝내고 근처 공원에 나왔습니다. 아, 제 나이는 올해 지천명이 되었습니다. 그렇다고

하늘의 명을 아는 뭐 그런 거창한 건 없고 그저 육신이 늙어가
는구나, 정도는 알겠네요. 아침에 일어나는 건 아직도 왜 그렇
게 힘이 드는지, 가을이 되니까 머리카락은 왜 그렇게 빠지는지,
이 시간쯤엔 왜 그렇게 졸리는 건지, 신체의 노화를 마음의 속
도가 도저히 못 따라갑니다. 기억력은 또 얼마나 나빠졌는데요.
뇌 영양제 안 먹으면 일도 못 할 지경입니다. 하하. 셀프 디스가
좀 과했나요? 저는 일주일에 한 번은 꼭 이렇게 혼자 있는 시간
을 갖습니다. 평소에 혼자 있을 시간이 별로 없어서 이게 참 귀
한 시간이거든요. 아! 제가 하는 일은 사람을 상대하는 일입니
다. 어제 아마 B님이 얘기하셨죠? 사람 만나는 것도 다 에너지
라고. 제가 하는 일이 감정 노동이고, 에너지 소모가 엄청나게
큽니다. 그래서 이렇게 가끔은 혼자 쉬면서 내적 에너지를 쌓
아야지만 일터에 나가서 아무렇지 않게 일을 할 수가 있습니
다. 저는 혼자 산 지는 나이에 비해선 얼마 안 됐어요. 5년 됐습
니다. 네, 장가도 안 간 불효자가 40년 넘게 엄마가 청소해놓은
집에서 엄마가 해준 밥 먹고 빨래해준 옷 입고 그러고 살았습
니다. 참 한심했습니다. 외로움에 대해서 얘기해보자면 각자가
가지고 있는 마음 사전의 정의는 아마 다 다르지 싶습니다. 저
에게 외로움은 죽음입니다. 아, 정정하죠. 홀로 죽는 것입니다.
나이 앞자리가 바뀌고 보니까 문득 그런 생각이 들더라고요.
이 나이 먹고 새로이 짝을 찾을 것도 아니고 아차 하면 고독사

하겠구나 하는. 제 성격이 유별나서 실버타운 이런 데도 못 들어갑니다. 낯선 사람이 청소한답시고 내 집, 내 물건에 손을 댄다니. 거기다가 밥도 공용 식당에 가서 먹어야 한다면서요? 생각만 해도 끔찍합니다. 저는 수학여행이니 극기 훈련이니 MT니 이런 거 정말 이해 안 되는 사람 중 하나입니다. 도대체 그런 걸 왜 가야 하는 겁니까?"

혼자서 한참을 떠들었더니 목이 탄다. 물을 마셔야겠다. 내가 고독사가 싫은 이유는 나의 임종을 지켜보는 이 없이 홀로 죽는 것이 두려워서가 아니다. 그보다는 오랜 시간 뒤 발견된 나의 육신이 부패해서 지독한 냄새가 나고 사람들은 그런 나를 안타까워하며 얼굴을 찡그리고 시신을 수습하고 그 모든 과정이 생각만 해도 끔찍하다. 나는 고고하게 이번 생이 마감되길 바란다.

혼자만의 시간 동안 나는 완전한 타인으로서 사람들을 엿보면서 흥미로운 사실을 하나 발견했는데, 수다를 떨고 대화를 하는 무리 가운데 실상 상대의 이야기를 진지하게 들어주고 있는 사람은 거의 없다는 것이다. 공감한다는 것은 무엇일까. 타인이 타인에게 온전히 공감한다는 것은 가능한 일일까. 아마도 불가능할 것이다. 그렇다면 소통이라는 것은 무엇일까. 우리가 하는 소통이라는 것이 진정 원활히 통하고 있는 것일까. 그저 내 안에 쌓인 이야기들을 어떻게든 털어내 버리지 않으면 견딜 수 없어서 무엇이든 떠들어대고 있는 것은 아닐까.

또 한 가지 흥미로운 것은 이야기의 주제가 하나로 요약된다는 점이다. 삶이 힘들다는 것. 그러니까 소재만 다를 뿐, 누군가는 사랑 때문에, 누군가는 부모 혹은 자식 때문에, 누군가는 일 때문에, 누군가는 돈 때문에 삶이 힘들다는 것이다. 대화의 상대는 그에 걸맞은 추임새를 넣으며 '나는 너의 이야기를 듣고 있어'라는 자세를 취하긴 하지만 실상 잘 들어보면 그저 자기 생각을, 자신이 하고 싶은 이야기를 떠들어대고 있을 뿐이다. 그 사실을 깨달았더니 살맛이 난다. 외로운 게 나만은 아닌 것 같아서. 타인의 불행이 나에게 위로가 된다는 것은 뼈 때리는 진실이다. 내 안에 쌓여 있는 이야기를 누구에게라도 털어놓지 않으면 그 무게는 우리를 짓눌러버릴지도 모른다. 그러니까 그냥 떠드는 것이다. 그게 내 앞에 앉아 있는 상대든 SNS든. 그렇게라도 가벼워지면 되는 것이다. 그리고 다행히 나는 팀을 찾았다. 우리의 단톡방!

G [단풍 사진] 전송

A 안 그래도 울적했는데 기분 전환이 되네요. 감사해요, G님.

D 생존! 밖에 단풍이 이렇군요. 제 안의 시계는 고장 난 지 오래입니다.

C 왜 그렇게 집에만 계세요? 한국인의 90퍼센트가 비타민D 결핍이라는데. 좀 나가보세요. 아, 저도 살아 있습니다.

A 자리에서 일어나는 것, 운동화를 신고 현관문을 여는 것, 그게 참 쉬운데 쉽지 않을 때가 있더라고요. D님, 힘내세요.

D 저, 졸지에 불쌍해진 겁니까?

A 아, 전혀 그런 의미는 아니었는데. 죄송해요.

D 하하. 미안해하실 것 없어요. 그냥 저는 지금 이 생활이 편한 겁니다. 걱정 안 하셔도 됩니다.

#D의 기록 2 _ 집

대부분의 사람이 나를 이해할 수 없을 것이다. 누구에게도 이해받지 못하는 삶도 괜찮은 걸까. 아니, 대중의 문제가 아니다. 문제는 내가 나를 이해하지 못할 때 발생한다. 보편성에 대해 생각하고, 무난하다는 것에 대해 생각한다. 100명 중 99명을 보통의 범주에 넣는다면 나는 아마도 그에 속하지 않는 1명일 것이다. 그래도 괜찮다는 생각으로 살아왔다. 그것이 특별함으로 포장되어 나를 더욱 유난스럽게 만들었을지도 모른다. 그렇게 나는 타인의 시선에 사회 부적응자가 되었다.

"지금 모두 일상에서 전투적인 삶을 살아가고 있을 시간이군요. 저의 하루는 이제 시작입니다. 네, 오후 2시군요. 지금 바깥은 단풍들의 잔치가 열렸나 봅니다. 저의 세계와는 다른 남의 일인 것 같아 좀 쓸쓸하기도 하군요. 알고 있습니다. 이해받을 수 없는 삶도 있고, 영원히 이방인으로서 살아갈 수도 있다는 걸 말이죠. 이 브이로그가 끝나면 저는 이 세계에 편입될 수 있을까요? 사실 제가 그걸 원하는지조차도 잘 모르겠습니다."

D 그리고 A님, C님도 다양성에 대해 한 번쯤은 생각해보시면 좋겠습니다.

C 안 그래도 톡 치고선 아차, 싶었어요. 사실… 제가 그랬거든요. 삶이 만만치 않아서, 제 앞에 놓인 이 생이 너무도 버거워서 세계와 저를 차단하고 집에만 있었어요. 그런데 어느 날, 견딜 수가 없어지더라고요. 내가 지금 뭘 하고 있는 거지? 이대로도 정말 괜찮은 걸까? 사실 지금도 저는 타인과의 소통이 좀 어려워요. 그냥 제가 드리고 싶었던 말은 밖에 나가보셔도 그리 나쁘지 않다, 뭐 그 정도예요. D님이 이상하단 말은 아니었어요.

D 아니요, 저 이상한 것 맞습니다. 근데 저 같은 사람도 있어야 세상이 좀 재밌지 않을까요? 하하.

A 저도 C님 그 기분 뭔지 알아요. 아무것도 하고 싶지 않고 아무도 나를 이해할 수 없다는 생각에 저도 꽁꽁 숨어 있었어요, 얼마 전까지. 그런데 그 마음을 잘 들여다보니 저는 결국 이해받고 싶었던 것 같아요. 누구도 나를 이해할 수 없을까 봐 그게 두려워서 제 안에만 갇혀 있었어요. 저 역시 저와 D님을 동일시했나 봐요. 오버해서 죄송합니다. 그래도 D님이

한 번쯤은 진솔하게 자신과 대화를 해보셨으면 좋겠어요. 아, 물론 알아서 잘 하고 계실 거라고 생각해요. 오지랖이었다면 그냥 읽씹하세요.

D 저를 생각해주시는 두 분의 따뜻한 마음 잘 받았습니다. 생각해보니, 괜찮은데 괜찮지 않습니다. 편한데 불편합니다. 이게 제 솔직한 마음 같네요. 어쩌면 제가 그동안 편협한 사고에 갇혀 있었는지도 모르겠어요. 인정.

세상이 나를 못 받아준다고만 생각했다. 이런 사람도 있고 저런 사람도 있는 거지, 왜 자신들처럼 살지 않느냐고 다그치는 건지 화가 났었다. 어쩌면 나는 특별함이라는 굴레를 스스로 만들어놓고, 당신들이 나를 이해해야 하는데 나를 이해할 수 없다고 하니 나는 혼자 잘난 채로 살겠다, 그리 말해왔는지도 모르겠다. 그런데 문득, 모두가 그렇게 말을 한다면 한 번쯤 그들의 말을 들어볼까, 그런 생각이 들었다.

A 스타벅스

카페 아메리카노 T 사이즈와 블루베리 쿠키 치즈 케이크

함께 온 메시지

"온 우주가 당신의 평화를 기원합니다."

A 사죄의 마음을 작은 선물로 대신합니다. 기분 나쁘지 않게 받아주셨으면 좋겠어요. 저는 다행히도 힘든 시절 끊임없이 세상 밖으로 저를 이끈 손길들이 있었어요. 200여 일의 시간이 지나고 만난 사람들은 예상보다 따뜻했습니다. 저의 이 마음이 닿길 바랍니다. 커피와 달콤한 케이크로 마음에도 한 줄기 바람을 불어넣어 주셨으면 합니다.

"좀 전에 A님에게서 커피와 케이크를 선물로 받았습니다. 이상하게 울컥하네요. 어쩌면 제가 기다려온 게 이런 자상함이었을까요? 세상이, 사람이 잔인하다고만 생각했어요. 그리고 저는 힘이 없다고 생각했죠. 하지만 용기를 내보기로 했습니다. 이왕 받은 거 먹고 마셔야겠죠? 그럼 스타벅스에 한번 가보겠습니다."

D A님이 커피 쿠폰을 보내주셨어요. 덕분에 오랜만에 외출을 해보려고 합니다. 감사합니다.

G 와, A님 센스가! 여러분의 대화를 읽고 여러 생각이 드네요. 정상과 비정상. 그런 테두리는 대체 누가 정하는 걸까요? 다수가 그런 성향이면 그게 정상이고 나머지는 다 비정상인 걸까요? 개성을 인정해주지 않는 사회만큼 잔인한 건 없을 겁니다.

N 생존. 다들 부지런하시네요. 저는 오랜만에 늦잠을 잤어요. 알람도 못 듣고 잔 건 처음인 것 같네요.

D 잘 주무셨다니 정말 다행입니다.

N 덕분이에요. Thank U.

G 우리 방 분위기 너무 좋은데요? 방장으로서 흐뭇합니다.

G의 기록 2 _ 단풍길

단톡방의 이야기들을 가만히 보고 있는데 여사친이 나를 불렀다. 나도 모르게 감출 수 없는 미소가 지어졌다. 그녀는 왜 스마트폰만 보느냐며 나무라더니 아무렇지 않게 내 옆자리에 앉아서는 쇼핑백을 하나 내밀었다.

"이게 뭐야?"

"너 얼마 전에 생일이었잖아. 백화점 갔다가 생각나서 샀어."

거기엔 하얀 바탕에 남색 스트라이프가 그어진 폴로셔츠가 들어 있었다.

"고맙다."

"우리 사이에 뭘."

우리 사이라는 건 대체 뭘까. 공식 용어로는 여자 사람 친구라 불리는 그것. 하지만 나는 여태껏 너를 단 한 번도 친구로 생각한 적이 없다. 심지어 내가 연애를 하고 네가 결혼을 하던 그 순간에도. 나의 전 여친들과 너의 현 남편이 들으면 기겁할 이야기일 테지만.

하지만 그래도 괜찮다. 이 사실은 죽을 때까지 나만 아는 비밀일 테니까.

"넌 내가 부르면 언제든 나와주니까, 그게 참 고맙더라."라고 내가 넌지시 마음을 전하자, 그녀가 말했다.

"이 나이 먹으니까 친구가 너밖에 없어. 그동안 인간관계를 잘 못 하고 살았나 봐."

"내가 누누이 말했잖아. 삶은 양보단 질이라고. 넌 나 하나면 충분한 거야."

나의 말에 그녀는 표정이 잠시 굳는 듯하더니 이내 화제를 바꾸려는 듯 카메라를 보며 물었다.

"근데 이건 뭐야?"

"아, 이거 그 다큐. 근데 브이로그 형식으로 혼자 알아서 하라고 해서 아까 좀 찍어봤어. 시대 따라가기 너무 힘들다."

"아, 이게 그거구나. 편하게 찍어. 난 잠깐 비켜줄게."

"네가 옆에 있으니까 좀 어색한데. 그래도 나 분량 채워야 하니까 그냥 찍는다. 웃지 마."

"사실 제 나이 정도 되면 삶에 그다지 흥미로울 만한 일이 없거든요. 어린 시절에나 매사가 다 사건이고 큰일이고 그렇지, 나이 먹으면 내가 아침에 뭘 먹었는지도 생각이 안 날 만큼 반복된 일상에 매몰되어 살게 됩니다. 그래서 이렇게 일주일에 한 번이라도 저를 위한 시간을 갖는 거고요. 잠시 끊어주는 거죠. 반복된 패턴을. 혹시 궁금해하실까 봐 설명하자면 저 뒤에 어렴풋이 보이는 사람은 제 친구인데요, 방송에 나갈 마음은 없다니까 그냥 신경 꺼주시면 됩니다. 하하. 제가 이렇게 걸으면서 브이로그를 찍는 이유는 여러분에게 지금 이 단풍을 보여 드리고 싶어서입니다. 멋지죠? 계절의 변화라도 만끽해야 삶이 좀 덜 지루하지 않겠습니까. 물론 지루할 수 있는 삶이 행복이란 것도 이젠 아는 나이가 되었습니다. 그래서 늘 감사한 마음으로 살려고 노력합니다. 그럼 저는 친구와 술을 한잔하기로 해서 이따 다시 찾아뵙겠습니다."

#A의 기록 4 _ 화장실

힘이 없다. 점심으로 먹은 죽을 다 게워냈다. 어제 이자카야에서 먹은 게 아무래도 탈이 난 것 같다. 여전히 나는 온전치 않다. 거울 속에 비친 이는 누구인지. 이젠 정말 괜찮은 걸까. 나는 사람들과 다시 어울릴 자신이 있나. 스스로 과신했음을 몸이 대신 말해주고 있다. 하지만 이대로 물러설 수는 없다.

"안녕하세요. 여기 조명이 참 좋죠? 네, 이곳은 화장실입니다. 이쪽 화장실은 좀 후미진 곳에 있어서 사람들이 잘 오질 않아요. 그래서 혼자 있고 싶다거나 프사를 예쁘게 찍고 싶을 때 이곳을 찾곤 합니다. 어제 다큐에 참여한 사람들과의 단톡방이 열렸어요. 예전에야 이웃사촌이니 한 동네 사람이니, 연대라고 해야 하나, 그런 것이 자연스러웠지만, 요즘은 거의 없잖아요. 필요에 따라 만나는 사람들이 대부분이고 서로를 진심으로 걱정해주기보다는 그냥 나한테 피해 주지 않았으면 좋겠다, 내 인생에 끼어들지 않았으면 좋겠다, 그런 마음이 훨씬 더 큰 것 같아요. 저도 물론 그런 사람이고요. 그런데 이 단톡방은 좀 뭐랄까, 느낌이 달랐어요. 사실 대단한 얘기를 나눈 것도 아니고 생존 신고나 하자, 뭐 이런 취지였는데, 다들 혼자인 사람들이어서 그런지 말하지 않아도 통하는 느낌이라고 해야 하나. 아! 아니요. 그보다는, 이제 알겠어요. 나만 이상한 거 아니구나, 다들 나랑 비슷하게 살아가고 있구나, 그런 안도감이 든 것 같아요. 어떤 이유로든 혼자 사는 사람들에게는 남과 다르다는 게 스스로 취약점이 되기도 하거든요. 인간이 참 나약하죠? 뭐 남들과 좀 다르면 어떻고, 남들이 나를 어떻게 보든 그게 무슨 상관이라고. 크게 잘못하는 게 없다면 그저 나 살고 싶은 대로 살아도 되는 거잖아요? 사실 이건 제가 저한테 해주고 싶은 이야기예요. 30년 넘은 모범생. 그게 바로 저니까요. 어떤 일이 제게 일어났고, 그 일 때문에 참 힘들었는데, 그래도 하나 깨닫게 된 게 있어요. 내가 참 세상을 바라보는 시야가 좁았구나. 이렇게 살지 않았어도 됐구나. 그리고 막 억울한 거예요. 누구도 강요하지 않았는데, 왜 나는 이렇게 재미없는 인생을 살아왔지? 죽는 순간에 후회는 안 남을까? 이제라도 좀 막살아볼까? 하하. 한 가지 고백하자면 제가 음식을 잘 소화를 못 시켜요. 몸은 알고 있는 거죠. 제마음이 아직 다 회복되지 않았다는 걸요. 오늘은 일부러 죽을 먹었는데도 토했어요. 위내시경까지 해봤는데 아무 문제가 없대요. 아무래도 마음의 병인 거겠죠. 얼마 전까지는 굉장히 조급했어요. 이런 나를 어떻게 해야 하나. 빨리 나아야 하는데 원래의나로 돌아가야 하는데. 그런데 어느 순간 깨달았어요. 아, 나는그 일이 있기 전의 나로는 돌아갈 수 없겠구나. 나는 이제 그 일을 겪은 사람이 된 거구나. 이젠 이런 나를 그대로 받아들이고사랑해주는 수밖에 없겠구나. 왜 눈물이 나려고 하죠? 저도 참주책이네요. 카메라 앞에서 혼자 주절주절. 어쨌든 천천히 저는나아질 거예요. 그냥 운이 없었을 뿐이었으니까. 이것도 하나의기회인 거겠죠? 이 방송이 나가고 나면 저 같은 경험, 아니 저보다 더한 일을 겪은 사람들도 다들 잘 살아가고 있다는 걸 아시게 될 거예요. 오늘 제 브이로그는 여기까지입니다. 오늘까지마감이어서 꽤 늦은 시간까지 야근을 해야 할 것 같아요. 그래도 힘내서 잘해보겠습니다. 오늘도 일터에서 전쟁 같은 하루를보내고 있는 여러분, 아자아자! 파이팅! 아? 방송 시간이 밤이라고 했나요? 그럼 좋은 밤 되세요. 안녕~."

#C의 기록 3 _ 거실

"안녕하세요. 이것도 자꾸 하다 보니까 익숙해지네요. D님에게는 집에만 계시지 말고 나가시라고 해놓고 정작 제가 집이네요. 사람이 원래 모순적인 면이 다 있잖아요? 혹시 어떤 취미를 갖고 계세요? 저는 요새 커피를 배우고 있거든요. 바리스타 자격증을 따보고 싶어서요. 근데 이게 참 재미있어요. 아, 커피 배우는 것도 그렇지만, 제 나이대부터 60대까지 정말 모든 연령대의 사람을 다 만날 수 있거든요. 그럼 또 다양한 얘기를 들을 수 있고. 그게 정말 신기해요. 40대 이상으로 보이는 분들은 자기 얘기를 서슴없이 전부 하더라고요. 저는 좀 이해가 안 되는 게, 내 사생활에 대해서 그렇게 무턱대고 오픈을 하다니요. 그럼 나중에 골치 아파질 수도 있잖아요? 그런데 아무 거리낌이 없더라고요. 사람을 어떻게 그렇게 쉽게 믿죠? 내가 나중에 어떻게 이용당할지도 모르는데. 어머! 그리고 보니 저도 이 브이로그를 통해 다 알려지긴 하겠네요. 그럼 이왕 이렇게 된 김에, 여기 보이세요? 이게 제가 만드는 액세서리랍니다. 반짝반짝 빛나는 걸 만들다 보면요, 제 마음마저 반짝하고 빛나는 것 같거든요. 이 조그마한 녀석이 누군가의 일상을, 하루를 빛내준다고 생각하면 참 뿌듯해요. 제가 외로움을 해갈하는 방법 중엔 달리기도 있지만 사실 제일 좋아하는 건 드라마 몰아 보기예요. 좀 전까지도 보고 있었는데, 〈스물다섯 스물하나〉요! 다시 보고 있거든요. 너무 늦었죠. 남들 다 백이진앓이 할 때 저는 1도 모르다가, 요새 정말 미치겠어요. 이 오빠 때문에. 하하. 실제 제가 그 나이대이기도 해서 나는 저런 사랑을 해봤었나, 내 과거의 사랑이 하찮아지기도 하고. 아, 남주혁 오빠 실물 한번 보고 싶다, 이런 생각도 했다가. 어쩌면 내가 달리기든 드라마든 이렇게 몰입할 대상을 찾는 이유가 현실에서 도피하기 위함은 아닐까 이런 생각도 들었다가. 그런데 또 그럼 어때요. 나의 현재가 시궁창 같다면 잠시 외면해도, 회피해도 되는 거잖아요. 그래야 현실도 살아갈 수 있을 테니까요. 드라마를 볼 때 저의 벗은, 요 맥주거든요. 와인보단 맥주가 드라마나 영화엔 더 제격인 것 같아요. 그럼 저는 이진이랑 희도랑 어떻게 되는지 이제 집중해서 봐야 하니까, 이따가 다시 만나요. 안녕~."

D의 기록 3 _ 스타벅스

"어…, 좀 시끄러우실까요? 저는 아…, 그러니까 지금 한 보름 만에 집 밖에 나온 것 같아요. 사실 글이 잘 써지던 시절에는 스타벅스에 앉아서 사람도 구경했다가 글도 썼다가 그렇게 대여섯 시간은 너끈했거든요. 근데 글이 막히기 시작하면서부터는 그냥 바깥출입 자체가 너무 어려워지더라고요. 사람 마음이 참 이상하죠? 여하튼 A님께서 주신 기프티콘을 쓰기 위해 오랜만에 스타벅스에 나와봤습니다. 처음엔 카메라를 켤 마음까진 없었거든요. 근데 아무도 저를 신경 쓰는 것 같지 않고, 제 딴엔 그래서 이렇게 모험이랄까, 도전을 해보고 있습니다. 솔직히 아까 A님, C님하고 카톡으로 이야기 나눌 땐 제가 좀 욱했던 부분도 있거든요. 갑자기 궁금한데, 우리 단톡방 내용도 나중에 공개가 되는 걸까요? 아무튼, 생각해보니까 정곡을 찔려서 화가 났던 것 같아요. 제 나름대로 집에만 있는 생활이 편한 것도 사실이긴 하지만 그렇다고 집에만 있는 저 자신이 썩 마음에 드는 건 아니거든요. 어느 순간 사람들 만나는 게 불편해졌어요. 꼭 일대일의 만남, 이런 것뿐만 아니라 이렇게 사람 많은 곳에 나와 있는 것 자체가 좀 힘들더라고요. 공황장애인가 싶어서 병원도 가보고 그랬는데, 약 먹을 정도는 아니라고 하고. 상담이라도 받아볼까 싶었지만 생전 처음 만난 사람에게 제 마음을 털어놓는 건 성미에 안 맞더라고요. 의사가 뭘 이해할까 싶고. 그저 듣는 시늉이나 하는 거겠지. 돈벌이 수단 그 이상도 이하도 아니다. 하하. 제가 너무 시니컬한가요? 사실 저의 문제점은 제가 제일 잘 알고 있습니다. 세상을 못 믿는다는 거죠. 아니, 제가 저를 못 믿는다는 게 가장 정확한 표현이겠네요. 나는 올바른 방향으로 가고 있는가. 내가 쓰는 글은 사람들의 마음을 움직일 수 있는가. 나는 정말 재능이 있는가. 이제 틀려먹은 건데, 단지 단념을 못 했을 뿐인가. 네, 저는 글을 쓰면서 즐겁다기보다는 불안하고 외로운 것 같아요. 그런데도 이렇게 놓지를 못 하는 걸 보면 저도 참 미련하죠. 아무튼 오늘은 글이 써지든 안 써지든 노트북도 들고 나왔습니다. 일단 A님께서 보내주신 케이크랑 아아 먼저 잘 먹겠습니다."

D A님이 보내주신 기프티콘 잘 썼습니다.

C 와우, 스벅 다녀오신 거예요? 제가 왜 기쁘죠?

D 마음씨가 착하셔서 그래요. 아직 스벅입니다.

C 멋지네요. 저는 맥주 마시면서 <스물다섯 스물하나> 이제야 완주했어요.

D 드라마 말씀하시는 건가요?

C 네, 좀 늦게 시작했죠. 혹시 보셨어요?

D 네, 저는 본방으로 봤습니다.

C 하, 마지막 회 진짜 너무 하지 않아요? 이진이랑 희도랑 어떻게 그따위로 끝나요? 저 지금 후폭풍에 미쳐버릴 것 같아요.

D 뭐, 작가의 의도가 있지 않았겠습니까.

C 드라마를 왜 보는 건데요? 현실이고 나발이고 다 모르겠고 판타지, 실제로는 있을 수도 이루어질 수도 없는 그런 사랑, 희망, 그런 거 대리만족하고 싶은 건데. 하, 막판에 이렇게 어깃장을 놓으시면. 정말 설마

설마하면서 봤어요.

D ㅎㅎ 드라마 보면서 흥분하시는 거 보니까 아직 젊으시네요. 부럽습니다.

C 왠지 놀리시는 것 같은데. 아까 제가 왜 집에만 계시느냐고 뭐라 해서 맘 상하셨죠. 솔직히?

D 아니요. 그럴 리가요. 덕분에 이렇게 오랜만에 카페에도 나왔는데요. 그나저나 A님은 일하느라 바쁘신가 보네요.

#N의 기록 2 _ 지하철

"저는 오랜만에 지하철을 타러 가고 있어요. 지하철 안에서까지 떠드는 건 좀 민폐 같으니까 조용히 카메라만 켤게요. 피디님께서 BGM은 알아서 그럴싸하게 깔아주시겠죠? 저는 지금 협력사에 가고 있고요. 제가 일하는 모습도 얼핏 보실 수 있겠네요. 그럼 Follow Me."

미팅이 있어서 브랜드사에 가고 있다. 팔로워 10k의 인플루언서라고 하면 벌이가 상당한 줄 아는데, 사실 그렇지도 않다. 노동력에 비해 돈을 많이 버는 건 사실이지만.

오늘은 오랜만에 지하철을 탔다. 학교에는 버스를 타고 다닌

다. 맨 뒷자리에 앉아 창문을 활짝 열어놓고 눈을 감으면 계절마다 바뀌는 바람의 냄새가 코끝을 간질인다. 그 순간 나는 나를 잊는다. 하루 정도는 아무것도 안 하고 싶어서 수강 신청을 주 4회로 몰았고 평소엔 강의만 듣고 집으로 온다.

　나는 학교에서 그다지 존재감이 있는 학생은 아니다. 조별 과제를 할 일이 별로 없는 학과이기도 하고 MT는 물론이고 과모임에도 가본 적이 없다. 과대는 지겹게도 문자와 전화를 해대지만 나는 사람과 엮이는 게 싫어서 단톡방도 나와버렸다. 인간에 대한 환멸은 가족으로 충분하다. 이런 내가 다큐에 출연을 하고 단톡방에서 대화란 걸 하고 있다니, 오래 살고 볼 일이다. 오랜만에 탄 지하철에선 갖가지 냄새가 뒤섞여 역겹다. 하. 구질구질. 조금만 참자. 곧 내릴 역이다.

N 저는 미팅 가고 있어요. 오늘 늦잠 잔 김에 학교 수업도 쨌거든요. 지금 지하철인데, 아, 진짜 제 취향 아니에요. 어서 빨리 상쾌한 공기 맡고 싶다.

C 요즘 지하철은 그래도 쾌적한 편이던데요. 대형 공청기도 있고. 오늘 미먼 안 좋아서 거기가 나을 거예요.

N 아, 오늘 공기 나빠요? 마스크 안 챙겼는데.

G 앞으론 제가 생존 신고와 함께 날씨 예보도 해야겠네요.

N Thank U, Sir!

단톡방에 일상을 보고하고는 머릿속으로 내릴 정거장을 계산해보고 있는데, 후드티에 야구모자를 눌러 쓴 채 앞머리로 눈동자마저 가린 내 또래의 남자가 다음 역에서 탔다. 그의 등장으로 일순간 칸의 분위기가 달라졌다. 불길한 공기가 주변을 감싸더니 이내 나의 예상이 맞아떨어졌다.

"아이, 씨." 그가 내뱉은 짧은 한마디에 사람들의 동공이 불안하게 흔들렸다.

'똥은 무서워서 피하는 게 아니야. 더러워서 피하는 거지.' 나는 나의 머릿속이 들킬세라 티 나지 않게 두 걸음 정도 그에게서 멀어졌고, 재빨리 카메라를 껐다. 그러나 사회에 불만이 있는 자들이 대체로 그렇듯 그는 기민하게 약자가 누구인지, 먹잇감을 누구로 삼아야 할지 알아차렸다.

"어이, 아줌마!"

그는 가까이에 있던 아이 엄마에게 난데없이 시비를 걸었다. 나는 그 말투에서 그의 마음속 생각을 읽었다. 어려서부터 자연스레 터득하게 된 나의 주특기. 그때의 난 거의 독심술 수준으로 사람들의 마음을 읽어냈다. 언니 때문에 불편한 엄마의 마음을 예민하게 읽어 눈치껏 행동하기. 그것이 나의 생존 전략이었으니까. 지금 저 사람은 '지금 나는 누구라도 좋으니 이 거지 같은 세상에 복수할 타깃이 필요하고 그게 당신이면 간편하겠다.'일 것이다.

"어이, 아줌마. 귀먹었어? 왜 대답이 없어? 이제 별 거지 같은 것들도 나를 무시하네. 맘충이 그냥 나온 말이 아니지. 그죠?"

그녀는 본능적으로 데리고 있는 남자아이의 손을 더욱 세게 움켜쥐었고, 그는 코웃음을 치더니 "너 참 잘생겼다."라며 아이의 머리를 쓰다듬었다. 마치 내가 당하고 있는 일처럼 양팔에 소름이 끼쳤다.

그런데 그때 예상치 못한 일이 벌어졌다. 아이가 남자의 손을 사력을 다해 물어버렸던 것이다.

"이 새끼가!" 그가 비명을 지른 그 순간, 엄마가 아이를 자신의 등 뒤로 숨겼고, 가방으로 몸을 가렸다. 그사이 주변에 있던 남자 서넛이 모여들더니 그놈을 포박해버렸다. 이때다 싶어 나는 재빨리 그 순간을 동영상으로 찍었고, 덩치가 산만 한 그가 옴짝달싹 못 하는 사이 누군가의 신고로 지하철 보안관이 등장하면서 사건은 일단락되었다.

N 와, 저 좀 전에 어이없는 일이 있어서. 왜 눈빛부터 불량한 사람 있잖아요. 그런 미친놈 하나가 탔는데, 괜히 애 엄마한테 시비 걸고, 근데 그 애가 그 남자 손을 물고, 주변에 있던 남자들이 그XX 포박하고. 암튼 지하철 보안관이 와서 마무리 됐는데, 아직도 심장이 떨려요. 세상에 언제부터 이렇게 또라이들이 많아진 거예요?

G 이상한 사람이야 수백 년 전부터도 있었죠.

D 그래도 요즘 세상이 좀 더 알 수 없게 돌아가는 건 맞는 것 같아요. 워낙 변하는 속도가 빨라서 그런가. 저도 가끔 어지럽거든요.

N 그렇다고 왜 아무 죄 없는 사람한테 화풀이를 해요. 비겁하고 치사해.

D 인간이란 대체로 비겁하고 치사하죠. 저라고 그렇지 않다고 자신 있게 말은 못 하겠네요.

N 아무튼 오늘 저속한 인간과 그렇지 않은 사람들을 동시에 만나 마음이 좀 복잡하네요.

G 휘둘릴 필요 없어요. 원체 세상은 그래왔고, 그런 거니까요.

N 그렇게 인생 다 산 사람처럼 말하지 마세요.

사실 나의 마음은 늘 비좁았다. 결론이 나지 않는 생각들로 가득 차 있어 나를 제외한 어떤 누구도 받아들일 수가 없었다. 어쩌면 두려웠던 것일지도 모른다. 누군가 나의 세계를 침범하고 감 놔라, 배 놔라 하는 순간, 내가 틀렸을 수도 있다 인정하게 되는 순간, 나는 무너질 것만 같았다. 그래서 나는 진짜 나를 꽁꽁 싸맨 채 대외적인 나, 보이는 나에게만 치중했다. 그러다 보니 어느 순간부턴 헷갈리기 시작했다. 진짜 나는 어떤 사람이었지? 원래의 나는 이런 모습은 아니었던 것 같은데. 기억을 통째로 삭제시켰다. 덕분에 나는 나조차 속이는 데 성공했다. 그런데 이 사람들이 나의 견고한 가면을 벗기려고 한다. 나의 성벽을 무너트리려고 한다. 나는 내 마음에 위기 경보를 울렸다.

#G의 기록 3 _ 고깃집

"좀 이른 저녁이지만 반주를 하기 위해 고깃집에 왔습니다. 이거, 협찬받거나 그런 거 아니고요, 그냥 단골집인데 여기 고기가 죽입니다. 여기 때깔 좀 보세요. 저, 상호 노출 안 되게 잘 찍고 있죠? 자, 이렇게 불판 위에 삼겹살을 올리면, 소리 들리시죠? 고기는 지글지글, 된장찌개는 보글보글, ASMR 방송 같네요. 하하. 그럼 신성한 고기 앞에서 허튼짓을 할 순 없으니까 오늘 브이로그는 여기서 끝냅니다. 저는 친구랑 좋은 시간 보내겠습니다."

내가 점심으로 가장 선호하는 메뉴가 서브웨이 샌드위치라면 누군가와 함께 먹는 저녁으로는 단연 숙성 삼겹살이다. 고기라는 것이 집에서 구우면 냄새가 너무 심하고 뒤처리도 번거로운 반면, 남이 구워주는 양질의 고기를 먹으며 마음 맞는 이와 술 한잔까지 곁들이면 '아, 그래도 세상이 살 만하구나', 그런 생각이 든다. 오늘도 역시 그녀와 함께 이곳을 방문했다.

"넌 참 일관성 있어. 이 집 질리지도 않아?"

"아니, 전혀. 나만의 단골집이 있다는 게 얼마나 설레는 일인데. 너 생각나? 우리 대학교 때 자주 가던 떡볶이집?"

"맛나 분식?"

"응. 거기 없어졌다더라. 나 그 얘기 듣고 눈물이 다 났어."

"너도 참 감성적이다. 하긴 그러니까 그런 일도 하는 건가."

나는 감성적이라서 그런 일을 할 수 있는 게 아니다. 지겹게도 싸우던 부모님 사이를 중재하며 자란 탓인지, 아니면 타고나길 그런 거였는지, 내 마음을 탐색하고 타인의 마음에 공감하는 것은 그냥 당연한 습관 같은 거였다. 생존본능 같은 것. 술에 취한 날이면 엄마를 때리던 아버지를 어떻게든 이해해야만 그 집에서 숨 쉴 수가 있었으니까.

"인간은 왜 혼자일 수 없는 걸까?"

그녀가 두 눈을 동그랗게 뜨며 되물었다.

"뜬금없이 무슨 소리야? 혹시 부모님 얘기?"

나는 고개를 끄덕인 후 말을 이었다.

"엄마는 자기 때리는 그 인간이 뭐가 좋다고 계속 살았을까."

"나는 너희 어머님 좀 이해 돼. 결혼해보니까 그렇더라. 결혼이란 게 굉장히 복잡한 거야. 단순히 남녀가 만나서 마음이 안 맞는다고 쉽게 헤어질 수 있는 그런 종류의 것이 아니란 말이지."

그녀는 빈속에 소주를 원샷 했다.

"원래 복잡한 문제일수록 답은 심플한 거 아니야? 난 도저히 이해가 안 돼."

"왜 굳이 이해하려고 해. 그냥 어머니는 어머니 인생을 그렇게 하기로 선택하신 거고, 꿋꿋하게 지키신 거야."

"그럼 나는?" 나는 나도 모르게 소리를 질렀고 일순간 일그러진 그녀의 표정을 보고는 무언가 어긋났음을 깨달았다. 이럴 때 필요한 건 재빠른 사과.

"미안. 너한테 화낼 일이 아닌데."

나의 말에 그녀는 차분하게 답했다.

"너 때문에 사신 거야, 어머니. 나는 자식이 없는데도 결혼이 쉽게 포기가 안 되거든. 왜 우리 인생의 가장 중대한 결정 같은 거잖아, 결혼은. 특히 나는 아무런 강요도 받지 않았고 오롯이 나의 선택으로 늦은 나이에 결혼을 했어. 근데 이걸 내가 놓아 버리면 왠지 내 인생이 통째로 실패한 것만 같은 기분이 드는 거야."

"너 혹시 불행해?"

나의 조심스러운 물음에 그녀는 단호하게 고개를 저었다.

"그렇게 단순한 문제가 아니라고. 인생이 어떻게 365일 불행하기만 하고 365일 행복하기만 하겠어. 그냥, 결혼이란 새로운 나를 발견하는 일 같아. 나도 몰랐던 내 모습에 화들짝 놀라는 거지. 상대방은 오죽하겠어. 그냥 서로 견디는 거야. 그러다가 의리도 쌓이는 거고."

그녀의 솔직한 말에 나는 가슴이 답답한 것 같기도 하고 짜르르한 것 같기도 했다.

"몰라. 난 그런 건 다 모르겠고. 엄마가 나를 정말 생각했다면 그 집에서 나왔어야 하는 거야."

"아버지가 너한텐 잘 해주셨다며. 지금까지도 그렇게 미워?"

"너도 알지? 나 이해심 많은 거. 근데 도저히 이해할 수가 없는 게 아버지란 인간이었어. 아니, 어쩌면 그보단 엄마가 더 이해가 안 된 건지도 모르지. 그렇게 맞아 놓고 다음 날 용서를 빌면, 없던 일이 돼. 자신에게 해를 끼친 사람을 어떻게 다시 받아줄 수가 있는 거지? 넌 그게 이해가 돼?"

"나라면 그렇게 살진 못했겠지. 하지만 난 어머니 마음 알 것도 같아. 경제적인 능력은 없지, 아들은 타고나길 똑똑하지, '나만 참으면 되겠구나', 그 마음이셨을 거야."

"엄마는 단 한 번도 내 마음에 대해선 물어본 적이 없어. 내가 왜 공부를 잘한 줄 알아? 재미있어서? 아니. 뭐라도 집중할 곳이 필요했거든. 그게 나한텐 공부였던 거고."

"두 분 그래도 지금은 잘 사신다며. 이제 네 인생 살아. 언제까지 부모님 문제에서 못 벗어난 채로 살 거야?"

"그냥 해결하지 못한 숙제를 안고 사는 기분이야. 이걸 완전히 이해해야 내가 해방될 것 같은데 이번 생에 가능한 일일지 모르겠다."

"세상에 어떤 일이든 완전히 이해한다는 게 가능한 거야? 죽는 날까지 모르는 문제도 있는 거지. 그냥 그 사실 자체를 받아들였으면 좋겠어. 너도 가만 보면 은근 완벽주의야."

"인정. 이 나이 먹어도 그게 참 안 내려놔진다. 하하."

"혹시 너 그래서 결혼도 안 하는 거야?" 그녀가 넌지시 내게 물었다.

그 순간 짓궂어지고 싶었던 거였는지 장난에 스리슬쩍 본심을 숨기고 싶었던 건지 구분할 수도 없게 내 입에선 이런 말이 터져 나왔다.

"몰라서 묻는 거야? 너 때문이잖아. 나 버리고 시집가니까 좋아?"

'갑분싸'라는 단어는 누가 만들었는지 몰라도 대단한 표현이다. 그녀는 순식간에 굳은 표정이 되더니, 얼음장보다 차가운 목소리로 말했다.

"내 핑계 대지 마. 그렇게 말하면 재밌어? 이것도 장난이라고 치는 거야?"

나는 당황했고, 이 상황을 어떻게 넘겨야 할지 재빨리 머리를 굴렸지만 입은 제멋대로 비아냥대고 있었다.

"아, 그래. 네 잘못 아니고 내 잘못. 고백도 못 한 주제에 이렇게 말하면 안 되는 거지."

"계속 불편하게 굴 거면 나 가고."

나도 모르게 한숨이 새어 나왔다. 그래, 우리는 친구 사이지만 나는 늘 너에겐 을이었다. 네가 그냥 가버릴까 봐, 네가 날 만나주지 않을까 봐, 네가 날 떠날까 봐 늘 마음 졸여야 하는 을.

순간 화가 났다. 이 상하관계는 정말 죽을 때까지 바뀔 수가 없는 건지. 왜 그녀는 내 마음을 알면서도 모른 척해왔는지. 마지막이라는 심정으로 나는 물었다.

"근데 은하야, 너 진짜 몰랐어? 내 마음. 모르지 않았잖아. 알면서도 모르는 척 가버린 건…, 버린 거야."

그녀는 사뭇 진지해진 분위기를 못 견디겠다는 듯, 나를 흘겨보았다.

"지금 싸우자는 거지? 너 좀 취한 것 같아. 오늘은 그만하자. 우리 남편 퇴근했겠다."

알고 있다. 그녀는 지금 일부러 남편을 언급했고 그럼으로써 나에게 다시 한번 선을 그은 것이다.

일어서서 내 옆자리로 온 그녀가 나를 내려다보며 무언의 채근을 했다. 나는 미동도 없이 그녀를 가만히 바라보았다. 그녀는 어쩔 수 없다는 듯 도로 앉았지만, 그녀의 시선은 나를 향하지도 다른 것을 보고 있지도 않았다.

그녀는 혼잣말하듯 나지막이 말했다.

"이것도 이해할 수 없는 얘기가 될 텐데, 처음이자 마지막으로 말하는 거야. 넌 나한테 가장 소중한 사람이야. 난 널 잃으면 버틸 수가 없어. 이 말을 하고 있는 지금 이 순간도 난 무척 두려우니까. 우리에겐 이 정도 거리가 딱 좋아. 그게 내가 내린 결론이야. 네 마음 알면서도 계속해서 모른 척한 건 미안해. 근데 그게 나한텐 널 잃지 않는 최선이었어."

그녀의 고백을 듣는 내 마음은 너무도 아렸다. 그리고 술기운 때문인지 예상치도 못한 고백을 들은 탓인지 난데없는 용기가 샘솟았다. 그 밤, 음악은 감미로웠고 온 우주에 그녀와 나만이 존재하는 듯했으며, 오늘이 아니면 난 곧 죽어도 지금과 같은 일을 저지를 수 없을 것이다, 생각한 순간 나의 입술은 어느덧 그녀의 입술에 다가가 있었다.

B 저는 이제 퇴근하고 집에 왔습니다. 고단한 하루였네요. 뭐 다큐 방송되고 나면 다들 아시겠지만 저는 하루의 마무리로 명상을 하거든요. 관심 있으신 분은 함께해보셔도 좋을 것 같아 링크 걸어놓겠습니다. 오늘 하루도 다들 수고 많으셨습니다.

G 아…, 명상 좋네요. 지금 제 마음이 참 혼란스러운데 꼭 들어가 보겠습니다.

A 저는 퇴근 중입니다. 겨우 마감을 넘겼어요. 어? 근데 이 채널, 저도 추천받았던 건데 신기하네요. 명상이 그렇게 좋아요?

B 처음엔 좀 어려운데, 하다 보면 서서히 마음의 평화가 찾아옵니다.

A 마음의 평화라니, 저에게 딱 필요한 채널이네요. 두 분이나 추천을 해주셨으니 다음에 꼭 들어가 볼게요. 오늘은 너무 피곤해서요.

B 네. 전혀 강요할 마음은 없습니다. :) 저는 그냥 기존 영상 보면서 따라 하는 거고요. 일주일에 한 번씩 라방하니까 그때 함께하시죠.

A 네, 좋아요. ^^

G ☎ 보이스톡 해요~.

A 여보세요? 어머? 이거 뭐예요? 저희, 목소리 먼저 공개하는 거예요?

B 아, 안녕하세요. B입니다.

G 안녕하세요. 아, 제가 좀 취하기도 했고 여러분 목소리가 궁금해서 용기 내봤습니다.

A 아, 정말요? 뭔가 환기되는 기분도 들고 좋네요. 근데 G님은 밖이신 가봐요. 뭔가 어수선해요.

G 아, 네. 집에 가는 길입니다. 무턱대고 보이스톡 걸어봤는데 받아주셔서 감사합니다. 근데 이거 저도 첨이라 좀 어색하기도 하고. 우리 무슨 얘기 할까요?

B 다른 분들은 바쁘신가 봐요. 조용하네요.

D 안녕하세요. D입니다. 아, 저는 대부분 아시겠지만, 오늘 스벅에 갔고 일을 했고. 네, 뭐 그렇습니다. A님, 감사합니다.

A 저, 바빠서 중간 톡 확인을 못 했는데, 다녀오셨구나. 되게 뿌듯하네요.

D 네, 복 받으실 겁니다.

G 따뜻하니 좋네요.

A 근데 G님은 오늘 왜 혼란스러우세요?

G 아, 이런 세심함 너무 좋아요. 그냥 지나가나 싶었는데 캐치해주시고.

A 저희 서로 너무 띄워주는 거 아니에요?

B 정글 같은 세상에 우리끼리라도 이러면 좋은 거죠.

D 사실 좀 걱정되는 부분도 있어요. 막상 또 만나면 굉장히 어색할 것 같습니다.

A 저는 아닐 것 같아요. 서로 더 금방 마음을 열게 될 것 같아요.

B 저도 동의합니다. 사실 처음 보는 사이에 마음을 선뜻 못 여는 이유가 서로에 대한 정보가 너무 없기 때문이잖아요.

A 맞아요. 얼마나 나에 대해 오픈해야 할지, 이 사람들이 나를 어떻게 평가하고 판단할지 전혀 알 수가 없으니까요.

D 그렇죠. 나에 대해 상대가 멋대로 재단해버린다고 생각하면, 최악입니다.

G 그래서 우리 관계가 귀하고 특별한 겁니다. 막상 서로의 나이나 직업 같은 건 알 수 없어서 익명성이 보장되고, 혼자 산다는 공통점이 있어서 이야깃거리도 있고.

A 아니, 그래서 G님은 오늘 무슨 일이 있으셨는데요. 말하기 싫으시면 안 하셔도 되고요.

G 아, 어디든 털어놓고 싶긴 한데, 이 나이 먹고 좀 창피하기도 하고.

A 뭔데요? 그렇게 얘기하시니까 더 궁금해요.

G 저한테 오랜 여사친이 있거든요. 대학 때 같은 동아리였으니까 30년은 됐네요.

A 뭔가 흥미진진해요. 아, 단순한 호기심은 아니니까 오해하지 마세

요. 그런데요?

G 제가 꽤 오래, 많이 좋아했거든요. 그런데 오늘 술김인지 홧김인지 고백을 해버렸어요.

A 세상에.

B 그래서 어떻게 되셨어요?

G 화가 났는지 당황했는지, 뭐 말없이 일어나서 가버렸습니다. 하하.

A 오 마이 갓.

G 오래 숨겨왔어요. 소울메이트 같은 친군데. 그래서 잃을까 봐, 우리 관계가 변하게 될까 봐 참아왔는데, 오늘은 무슨 마음이었는지도 저도 잘 모르겠네요.

A 그러실 수 있죠. 그래서 지금 걱정되세요?

G 걱정된다기보다는 후련한 마음이 크긴 해요. 이 친구랑 제가 그렇다고 해서 이렇게 끝나버리진 않을 거라는 확신은 있거든요.

A 소울메이트라니 너무 멋지다…. 저도 그런 관계를 항상 꿈꿔왔는데, 이젠 가능할지 모르겠어요.

G 우리의 생은 나를 온전히 이해해주는 단 한 사람을 만나기 위한 여정이 아닐까, 그런 생각을 한 적이 있어요. 그러고 보면 전 럭키맨이네요.

A 멋진 말이네요. 이 단톡방 통해서 저, 뭔가 많이 배워요.

B 생각해볼 만한 이야기 같아요. 나는 누군가에게 그런 사람이 될 수 있을까 그런 생각도 하게 되고.

D 저는 좀 판타지처럼 느껴지는데. 타인과 마음이 완전히 일치한다는

게 가능할까요?

G 아무튼 뭐 복잡한 얘길 꺼내려던 건 아니었습니다. 제가 오늘 술을 좀 많이 마셨고, 실수 아닌 실수를 해서 좀 센티했고, 그냥 여러분 목소리가 궁금했고, 그랬네요. 그럼 다들 좋은 밤 되시고. 먼저 끊겠습니다.

#B의 기록 2 _ 집

"오늘은 무척이나 피곤한 하루였습니다. 여느 때와 마찬가지로 일은 늦게 끝났네요. 사실 다른 날처럼 명상으로 하루를 마감하려고 했는데, 왠지 그럴 기분이 아니라서 치맥 한잔하고 잠자리에 들까 합니다. 좀 전에 단톡방 사람들과 처음으로 보이스톡을 해봤어요. 톡으로만 이야기 나누다가 목소리를 들으니까 좀 이상하기도 하고 새롭기도 하고 그랬습니다. 저는 인간관계에서 적정거리를 잘 지키는 사람이라고 생각해왔는데, 요샌 그게 좀 허물어지는 기분이에요. 예의는 지키면서 나를 다 드러내진 않는 것, 그게 저만의 철칙이었다고 해야 하나. 사실 저는 혼자서도 잘 놀기 때문에 그동안 크게 불편하지 않았거든요. 그런데 여기 사람들을 알게 되고, 서로 생존을 확인한답시고 안부를 묻고, 오늘 있었던 일들을 주고받고 그러다 보니 좀 마음이 차오른다고 해야 하나. 그래서 또 이렇게 마음을 나누며 지내는 게 맞는 건가, 그런 생각도 들고. 오늘따라 제가 좀 횡설수설이네요. 아무튼 오늘은 평소와 달리 명상을 건너뛸 생각입니다. 잠시만요, 톡이 왔네요. 그럼 오늘 브이로그는 여기까지 하겠습니다."

N 아니, 뭐예요. 저 빼고 보이스톡 하신 거예요? 씻고 나왔더니 이게 뭔 일?

C 저도 못 받았어요. 아쉬운데 제가 한번 걸어볼까요?

N 근데 지금 톡을 우리 둘만 하고 있는 것 같지 않아요?

C 아니에요. 우리가 6명인데 지금 3 남았으니까 누구 한 명이 더 보고 있다는 말인데….

B 접니다.

N 안 주무셨네요? 보이스톡으로 무슨 얘기하신 거예요? 아니, 톡은 증거가 남는데, 통화 내용은 알 수가 없으니까. 완전 궁금한데.

B 별 얘긴 없었어요. 뭐, 이 방 좋다. 그런 얘기랑 G님 혼란스러우신 얘기. 이런 거 잠깐씩 하고 끊었습니다.

N G님은 왜 혼란스러우시대요?

B 그건 제가 얘기할 이야기는 아닌 것 같아요.

C 와, 진짜 궁금하다.

B 제 판단으론 내일 아침에 일어나셔서 내가 왜 그랬을까, 이불킥하실 만한 일 같아요.

C 뭐, 사람이 어떻게 늘 완벽하겠어요. 실수도 하고 그래야 인간미도 있어 보이고 그런 거지. 근데 그 명상 라방은 언제 하는 거예요?

B 내일 저녁 9시에 합니다.

N 라방 하면 사람들 많이 들어와요?

B 실시간 접속자 수는 100명 정도 되는 것 같아요. 사실 그 채널이 타로로 더 유명하긴 한데, 명상 스트리밍도 점점 인기를 얻는 것 같더라고요.

C 그럼 우리 내일 그 채널에서 다 같이 만나면 어때요?

B 저야, 뭐 매번 들어가긴 합니다.

N 콜이요! 재밌을 것 같아요.

B 사실 명상은 재미로 하는 건 아닙니다.

C 아니, 그 재미가 꼭 그 재미는 아니고. 뭐라고 해야 하지, 우리가 다 같이 무언가를 하는 것 자체가 재밌잖아요.

B 그렇긴 하죠.

N 거기, 그럼 우리가 막 채팅도 칠 수 있고 그런 거예요?

B 아, 굳이 명상하러 들어가서 채팅을 할 이유가….

C 다짜고짜 명상부터 시작할 건 아니잖아요.

B 그거야 그렇죠. 유튜버님이랑 이야기 나누는 시간이 있긴 합니다.

C 다른 사람들도 많이들 얘기 나눠요? B님 닉네임은 혹시 뭐예요?

B 아, 저는… 글쎄요. 모르겠네요. 한 번도 채팅을 해본 적은 없어서.

N 그럼 우리 각자 닉네임 서로 모르게 들어가서 맞히는 게임 할까요?

C 와! 좋다~. 그럼 더 재밌겠다.

B 그럼 오늘은 늦었으니까, 저는 먼저 자겠습니다.

N 하…, 저는 밤이 무서워요. 부디 오늘은 일찍 잠들 수 있게 해주세요.

B 아, 불면증. 저도 3년 전에 잠드는 게 너무 힘들어서 약 먹고 자고 그랬는데, 부작용이 너무 심하더라고요.

N 부작용이요?

B 사람마다 차이가 있겠지만 저는 낮엔 일에 집중해야 하는데 너무 졸리고 섬망이라고 해야 하나, 한 번씩 이상한 것도 보이고.

C 헐. 완전 무서워.

B 그래서 약 끊고 낮엔 점심 먹고 꼭 바깥에서 햇빛 보고 사무실 들어가고, 명상도 하고, 그리고 시간이 지나니까 좀 나아지더라고요. 세월이 약이라는 말이 그냥 있는 게 아니었어요. 명상이 정말 크게 도움이 됐습니다.

N 이쯤 되면 명상 찬양론자 아니에요?

B 하하. 그랬나요. 아, 그리고 반신욕 해보세요. 라벤더 오일 서너 방울 떨어트리고 15분 정도 반신욕 하면 이완되실 거예요.

N 수면장애 전문가 같으세요. 3년 전에 무슨 일이 있으셨나 봐요?

B 다 지난 일이지만, 이별을 좀 호되게 했어요.

C 아….

B 이렇게 침묵하시면 말 꺼낸 제가 민망한데. 하하. 뭐, 다 지난 일이고 이제 극복했습니다.

N 좋은 분 만나실 거예요.

B 텍스트에서 영혼이 하나도 안 느껴지네요. ㅎㅎ 얘기하다 보면 여기, 꼭 고독한 사람들이 아니라 상처받은 영혼들의 모임 같습니다.

#B의 기록 3 _ 집

"명상을 생략하고 치맥을 했더니 잠이 다 달아나버렸네요. 이건 계획에 없던 일인데. 잠도 안 오고 해서 카메라를 켜봤습니다. 사람이 무언가에 적응을 하게 되면 그게 그 나름대로 무서운 면이 있는 것 같아요. 일주일 후엔 왠지 개인 방송이라도 하고 있어야 할 것 같고 무척 허전할 것 같단 생각이 듭니다. 맥주 한 모금 마실게요. 새벽에 출근해서 밤늦게 퇴근하는 직종이라 웬만하면 이 시간에 술을 마신다거나 하지 않는데, 저도 좀 해이해졌다고 해야 하나, 느슨해진 것 같습니다. 사실 처음에 이 방송 제안이 들어왔을 때 고독을 자처한 사람들이니 되게 배타적이고 이기적일 거라고 생각했어요. 그런데 제가 건방졌네요. 하하. 고백하자면 오랜만에 좀 사람답게 사는 기분이 듭니다. 내가 살아온 내력을 모르는 사람들이니 오히려 편견 없이 바라봐주고 응원해주고 되게 좋은 것 같아요. 제가 좀 취했네요. 여기까지만 하겠습니다."

유년 시절과 학창 시절을 돌이켜 보면 나는 그다지 폐쇄적인 성격은 아니었던 것 같다. 그렇다고 대단히 외향적인 것도 아니었지만. 적당히 친화적이었고 누구와도 두루두루 잘 지내며 딱히 튀지 않는 보통 사람. 그러다 대학을 졸업하고 사회에 진출하며 나는 조금씩 바뀌어갔다. 술자리에서 별생각 없이 내뱉었던 아이디어를 도용당하기도 했고, 업무상 협업을 해야 하는 위치였을 땐 사사건건 걸어오는 딴지에 진이 빠지기도 했다. 하지만 내가 고슴도치처럼 날카롭게 가시를 세우게 된 가장 큰 계기는 사내 커플이었던 그녀의 진실을 알게 된 그날부터였다.

신입사원 OT에서 만난 그녀와 나는 첫눈에 사랑에 빠졌고, 재채기와 사랑은 숨길 수 없다는 말에 걸맞게 우린 공식 사내 커플로 인정받아 자유롭게 일하며 연애했다. 같은 회사에 있었음에도 나는 꿈에도 몰랐다. 그녀의 이중생활을. 타부서였던 탓도 있겠지만 이를 알고도 눈감아준 몇몇 똑같은 인간들 때문에 가능했던 일이었겠지. 내가 아팠던 건, 믿었던 도끼에 찍힌 발등 때문만이 아니었다. 인간에 대한 최소한의 신뢰마저 나는 그 일로 다 잃어버렸다.

#G의 기록 4 _ 거리

'어제의 나는 최악이다. 하지만 그녀에게 연락을 할 순 없다. 어제의 용기 같은 건 내 생에 두 번은 없을 일이다.' 따위의 생각을 하며 나는 달렸다. 햇빛에 바짝 마른 티셔츠 냄새가 나를 위로한다. 날씨라도 좋아 다행인 걸까. 내 기준 킥보드의 적정 속도는 25km/h. 하지만 적당한 스릴감도, 높고 파란 하늘도, 어제의 과오를 잊는 데는 전혀 도움이 되지 않는다. 차라리 교통사고라도 났으면 좋겠다. 그럼 그녀가 나를 보러 오겠지. 나를 보며 어떤 표정을 지을까. 슬퍼할까. 안타까워할까. 원망할까. 어제 하루가 어긋났을 뿐인데 전부를 실패한 것처럼 느껴진다. 하지만 나는 사적인 감정은 숨기고, 표정은 감추고, 일에 몰두할 것이다.

"오늘은 헤드캠을 달아봤습니다. 제가 출퇴근을 킥보드로 하거든요. 주변의 풍경이 마음에 드십니까? 아, 그보다 다들 잠은 잘 주무시고 계신가요? 저는 사실 어제 한숨도 못 잤습니다. 꼬리에 꼬리를 무는 생각을 도저히 끊어낼 방도가 없더라고요. 원래 머리만 대면 자는 게 저라는 사람인데, 나이 오십에 별일을 다 겪어보네요. 아! 아무래도 안 되겠어요. 저 오늘 대범하게, 시원하게 놀겠습니다. 갑자기 방향을 틀어서 놀라셨죠? 테니스 치러 가려고요. 머릿속이 복잡할 땐 몸을 움직여야 좀 낫더라고요. 이런 기분으로 일하는 건 모두에게 민폐니까요. 다들 좋은 하루 되십쇼."

G 생존. 좋은 아침이라고는 못 하겠고, 숙취 아침입니다. 날씨는 좋네요.

A 기분은 좀 괜찮으세요?

G 하하. 괜찮을 리가 있나요. 제가 어제 실언을 좀 많이 했습니다. 다 잊어주세요.

A 어제 무슨 얘길 하셨어요? 기억이 안 나는데.

G 크~, 역시 센스!

A 해장은 하셨어요?

G 네, 좀 전에 돌체 라테 마셨습니다.

A 해장 커피 좋네요. 저는 오늘은 다행히 굿모닝이에요. 마감 끝나서 며칠은 한가해요.

G 축하드립니다. 아! 저도 축하해주세요.

A ???

G 과감하게 일을 제치고 운동하러 가고 있거든요.

A 와, G님 좀 멋있어요. 대체 무슨 일을 하시길래 그렇게 땡땡이를 바로 칠 수가 있어요?

G ㅎㅎ 차차 오픈하게 되겠죠. 나이 먹으니까 판단이 빨라지는 건 좋네

요. 오늘 같은 날, 일 붙들고 있어봤자 모두에게 손해거든요.

B 좋은 아침입니다. 저는 어제 머리가 좀 복잡해서 치맥을 먹고 잤더니 몸이 좀 무겁네요.

A 오늘이 명상 라이브 하는 날이죠? 저희 진짜 닉네임 맞히고 그러는 거예요?

B 뭐, 다들 원하신다면 해보죠.

N ㅇㅇ

B N님, 어젯밤엔 잘 주무셨습니까?

N 완전요. 저, 이 단톡방 생기고 나서 그래도 잠을 제법 잘 자요. 안 그래도 라벤더 오일 선물 받은 게 있어서 어제 반신욕하고 잤는데, 웬걸, 저 지금 날아갈 것 같아요.

G 우리 단톡방의 순기능이네요. 고독한 우리가 만나 고독해지지 않는 중!

C 그러게요. 저는 사실 좀 외톨이거든요. 매일 달리기로 스트레스를 풀어왔는데, 그래도 역시 사람은 말로써 해소되는 것도 큰 것 같아요.

D 이른 아침인데 이렇게 전부 깨어 있는 것도 처음인 것 같네요. 저는 오랜만에 작업이 잘 풀려서 밤을 새웠습니다. 한바탕 집중하고 났더니 오히려 개운하고 좋네요. 사우나 갔다가 집에 다시 와서 한숨 자려고요.

B 부럽습니다, D님. 저 같은 평범한 직장인에게는 참 부러운 일탈입니다.

D 부럽긴요. 평범한 게 비범한 것이고, 그만큼 위대한 것도 없습니다.

C 맞아요. 남들 눈에 보통으로 보이는 거, 그거 되게 어려운 거예요. 규칙적인 일상이 있다는 것도 참 행복한 일이고요.

B 듣고 보니 또 그런 것 같기도 하네요. 하하. 한 살 두 살 나이 먹다 보니 별일 없는 것만으로도 감사하다는 생각이 종종 들어요.

A 맞아요. 저는 작년에 아빠가 폐렴으로 고생하셨었는데, 그때 덜컥 너무 무섭더라고요. 폐렴이 그렇게 무서운 병인 줄 처음 알았어요. 기침이 멈추질 않는데, 만에 하나 무슨 일이라도 생길까 봐 하루하루 얼마나 마음 졸였는지 몰라요.

D 제가 참 불효자로 느껴지네요. 나이는 먹을 만큼 먹었는데 결혼도 안 했지, 안정적으로 돈벌이도 못 하지, 제가 부모님을 챙겨야 할 나이인데, 울 엄마는 여전히 반찬이나 싸다 주시고.

A 그건 저도 마찬가지예요. 남들은 다 시집가서 손주 안겨주는데 저는 바쁠 때 엄마가 청소까지 대신해주고. 몸만 나와 사는 거지, 오히려 엄마가 왔다 갔다 하시느라 더 힘들어 보이세요.

D 도대체 철은 나이를 얼마나 먹어야 드는 걸까요?

G 제가 나이가 좀 되는데 그래도 안 듭니다. ㅎㅎ

N 저는 사실 엄마한테 별로 감정이 좋질 않아서 이 대화들이 좀 불편하네요. 딴 세상 얘기 같고.

G 앗! 그럼 우리 이제 다들 하루를 시작해야 하는 시간이니 각자 할 거 합시다. 이따 명상 때 다 모이는 거죠?

N 넵.

A 넵2

C ㅇㅋㅇ

B 좋습니다.

D 네, 한번 해보죠.

#C의 기록 4 _ 한강

"저는 오늘 날씨도 좋고 공기도 깨끗해서 한강 변을 달리려고 나왔어요. 방송국에서 헤드캠 주신 걸 달아봤는데, 제 목소리는 잘 들리실까요? 사실 제 얼굴은 안 보여도 크게 상관없으시죠? 1인칭 시점에서 바라보는 오전 한강의 풍경, 어떠세요? 잘 보이시나요? 저, 무슨 VJ가 된 것 같은 기분인데요? 하하. 그럼 속도를 좀 높여서 달려볼게요. 헉헉. 방송 보고 계신 분들은 아시겠지만, 저는 취미가 달리기예요. 아고, 숨이 가빠오는 관계로 잠시 걸어보겠습니다. 얼마 전부터 플로깅을 하고 있거든요. 스웨덴에서 처음 시작된 운동 있잖아요. 조깅하면서 쓰레기 줍는 것. 그걸 하고 있는데, 뭐라고 해야 하죠. 제가 더 가치 있는 사람이 된 기분이 든다고 해야 하나. 그래도 내가 지구를 위해 뭐라도 한 건 했구나, 그런 생각이 들면서 자긍심이 막 올라가요. 여러분께도 강력 추천해드립니다. 아, 저기 산책 나온 강아지

넘 귀엽네요. 제가 보고 있는 걸 여러분도 같이 보고 공감하실 거라고 생각하니까 외롭지도 않고 좋아요. 카메라 하나 머리에 달았을 뿐인데, 혼자가 아닌 것 같고요. 아, 네? 어디 찾으세요? 잠깐만요. 이따 다시 켤게요."

혼자 걷고 있는데 어떤 남자가 다가와 말을 걸었다. 처음엔 길을 묻는 줄 알았는데, 아니었다. 그는 나의 인스타 계정을 물었고, 얼떨떨한 그 순간에도 나는 3초간 재빨리 그를 스캔했다. 나쁜 사람 같아 보이진 않는데…, 생각한 순간 심장이 조금 빨리 뛰었다. 하지만 난 아무런 대답도 할 수가 없는 처지니까. 바보같이 '죄송합니다'를 외치고 도망치듯 달렸다.

C 아, 저 지금 좀 바보 같고. 힝, 기분이 이상해요.

A 무슨 일 있으셨어요?

C 한강을 달리고 있었는데, 어떤 남자가 갑자기 말을 거는 거예요.

A 우와, 흥미진진. 두근두근.

C 처음엔 길을 묻는 줄 알았는데, 제 인스타 계정을 물어보더라고요.

A 어머, 그래서요?

C 너무 당황해서 죄송합니다, 하고 다시 뛰었어요.

A 아, 뭐예요. 최소 썸 탈 수 있는 좋은 기회를 왜 그렇게 날려버려요?

C 사실 제가 자격이 안 되기도 하고.

A 사랑에 무슨 자격이 있어요. 그리고 그 사람이 사랑한다고 고백을 한 것도 아니고 그냥 SNS 주소 하나 물어봤을 뿐인데, 왜 그렇게 쫄아요.

C 아니, 그게 제가 아직 마음의 준비가 안 되어 있기도 하고.

G 저는 C님 마음 충분히 이해가 됩니다.

N 아니, G님은 뜬금없이 무슨 소리예요?

A 여사친 얘기하시는 것 같은데, ^^;; 연락은 하신 거예요?

G 아니요. 하하. 저도 아직 마음의 준비가 안 돼서. 그래도 땀 흘리고 났더니 정리가 됐어요. 머리든 마음이든 복잡할 땐 딱 하나만 생각해야 하더라고요. 궁극적으로 내가 원하는 것, 바라는 것은 무엇인가.

A 역시 나이는 그냥 먹는 게 아니네요. 저라면 어떨까 고민해봤는데 어렵더라고요. 아무렇지 않게 연락해도 상대가 황당해할 것 같고. 뭐, 미안하다고 하기에도 사실 좋아하는 감정이 잘못된 건 아닌데 왜 사과를 해야 하나 싶고. 저는 사랑이 세상에서 제일 어려운 것 같아요.

B 고통의 80퍼센트는 인간관계에서 오지 않을까요? 공부는 열심히 하면 어느 정도 성과라는 게 나오는데, 관계나 사랑은 노력한다고 되는 성질의 것은 아닌 것 같아요. 내 딴에 최선을 다해보고 아니면 아닌 거죠. 저는 어쨌든 G님의 가르침을 받아 오늘 반차를 내서 곧 있음 퇴근입니다. 생각해보니까 저도 참 뭘 못 놓고 살았나 싶어요. 저 하나 좀 열심히 안 산다고 이 큰 회사가 안 돌아갈 것도 아니고, 제가 당장 잘릴 것도 아닌데. 결국 그냥 제 욕심이었던 것 같아요.

A 우와, 그래서 어디 가세요?

B 만화방이요.

A 진짜 재밌겠다. 저도 가고 싶네요.

B 같이 가실래요?

A 어? 그래도 되나?

G 아마 안 될걸요. 갠톡도 하지 말라고 했는데 사적으로 보는 게 될까요?

B 아, 그렇겠네요. 근데 왜 개인적으로 연락을 하지 말라고 하는 걸까요? 제가 담당 피디님한테 한번 여쭤볼까요?

C 그러게요. 저도 궁금하긴 했어요.

D의 기록 4 _ 스타벅스

"오늘도 스타벅스에 왔습니다. 고백하자면 그동안 돈이 좀 아깝기도 했어요. 수입이 없게 된 지 꽤 됐거든요. 요즘 젊은이들 사이에서 무지출, 무소비가 유행한다고 하는데, 저는 젊지도 않으면서 그렇게 살고 있네요. 하하. 그런데 어제 문득 하루 커피값 4,500원을 아껴서 내가 얻을 수 있는 게 과연 무엇인가 고려해봤더니 딱히 없더란 말입니다. 일단 여긴 제 옥탑방보다 쾌적하고요, 사람들을 세세하게 관찰하다 보면 퍼뜩 아이디어라는 것도 떠오르니까요. 그래서 과감히 투자하기로 했습니다, 4,500원! 지금 시간이 낮 1시 반이고요. 카메라는 두고 그냥 글

쓰기에 집중해보겠습니다. 뭐, 편집은 알아서 해주시겠죠. 그럼 전 이만."

　누군가와 관계를 맺는 것에 꽤 회의적이었다. 그 시간에 스스로에 대해 더 탐구하고 세계를 탐색하는 것이 훨씬 더 유익하다고 생각해왔다. 타인은 나를 소모하게 하는 존재일 뿐, 살아가는 데 도움이 되지 않는다고 여겼다. 하지만 나는 어제 깨달았다. 실은 어떤 순간을 매우 오래 기다려왔다는 것을. 나 홀로 일어설 수 없을 때 누군가의 사소한 호의가 사람을 일으키기도 한다는 것을. 각별한 사이는 아니었지만 나를 생각해주는 그 마음은 자연스레 내게 닿았다. 그리고 그것은 과거의 어떤 기억을 불러일으켰다. 열심히 달려온 하루의 끝, 욕조에 가만히 앉았을 때 나를 감싸던 따스한 물결. 그 기억이 소환됐다. 나는 기민하게 내면의 변화를 알아차렸다. 그리고 이제는 움직일 때라는 것을 직감했다. 아무도 나를 이해할 수 없다고 스스로 벽을 쌓아왔던 지난 시간의 나에게서 한 발짝 떨어져 객관적인 시선으로 바라본다. 늘 창작의 고통에 대해 말할 수 없음이 고통스러웠다. 아니, 나의 고통을 가벼이 여기는 행태들에 화가 났다. 하지만 어쩌면 나는 인간에 대한 기대치가 남들에 비해 지나치게 높았던 것일지도 모르겠다.

D 오늘의 주제는 사랑인가요? ㅎㅎ 저는 오늘도 스벅에 나왔습니다. 물꼬를 틔워주신 A님, 감사드립니다.

A 에구. 제가 뭐 대단한 일을 한 것도 아닌데요. 아마 D님의 마음 깊은 곳에 변하고 싶다는 바람이 있었을 거예요. 제가 우연히 그 부분을 건드렸나 봐요.

G 오늘도 훈훈한 단톡방입니다. 그래서 B님은 만화방에 도착하셨습니까?

A 만화 보느라 바쁘시지 않을까요? ^^ 저는 요새 소화가 너무 안 돼서 큰일이에요. 어제까진 마감 때문에 힘들어서 그런 거라고 생각했는데, 오늘까지 이러니까 너무 힘드네요.

C 어떡해요. 기력도 없으시겠어요.

A 네. 저도 위장 장애가 이렇게 괴로운 건지 미처 몰랐어요.

G 병원엔 가보셨어요?

A 다니고 있어요. 스트레스 때문이라는데, 약도 꾸준히 먹고 양배추즙도 먹고 그래도 마음의 문제인지, 잘 낫지를 않네요.

G 마음은 또 왜요?

A 여기 가만 보면 무슨 고해성사 방 같아요. 근데 되게 신기한 게 저도 모르게 술술 불고 있다니까요. 한 6개월 전쯤에 요란한 이별을 했어요. 맨정신이라 자세한 얘기까진 못 하겠는데, 삶이 왜 나에게만 이런 시련을 주는 건가. 나는 앞으로 어떻게 살아야 하는가. 모든 게 전부 엉망인 시간이었어요. 그때부터 먹는 대로 툭하면 토하고 살은 5킬로그램 넘게

빠지고, 그러다 보니 사람들도 안 만나게 되고. 악순환의 연속이었다고 해야 하나. 상처가 상처를 알아본 걸지도 모르겠어요. D님이 칩거만 하고 계신 게 결국은 상처받으셔서 아닐까, 그런 생각이 들었어요. 그래서 조금이나마 뭐라도 도움이 되고 싶었는데, 이렇게 반응해주시니까 몸 둘 바를 모르겠고, 저도 좀 치유되는 기분이에요. 내가 아주 형편없는 사람은 아니구나. 나도 누군가에게 쓸모 있는 사람이구나. 솔직히 그렇게 버림받고 제가 아무도 주워 가지 않는 재활용 쓰레기가 된 기분이었거든요. 왜 김칫국물 묻어서 재활용도 안 되는 일회용 용기 같은 거 있잖아요. 가장 최악은 내가 나를 참을 수 없는 그 기분이었어요.

G 이별의 상처가 매우 크셨군요.

A 제가 적은 나이도 아니고 남들 다 하는 이별인데, 저는 첫 남자친구였고 오래 사귀었고, 그런데 그 신뢰가 무너지니까 모든 관계에 물음표가 붙더라고요. 어차피 인간은 혼자고, 누구도 나의 상처를 봉합해줄 수 없으니까요. 그래도 이런 다큐도 찍게 되고 여러분도 만나고 하면서 조금씩 나아지고 있어요. 처음엔 빨리 괜찮아지지 않는 자신한테 굉장히 화가 났거든요. 그런데 사람마다 속도는 다 다른 거잖아요. 같은 일을 겪어도 누군가는 회복 탄력성이 좋아서 금세 괜찮아지지만 저처럼 오래 걸리는 사람도 있을 수 있으니까요. 그냥 그런 저를 받아들이니까 마음이 좀 편해졌어요.

G 응원하겠습니다.

A 저도 G님 응원할게요. ^^

B 본죽

남녀노소 쇠고기야채죽

"저도 당신을 응원합니다."

함께 온 메시지

B 제가 좀 뒤늦게 메시지를 읽었는데, 저도 3년 전 시끌벅적한 이별을 겪어본 사람으로서 A님의 마음을 조금이나마 알 것 같아서요. 소화 안 된다고 굶지 마시고 소분해서 포장하시고 조금씩 나눠 드세요.

A 하…, 저 지금 울 것 같아요.

B A님 따라 한 거예요. 선한 영향력. ^^

A 무슨 만화 보고 계셨어요? 재밌어요?

B 혹시 살아남기 시리즈 아세요?

A 어머! 그거 저 학교 다닐 때 유행하던.

B ㅎㅎ 저희, 같은 세대인가 보네요. 15년 만에 다시 보니까 뭔가 환기도 되고 좋네요.

#N의 기록 3 _ 방

"여러분, 안녕. 이게 뭘까요? 이 안에 뭐가 들어 있을 것 같으세요? 바로, 저랑 동거하는 달팽이, '아그작'입니다. 얘가 상추나 당근, 이런 걸 넣어주면 아그작아그작 먹는 모습이 참 귀엽거든요. 지금은 흙 속에 숨어 있어서 안 보이는데, 이제 제가 흙을 갈아줄 거거든요. 그럼 여러분께도 이 깜찍한 친구를 보여드릴 수 있을 것 같아요. 여기 벽에 붙은 주황색 보이세요? 이게 달팽이의 응가예요. 얘가 당근을 먹었거든요. 달팽이한텐 색소를 분해하고 흡수하는 쓸개즙이 안 나온대요. 그래서 이렇게 먹는 거 그대로의 응가 색깔을 볼 수 있답니다. 참 똥까지 정직한 녀석이죠. 하루에 한두 번 분무기로 물을 뿌려주고 채소들을 넣어주고 어쩌다 흙도 갈아주면서 아그작이 커가는 모습을 보고 있으면요, 그냥 좀 안심이 돼요. 무언갈 많이 해주지 않아도 변함없이 곁에 있어 주는 존재가 흔한 건 아니잖아요. 아! 잠시만요. DM이 온 것 같아서 확인 좀 할게요. 음…, 저는 지금 아… 패닉인데. 이건 좀 심한데. 하…, 이럴 땐 어떻게 대처해야 하는 거죠? 세상이 점점 미쳐간다는 생각밖에 안 들어요. 제가 뭘 잘못했다고 이런 악담을 하는 거죠? 하. 가슴이 너무 답답해서 단톡방에 물어봐야겠어요."

손이 바들바들 떨리고 심장이 요동치기 시작했다. '지금 이게 뭐라고 쓰여 있는 거지?' 나는 미간을 잔뜩 찌푸린 채로 한 글자, 한 글자를 다시 읽기 시작했다.

네 인생은 껍데기일 뿐이야. 껍데기에 그렇게 공들일 시간이 있으면 내면을 좀 다듬는 게 어때? 네 면상 보는 게 얼마나 역겹고 토 나오는지 모르지? 제발 인스타 좀 그만하고 죽은 듯이 살아. 이게 처음이자 마지막 경고이길 바란다. 맘만 먹으면 나는 널 언제든 죽일 수 있거든.

그간 이상한 DM도 악성 댓글도 적지 않게 받아봤지만, 이번에는 느낌이 안 좋았다. 내가 자기 인생에 무슨 해를 끼쳤다고 개인 계정까지 찾아와서 정성 들여 이런 DM을 보내는 걸까. 누군가 심장을 움켜쥐었다 놓았다 반복하는 것처럼 가슴이 답답했다. 방 끝에서부터 끝까지 쉴 새 없이 서성였다. 어떻게 해야 이 마음이 진정될까.

N 오늘도 이 방은 따뜻하네요. 저는 좀 전에 DM을 하나 받았는데 기분이 참 별로네요.

C 무슨 내용이었는데 그러세요?

N 자존심 상해서 별로 말하고 싶진 않은데 요약하자면 저더러 불행하라는 거죠, 뭐.

A 아…, 남들 말, 너무 신경 쓰지 말아요. 세상엔 한가하고 한심한 인간들이 참 많은 것 같아요. 그래서 저는 힘들 땐 이렇게 생각하기로 했어요. 주도권을 빼앗기지 말아야겠다.

N 네???

A 내 마음, 내 인생이잖아요. 그걸 타인의 말 한마디 때문에 엉망으로 만들지 않겠다고 다짐하고 또 다짐해요. 남은 남일 뿐이다.

N 아…, 너무 맞는 말인데, 막상 이런 거 받은 날에는 온종일 멘탈이 흔들려요.

C 다들 그럴 거예요. 그래도 여기에 이렇게 털어놓으면 좀 낫지 않아요? 저는 그렇던데.

N 그건 그래요. 신기하게도 그 DM 보는 순간 이 단톡방이 제일 먼저 떠오르긴 했어요.

C 저는 인생이 뭐 별건가, 그런 생각을 종종 하거든요. 우리는 모두 지루함을 견뎌내며 하루하루를 사는 것뿐이죠. 잘났든 못났든 부자든 가난하든 상관없이 삶이라는 게 그냥 그런 거더라고요. 사춘기 시절엔 작은 일 하나에도 부들부들 떨었고 큰일이라도 벌어진 것처럼 호들갑을 떨었는데, 지나고 보니까 별거 아니더라고요. 어떻게든 살아가게 되고.

A C님, 꼭 깨달음을 얻은 사람 같네요.

C 저는 대형 사고를 크게 하나 쳐서 사실 지루할 겨를도 없어요. 따분해지는 게 소원일 정도니까. 지루하다는 건 최소한 어떤 일도 일어나지 않았다는 방증이잖아요.

N 두 분 얘기 들으니까 좀 진정이 되네요. 생각해보면 대단한 일이 일어난 것도 아니고 악플은 고소해버리면 되는 거고. 마음을 좀 크게 먹어볼게요. 고맙습니다.

C 저는 사실 어울려 산다는 것에 대해서 회의적이었거든요. 근데 근래

생각이 조금 달라졌어요. 혼자인 것도 괜찮지만 이렇게 함께인 것도 좋은 것 같아요. 그럼 최소한 혼자 우는 일은 없을 테니까요.

A 저도 그래요. 왜 나만 이렇게 힘든 것 같지? 나만 이렇게 생각하나? 그런 거. 답이 안 내려질 때 여기에 털어놓으면 꽤 괜찮아져요.

B의 기록 4_집

"아, 좀 어색한데. 네, 안녕하세요. 제가 오늘은 좀 색다르게 요리 브이로그를 한번 해보려고 장을 봐서 왔습니다. 평일엔 늘 야근을 해서 집에서 요리를 해먹을 시간이 거의 없고요, 가끔 주말에 했는데 오늘은 정말 오랜만에. 하하. 고백하자면, 피디님은 자유롭게 아무거나 찍어도 된다고 하셨는데요, 아무래도 회사에서 촬영하는 건 어렵고 일상은 똑같다 보니까 이런 짓도 하게 되네요. 아! 저 오늘 회사 땡땡이, 아니 반차를 내고 만화방도 가고 산책도 하고 좀 여유롭게 보내다가 왔습니다. 저는 제가 다른 사람들한테 그다지 영향을 안 받는 타입이라고 생각해왔는데, 저도 이런 변화가 좀 신기하긴 하네요. 아무튼 그래서 이렇게 요리를 할 시간적 여유가 생겼습니다. 낮 동안 잘 보냈으니, 하루 마무리로 맛있는 걸 먹고 기분 좋게 잠드는 게 제 목표입니다. 그럼 안심스테이크와 매쉬드 포테이토를 만들어보겠습니다."

며칠 사이 이곳 사람들과 가까워졌고 마음이 편해져서인지 브이로그도 편하게 찍을 수 있게 되었다. 친분을 쌓기 위해선 누구든 한 명은 빈틈을 보여야 하는 걸까. 때론 부탁도 하고 때론 부탁을 들어주기도 하면서, 약간의 불편함도 감내해야 사이는 돈독해지는 것일까. 이들과 나는 앞으로 어떻게 될까. 이렇게 조금씩 서로의 못난 점, 허술한 점들을 하나둘 오픈하고 서로를 위로하다가 드디어 나를 이해해주는 사람을 만났다며 환호하게 될까. 아니면 그동안의 숱한 관계들처럼 상대에 대해 내 멋대로 판단하고 결론지어버린 채 충고랍시고 상처를 주는 그저 그런 관계로 전락해버리게 될까. 이제는 무엇도 먼저 예상하거나 단정 짓지 않기로 한다. 나이 먹어 좋은 점이자 나쁜 점은, 인생이 내 계획대로 흘러가지 않는다는 것을 알아버렸다는 점이다.

B 다들 퇴근 잘 하셨습니까? 저는 만화방 갔다가 집에 와서 저녁 먹고 잠시 쉬고 있어요. 거실 창문을 활짝 열어놨더니 참 시원하네요. 아, 솔직히 좀 춥네요. ㅎㅎ 오늘 저희 진짜 같이 명상하는 건가요? 서로를 볼 순 없지만 그래도 함께 같은 걸 한다고 생각하니까 뭐랄까, 묘하네요.

A 그러게요. 어제 목소리를 들어서 그런가, 안 그래도 좀 더 친근한 느낌인데, 진짜 우리 무슨 커뮤니티? 소모임? 그런 것 같아요.

B 어? 여러분, 곧 라방 시작할 것 같아요. 다들 거기서 만나요.

G 참! 피디님이 다들 브이로그 켜놓고 하라고 하셨습니다.

C 네? 꼭 그래야 한대요? 아니, 근데 G님! 굳이 우리끼리 한 얘기를 방송국에 보고하실 필요가 있었나요? 흥!!!

G 아, 그게 또 그렇게 되나요. 저는 출연료 받고 하는 일이기도 하고, 다들 브이로그 소재도 부족하잖아요. 이왕이면 방송 재밌게 나가면 좋은 거고 그래서. 하하.

A 편집을 어떻게 하실지 정말 궁금하네요. 근데 우리 단톡방 내용도 결국엔 다 공개되는 걸까요?

G 헐. 그 부분까진 생각을 못 했는데. 여사친 내용은… 으아아악. >_<!

C 그래도 개인 의견 반영해서 방송하시겠죠. 근데 B님, 사적인 만남 가능한지 여쭤보셨어요?

G B님 지금 톡 안 보시는 것 같아요.

그렇게 모두가 하나의 방송을 보기 위해 각자의 집 컴퓨터 앞에 모여 앉았다. 유튜버의 나직한 음성이 흘러나오고 집중을 하고 있던 그 시각, 이를 못 견디겠다는 듯 누군가의 채팅이 올라왔다.

    └ **바람에나부끼는치맛자락**: 이거 진짜 도움이 되긴 하는 거예요?

    └ **내가누군지알아?**: 아, 거참. 저는 집중이 너무 안 되네요.

└ **너희를구원하리라**: 저는 호흡을 크게 하는 것만으로도 힐링이 되는데요. 신세계를 만났습니다.

└ **내가누군지알아?**: 저는 잘 모르겠네요. 뭐 같이 명상하자고 해서 들어오긴 했는데. 명상이란 게 그냥 먹고사는 데 딱히 지장 없고 할 일 없는 사람들이나 하는 거 아닌가 싶고. ㅎ

└ **아무도모른다**: 굳이 여기서 이런 말 하시는 건 예의가 아닌 것 같습니다.

└ **내가누군지알아?**: 내가 너무 정곡을 찔렀나요? 하하하.

└ **지나가던행인**: 저는 유튜버언니 보려고 들어옵니다. 아주 그냥… ㅎㅎㅎ. 이하 생략.

└ **너희를구원하리라**: 근데 이거 누가 누군지 모르겠어서 좀 답답하네요.

└ **지나가던행인**: 어랏. 여기 아는 사람들만 모인 건가? 소외감 느껴지네. 여튼 우리 유튜버언니는 오늘도 참 섹시하고. 명상이고 나발이고 얼굴하고 몸매 좀 봐요. 아주 그냥 꼴린다니까. ㅋㅋㅋㅋㅋㅋ

└ **아무도모른다**: 저기요. 지금 이거 익명이라고 너무 아무 말이나 하시는 거 아닙니까. 비겁하게 뒤에서 아무 말이나 떠들어대는 거 하나도 안 멋있습니다.

└ **지나가던행인**: 어디서 틀딱이 지껄이나. 아이고. 귀 아파.

└**아무도모른다**: 그냥 제가 나가겠습니다.

└**내가누군지알아?**: 사실 명상보다도 힐링에는 여행이 제격이죠. 저도 한때 많이 다녔었는데. 지금은 여러모로 여유가 없네요. ㅎ

└**바람에나부끼는치맛자락**: 아…, 여행이라. 단어만 들어도 설레고 좋네요.

└**내가누군지알아?**: 거대한 대자연 앞에 나는 한낱 미물에 불과하다는 것을 깨닫게 되면 인생이 별 게 아닌 게 됩니다. 여행의 묘미죠.

A 저기, 근데 지금 라방 분위기, 저는 좀 이상해서 그냥 눈팅만 했는데요.

B 저도 그냥 나왔어요. 오늘따라 이상한 사람들이 들어와서.

A 앗! B님, 그중에 우리 멤버라도 섞여 있으면 어쩌시려고. ^^;;

B 상관없어요. 저는 예의 없는 사람 딱 질색입니다.

A 아, 그나저나 여행 얘기 나오니까 진짜 떠나고 싶긴 하네요. 피디님한테 여쭤보셨어요? 사적인 만남?

B 제가 정신이 없어서 전화해보는 걸 깜박했네요.

A 혹시 프로그램 취지에 어긋나는 건가 싶어서요. 잠시만요. 제가 계약서 좀 다시 볼게요.

C 계약서에 그런 조항은 없었어요. 기획 의도에 서로의 정보를 노출하

지 않고 얼마나 소통할 수 있는가를 보여주는 거라는 것만 있지, 만나면 안 된다, 그런 건 못 찾겠던데요?

N 근데 갠톡도 하지 말라고.

C 그건 썸타거나 연애하지 말라는 거 아닐까요? 그럼 의미가 퇴색될 수 있으니까. 어차피 갠톡이야 A님, B님, D님, 다 선물 주고받고 하셨잖아요.

D N님 은근히 소심하시네. 계약서에 없었으면 뭐 법적인 조치를 받는다거나 그런 건 아닐 거예요.

N 그래서 진짜 떠나기라도 하자는 거예요? 저는 콜이에요. 레고~.

2.

즉흥 여행을 떠나다

밤에 들리는 소리에는 색깔이 있다. 현관문이 닫히는 소리는 짙은 코발트블루. 유독 크게 들리는 그 소리와 색채에 마음을 사로잡힌 A는 발걸음도 가볍게 집을 나섰다. 그렇게 도착한 한적한 동네의 공원. A는 '아무도 없나', 두리번거리며 눈을 가늘게 뜨고 살피다, 저 멀리에서 누군가의 실루엣을 발견한다. '찾았다!'

"혹시 D님?"

A가 다가가 조심스레 묻자 D의 동공이 순간 커졌다 원래의 모습을 되찾았다.

"아, 제가 D입니다. 누구…?"

운동기구에서 하늘 걷기를 하던 D는 작동 오류가 난 로봇처럼 몸을 크게 한번 휘청이더니 재빨리 내려와 A를 힐끗 쳐다보고는 이내 고개를 숙였다.

"아, 제가 A예요. 반가워요."

A가 내민 손을 얼결에 마주 잡으며 D는 맑은 눈을 가진 여자라고 생각했다. 그 눈빛은 이내 호기심으로 일렁이더니 D의 얼굴을 부담스럽지 않게 살피기 시작했다.

"근데 혹시 이음 작가님, 아니세요?"

A의 목소리는 부자연스럽게 떨리고 있었고 어조는 파도를 타듯 높아져 있었다.

"아, 네."

D는 자신의 존재를 들킨 게 당황스럽다는 듯 전보다 더욱 깊이 고개를 숙여 하염없이 땅만을 응시했다. 마치 지구의 핵까지 닿을 듯한 기세였다. 어색한 정적 사이를 산뜻한 바람이 스치던 그때, 숨을 헐떡이며 B가 다가왔다.

"일찍들 오셨네요. A님, D님, 맞으시죠? 저는 B입니다."

"저흰 줄 어떻게 아셨어요?"

A는 카톡과는 결이 다른 남자라고 생각하며 B를 바라보았다.

"아, 그때 통화 때 대충 나이는 짐작했고, 사실 찍었어요."

B는 아무 일 아니라는 듯 말하는 자신의 목소리가 예민한 현악기처럼 떨리고 있음을 눈치챘다. 이토록 사적인 만남이 얼마만이던가. 소개팅을 나온 것도 아닌데 왜 이렇게 떨리는 건지. 심야 여행의 설렘 때문인지 A에게서 짙은 라일락 향기가 났기

때문인지는 자신도 모를 일이었다.

"혹시 다큐?" 하며 A의 어깨를 살며시 두드린 건 카톡에선 꽤 당찬 느낌이었던 C였다. A는 C의 모습 역시 상상했던 것과는 사뭇 다르다고 생각했다. 여리다 못해 앙상한 손목과는 달리, 늘 달리기를 하기 때문인지 마른 몸에 비해 다부져 보이는 체격.

그때 누가 봐도 저 사람이 G일 것 같다는 인물이 등장했다. 목소리에 비해 훨씬 젊어 보이는 그는 백팩을 메고 전동킥보드를 타고 바람처럼 나타나 자연스레 무리에 스며들었다.

"제가 G입니다."

그런 G를 보고 A가 저돌적으로 물었다.

"근데 저 처음부터 궁금했는데, 왜 G예요? 혹시 God? 갓?"

G는 A를 보며 두 눈을 반짝이더니 활짝 미소를 짓고는 엄지를 치켜세웠다.

"크~, A님! 저 사실 아무 생각 없이 지었는데, 뭐 굳이 의미를 부여하자면 다들 A, B, C, D, 이렇게 순차적으로 하시길래 혼자 좀 튀어보고 싶어서 고른 Go의 G였는데, 오늘부터 God으로 해야겠네요."

그때 저 멀리서 누군가 헉헉대며 달려오더니 무리 앞에 멈춰 서서 숨을 골랐다.

"다들 집이 가까우신가 봐요? 와, 집결력 보소. 진짜로 다 왔네요?" N이었다.

밤공기에는 마법의 묘약이 숨겨져 있는 것이 분명했다. 모두의 얼굴은 흥분과 열기로 상기되었고, 이를 나무라는 듯 서늘한 바람이 한차례 지나갔다. 하지만 받아들이는 이들에겐 좀 다른 의미로 해석되었다. "어디로든 가도 좋아. 오늘 밤만은 모든 걸 허락할게." 그것은 감미로운 속삭임이었다.

"와, B님은 혼자 사는데 이런 RV를 타세요?" C가 감탄했다.

"아, 3년 전쯤에 샀는데, 그땐 이렇게 혼자일 줄 몰랐던 거죠. 캠핑 좋아하거든요. 아무래도 짐이 많으니까….'

B는 적절한 단어를 고르려는 듯 망설이다가, 서둘러 말을 끊었다.

"제 얘긴 재미없으니까 그만하죠."

그러고는 조수석에 앉은 A가 자꾸 신경 쓰인다는 듯 힐끗 훔쳐보았다. 그녀를 보지 않으려고 애쓸수록 온몸의 세포들은 그쪽을 향해 기울어지는 아이러니라니. 그 때문인지 긴장한 그의 오른팔에 튀어나온 파란 핏줄이 더욱 도드라졌다. B는 자신의 이야기를 이토록 스스럼없이 꺼낼 수 있는 자신에게 조금은 놀랐고, A를 의식하고 있는 자신에겐 낯선 이질감을 느꼈다.

한편 A는 운전대를 잡고 있는 B의 든든한 팔을 보며 울음이 터져 나오려는 걸 간신히 참았다. 덕분에 깨문 입술이 조금 아팼고 표정은 일그러졌다. 이제 괜찮은 줄 알았는데, 이 순간에 그 사람이 떠오르다니. A는 자신도 모르게 한숨을 내쉬며 뜬금없는 말을 꺼냈다.

"사람 인생이 참 계획대로 안 되는 것 같아요."

"그래서 인생이 재밌는 거 아니겠습니까? 정답을 미리 다 안다고 생각해봐요. 시시해서 어디 살맛이나 나겠어요?" G가 A의 속도 모르고 경쾌하게 말했다.

"그래도 이정표나 나침반 정도는 있었으면 좋겠어요." C가 아쉽다는 듯 부루퉁한 얼굴을 하자 모두가 고개를 끄덕였다.

"그럼 반대로 생각해봅시다. 길을 잘못 들어섰어요. 그래서 결국엔 돌아 나와서 다시 가야 하는 거예요. 그럼 안 됩니까? 잘못된 길에서도 분명 경험한 게 있을 거 아니에요? 아니, 다시 질문해볼게요. 잘못된 길이라는 게 애초에 존재하길 하는 걸까요? 생이라는 게 그저 길을 걸어가는 게 아닐까, 저는 요새 그런 생각을 하거든요. 때론 꽃길도 걷고 때론 가시밭길도 걷고 그러다가 운이 좋으면 꽃향기 맡는 날도 있는 거고, 또 어떤 날은 돌부리에 걸려 넘어지기도 하고, 그냥 그런 거잖아요?" G가 사뭇 진지한 표정을 지어 보였다.

"맞는 얘기 같아요." A가 수긍했다.

"저도 한때는 꽃길만 걷고 싶었거든요. 비교적 그렇게 살아왔고요. 근데 평생을 그렇게 산다는 건 불가능한 일이더라고요.

오늘 힘들다고 내일 반드시 힘들지는 모르는 일이니까. 그냥 가끔 만나는 진흙 길도 그러려니 하려고 노력 중이에요."

"아, 고리타분해. 우리 지금 여행 가는 중이라고요. 굳이 칙칙하게 이런 얘길 하면서 가야겠어요?" N이 이토록 갑갑한 사람들은 난생처음 본다는 듯이 투덜거렸다.

"그럼 우리 음악 들으면서 갈까요?"

A가 제안하자 B는 자신도 모르게 어쩜 그런 좋은 생각을 다 했냐는 듯 달뜬 목소리로 말했다.

"좋아요. 선곡 부탁드려도 될까요?"

A가 고른 노래는 장필순의 〈나의 외로움이 널 부를 때〉였다. 도시를 어느 정도 벗어나자 주위는 불빛을 찾는 것은 사치라는 듯 지나치게 어두웠고 노래의 가사가 계속될수록 차 안의 공기 역시 차분하게 가라앉았다.

그때 N이 앞자리에 앉은 A의 어깨를 두드렸다.

"저기요, 언니. 잠깐 노랫소리 좀 줄여봐요."

A는 갓 꿈에서 깨어난 사람처럼 어리둥절한 표정을 지었다가 다급히 볼륨을 줄였다.

"저는 인생이 원래 좀 심심하고 재미가 없는데, 그래도 심야 즉흥 여행은 처음이라 좀 설렜거든요. 아, 근데 이런 진지함은 진짜 못 견디겠어요. 내 취향이 전혀 아니야." N이 말하자 G가 고개를 절레절레 흔들었다.

"아, 분위기 좋았는데 난 진짜 어렵다. Z세대."

"그럼 이건 어때요?"

A가 볼빨간사춘기의 〈여행〉을 틀자, N은 그제야 성에 찬다는 듯 고개를 끄덕였다. 음악만이 오롯하게 차 안을 가득 채웠다. C는 피곤한지 창문에 기댄 채로 잠이 들었고, A는 인생 최고의 난제를 만난 듯 진지한 표정으로 다음 선곡을 위해 골몰하는 모양새였다. B는 그런 A가 귀엽다는 듯 몰래 미소를 지었고, D는 그런 B의 모습을 관찰하며 사랑에 빠진 남자에 대해 생각했다. G는 오늘 이와 같은 상황이 마음에 든다는 듯 흡족한 표정을 지었고, N은 별다른 기대 없이 쫓아온 것치고는 나쁘지 않다는 생각을 했다.

그때 B가 느닷없이 웃음을 터트렸다.

"근데 진짜 대체 이게 무슨 상황이에요? 잘 알지도 못하는 사이에 그것도 심야에 즉흥 여행이라니. 평소 저라면 상상도 못할 일인데."

"그러게요. 흔한 일은 아니죠. 사람이 살면서 이런 일을 겪을 확률이 얼마나 될까요? 그런데 여기 혹시…"

A가 갑자기 목소리를 낮추더니 속삭이듯 작은 목소리로 말했다.

"범죄자가 있다거나 그런 건 아니겠죠?"

A는 말을 하는 동시에 자신의 팔에 솜털들이 기지개를 켜듯

일어서는 것을 보고는 흠칫 놀랐다. '에이 설마. 아닐 거야.' 그 순간 자신이 너무도 자연스럽게 이 상황을 받아들였고 아무런 의심도 하지 않았다는 사실에 한 번 더 놀랐다. '이 사람들이 누군 줄 알고 따라나섰지?' 이런 생각을 들여다보기라도 한 듯 G가 태연하게 입을 열었다.

"그래도 공중파 방송국에서 사람 모으면서 최소한의 검증은 하지 않았겠어요? 요즘 세상이 어떤 세상인데, 범죄자 가지고 방송하면 바로 그날 인터넷에 난리가 날 텐데."

A는 그의 말에 평정심을 되찾은 듯 미소를 지었다.

"듣고 보니 그렇네요."

"근데 저는 사실 G님이 제일 수상하긴 했어요."

어느새 선잠에서 깬 C가 부스스한 머리를 하나로 묶으며 장난스러운 표정을 지었다.

"제가요?" G가 과장된 말투로 되물었다.

"정색하시니까 더 이상해 보이는데." A가 새침한 말투로 G를 놀렸다.

"그렇다고 해도 뭐 지금 와서 어쩌겠어요. 달리는 차에서 뛰어내릴 것도 아니고. 그냥 저는 오늘 제 감을, 이 느낌을 믿어보기로 했어요."

"사실 개인이 개인을 안다는 것에는 어느 정도 한계가 있다고 생각합니다. 그 사람의 이름, 나이, 직업을 안다고 해서 그 사람의 속내까지는 알 수 없는 거잖아요. 그러니까 제 말은 이렇게 적당히 모르는 사람들과 떠나는 것도 나쁘지 않다. 그 얘깁니다." D가 처음으로 입을 열었다.

"그죠? 적당히 아는 사이라는 말, 참 매력적인 것 같아요. 적당히 알기 때문에 아무래도 조심하게 되고 적당히 알기 때문에 속내를 털어놓을 수도 있고. 저는 오늘 이 여행이 이미 참 즐거워요." A가 소풍을 떠나기 전날 밤, 잠 못 이루는 초등학생처럼 신이 나서 조잘댔다.

"그리고 잘 생각해보면 친하다고, 잘 안다고 생각하는 사람이 원래 더 무서운 법 아니에요? 무슨 살인 사건 일어나고, 이런 거 봐요. 대부분 다 가까운 지인이고 면식범이지." 가만히 이야기를 듣고 있던 N이 의미심장하게 G를 보며 말했다.

"그럼 우리 이렇게 하면 어때요? 뜨거운 사이는 되지 말기. 그냥 서로 적당히 아는 사이인 채로 끝까지 남는 거죠." A가 이런 생각을 한 자신이 기특하다는 듯 흐뭇해했다.

"그게 가능할까요? 어차피 이 다큐 방송되면 서로의 정보는 어느 정도 노출될 텐데." G가 반문했다.

"모든 건 단톡방에서만 이야기하고 사적으론 연락 금지, 만남 금지. 이렇게 지키면 유지되지 않을까요?"

"아! 그럼 이것도 추가해요." C가 비장하게 말을 꺼내자 모두 그녀의 다음 말에 귀를 기울였다.

"우리는 서로에게 좋은 말만 해주는 거예요. 조언이랍시고 상처 주거나 의견이랍시고 반박하거나 그런 거 하지 말고. 그래, 그럴 수 있어, 아! 당신은 그랬군요, 이렇게 응원만 해주는 거죠."

해맑은 C의 의견에 곧바로 찬물을 끼얹은 건 다름 아닌 N이었다. 그녀는 의자에 등을 털썩 기대더니 창문 밖에 시선을 둔 채로 건조하게 말했다.

"너무 현실과 동떨어진 얘기 아니에요? 세상에 그런 관계가 어딨어요?"

하지만 C는 조금도 물러설 마음이 없다는 듯 단호했다.

"없으니까 만들면 되는 거죠. 우리가 그런 커뮤니티의 첫 번째 모델이 되어보는 거예요."

"뭐가 됐든 오늘은 떠납시다. 자자! 피곤하신 분들은 갈 길이 머니까 잠시 눈도 좀 붙이시고." D가 전에 없이 활기찬 목소리로 외쳤다.

"아, 그리고 우리 다큐 첫 방은 다 같이 모여서 보는 거 어때요?" C가 말했다.

"우와, 그거 재밌겠어요." A가 웃었다.

"아무튼 재밌네요. 이렇게 서로 잘 알지도 못하면서 몇 시간을 같이 차를 타고 밤바다를 보러 가고. 하하. 우리 전부 정상은 아닌 것 같아요." B가 호방하게 웃었다.

자정이 다 되어가는 시간이었다. 예상과 달리 그곳의 불빛은 휘황찬란했고 설렘을 넘어선 다소 기묘한 흥분이 주변을 감싸고 있었다. '이 많은 사람은 다 어디로 가는 걸까?' A는 신기한 풍경이라고 생각하며 주변을 다시 한번 둘러보았다.

　　밤의 휴게소는 느긋하면서도 분주했다. 마치 평화로운 호수에 유유히 떠 있는 오리들이 실은 가라앉지 않기 위해 쉴 새 없이 물장구를 치고 있는 것 같은 풍경이었다. N은 차가 멈추자, 화장실이 급하다며 뛰어가 버렸고, B는 기지개를 켜며 운전으로 찌뿌둥한 몸을 스트레칭했다.

　　그때 G가 입을 열었다.

　　"와, 이 시간에도 사람이 많네요. 다들 어딜 가는 걸까요?"

　　"대부분 일출 보려는 사람들 아닐까요?" D가 담담히 말했다.

　　"자유로운 영혼들이네요." C가 부럽다는 듯 웃자, A가 따라 웃었다.

　　"우리도 모르는 사람들이 보면 세상 자유로운 영혼일걸요. 그래서 찰리 채플린이 그런 말을 했나 봐요. 인생은 멀리서 보면 희극이고 가까이서 보면 비극이다."

　　"우린 가까이에서 봐도 희극일 겁니다. 성별도 제각각, 나이도 제각각. 사람들이 무슨 조합일까 궁금할 거예요." G의 말에 다들 동조했다.

오랜만에 아무런 잡념도 끼어들 수 없는 그런 밤이 지나고 있었다.

"근데 우리 정산해야 하지 않아요? 기름값이랑 톨비랑 다 B님이 내는 건 좀 그런데." 빚을 질 순 없다며 A가 말했다.

"여행 끝나고 카톡으로 정산합시다." G가 말하자, B가 전에 없이 짓궂은 표정을 지었다.

"저는 제가 낼 생각했는데, 주신다면 감사히 받겠습니다."

"우리 간식 같은 건 안 먹어요? 출출한데. 저는 소떡소떡 먹을래요!"

A가 주변을 두리번거리며 먹을 것을 스캔하자, 평소에도 상황을 정리하는 데 일가견이 있는 G가 말했다.

"자! 그럼 각자 먹을 건 알아서 먹고, 지금 11시 33분이니까 55분에 여기로 다시 모이죠. 삼삼오오?"

G가 자신이 맞춘 라임이 마음에 든다는 듯 반응을 기다렸지만, 다들 가판대 쪽으로 잰걸음을 옮기기에 바빴던 터라 그의 '삼삼오오'는 공중에서 무참히 분해되고 말았다. B가 자석의 반대 극에 끌리듯 자연스럽게 A의 뒤를 따르는 것을 보고 G는 혼자 남아 중얼거렸다. '삼삼오오가 아니라 쌍쌍이네.' 누군가에겐 잊지 못할 아름다운 밤으로 남으리라.

"뭐 드실 거예요? 운전하느라 고생하시는데 제가 사드릴게요." A가 뒤를 돌아보며 다정하게 묻자 B는 긴장감에 AI처럼 대답해버렸다.

"아니요, 괜찮습니다."

"저, 오늘 기분이 좀 꿀꿀했거든요. 근데 이렇게 덕분에 바다도 보러 갈 수 있게 되고, 제가 정말 고마워서 그래요. 별거 아니지만, 성의라고 생각해주시면 안 될까요?"

A의 애교스러운 부탁에 B는 어쩔 수 없이 메뉴를 대충 훑고는 입에서 나오는 대로 읊었다.

"아, 그럼 저는 어묵이랑 알감자."

"뭐예요. 안 드실 것 같더니 2개나?"

일순간 B의 얼굴에는 '지금 당황했음'이라는 여섯 글자가 떠올랐고, A는 B의 표정을 보며 멀끔한 외모치고는 순진한 구석이 있는 사람이라고 생각했다.

B는 어묵에서 모락모락 올라오는 김을 바라보며 문득 자신의 현재 마음과 닮았다는 생각을 했다. '지금 먹으면 데이겠지.' 그 순간, 말릴 새도 없이 A가 어묵꼬치 하나를 집어 들어 입에 넣더니 "아, 뜨거!"를 비명처럼 외치곤 그대로 떨어트렸다. 그리고 그것은 B의 삼선슬리퍼, 그것도 맨발 등 위에 정확히 안착했

다. B는 소리도 지르지 못한 채로 얼굴을 찡그렸고 A는 순식간에 벌어진 일에 놀라 손을 떨었다.

"아, 어떡해. 괜찮으세요? 어떡해. 정말 죄송해요."

A가 금방이라도 눈물을 쏟을 것처럼 가련한 눈망울로 B를 쳐다보자, B는 왜인지는 모르겠으나 장난을 치고 싶은 마음이 들어, 얼굴을 더욱 찌푸렸다.

"아니…, 안 괜찮은 것 같아요." B의 대답에 A의 얼굴이 더욱 심각해졌다.

B는 아차 싶었지만 이미 내뱉은 말을 주워 담을 수도 없는 노릇이었다.

"제가 오늘 저녁을 못 먹어서 너무 배가 고파서. 약 사올게요. 잠시만요."

A가 허둥지둥 자리를 떠나자, B는 삼선슬리퍼 위에 발을 올린 채, 발갛게 데인 발등을 보며 속엣말을 했다.

"데일 줄 알았어. 돌진하는 마음이라니, 나답지 않아."

그때 빛의 속도로 A가 돌아왔다. 제법 추운 날씨임에도 얼굴엔 땀방울이 맺혀 있었고 진한 라일락 향기라고 생각했던 내음은 땀 냄새와 섞여 묘한 이끌림을 자아내고 있었다. 그런데 숨 돌릴 틈도 없이 A가 자신을 보고 웃는다.

"이런 차림에 왜 슬리퍼를 신고 계세요?"

그러곤 자연스럽게 무릎을 꿇더니 마데카솔을 뜯기 시작했다. 당황한 B는 발을 피하려다 외발로 깽깽이를 하게 되었고 자신의 모습이 우스꽝스러울까 염려되어 균형을 잃고 휘청이다 급기야 A의 머리채를 잡는 지경에 이르렀다.

"아야! 지금 복수하시는 거예요?"

다급히 A의 머리채를 놓고 제자리를 찾은 B가 말을 떠듬거렸다.

"그게 아니라 제…제가 하려고요. 혹시 발 냄새라도 날까 봐."

"괜찮아요. 제가 특별히 예민한 후각을 갖고 있거든요."

'하, 이 여자, 왜 나를 계속 놀리는 거지?' 생각하는데 A가 이번엔 진지한 태도로 말했다.

"제가 저지른 일이니까 제가 수습하려는 것뿐이에요. 그리고 슬리퍼 신고 운전하는 거 진짜 위험하대요. 하지 마세요. 제가 양말 하나 사 왔거든요. 여기 보이시죠? 미끄럼방지 돼 있는 거. 이거 신고 운전하세요. 제 목숨이 하나라서 그래요. 구박하는 거 아니고요. 항상 조심하시라고요."

A는 속사포처럼 말을 쏟아내더니, B의 발등에 약을 바르고 밴드까지 붙이고 나서야 일어났다.

"혹시 병원 가시게 되면 저한테 꼭 알려주세요."

"크게 덴 것도 아닌데요, 뭐. 이 정도면 충분해요."

"그래도 화상은 제때 관리 안 해주면 흉터 생기잖아요."

"그럼 병원 같이 가주세요!"

"네?"

A는 이 남자의 의중이 무엇인지 파악하느라 많은 에너지를 쏟아야 했다. 혹시 자신과 함께 가고 싶다는 것인지, 그저 상황에 대한 책임을 지라는 것인지 혼란스러웠다.

"하하. 그렇게 당황한 표정을 지으시면 농담한 제가 죄송한데… 사실 겉으로 드러난 상처는 별 게 아닌 경우가 많잖아요. 저, 아무렇지도 않아요."

A는 이 남자가 진짜 병원에 같이 가달라고 하면 어떻게 해야 하나, 진지하게 고민했던 자신이 우스워 실소가 나왔다.

"그렇죠. 마음이 다친 게 훨씬 힘들죠. 그건 뭐 약을 발라줄수가 있나, 밴드를 붙일 수가 있나."

그때 G가 심각한 표정을 지으며 다급히 다가왔다.

"아, 두 분 여기 계셨네요. 지금 N님이 연락이 안 되는데, A님이 화장실에 좀 가봐 주시겠어요?"

✦

"이제 앞으로 얼마나 더 가면 됩니까?"

오랜 정적을 뚫고 무심한 듯, 하지만 이 고요를 깨는 것이 옳다고 판단한 D가 말을 꺼냈다. 이어 누구라도 말을 꺼내주어 다행이라는 듯 B가 곧바로 대답했다.

"40분 정도 후엔 도착할 것 같아요."

"밤에 떠나니까 좋긴 하네요. 차도 안 밀리고."

A가 아무 일도 없었다는 듯 해맑게 웃었다. 그때 G가 시비를 거는 건지 걱정이 되는 건지 가늠하기 힘든 어투로 물었다.

"근데 N님은 왜 이렇게 화장실에 오래 있었어요?"

A는 N이 곤란할 수도 있단 생각에 대신 재빨리 대답했다.

"에이, 이렇게 무사히 돌아왔으면 된 거죠."

그러곤 뒤를 돌아 슬쩍 N을 보더니, 손에 무언갈 쥐여주었다.

A는 힘없이 내민 N의 팔목을 보고는 그 시절의 자신을 보는 것 같아 눈물이 차올랐다. A 역시 그랬다. 20대의 자신은 스스로 들들 볶아대고 다그치고 별일 아닌 일에도 감정의 파도를 타면서 자신을 갉아먹었다. 서른이 되기 전에 빨리 자리를 잡아야 한다는 강박에 시달렸고 뒤처지지 않기 위해 쉼 없이 달리기만 했다.

'아직 너무 어린데….' 코를 갖다 대면 풋사과 향이 날 것 같은 그 여린 팔목엔 미처 아물지 못한 흉터들이 문신처럼 새겨져 있었다. A는 아까 마주했던 N의 모습이 다시금 떠올랐다. 위태로운 청춘이란 여섯 글자가 가슴 깊이 박혔다.

인적이 드문 휴게소 화장실, 빼꼼 열려 있던 문틈 새로 N은 버거킹 종이봉투로 입과 코를 막고 호흡을 하고 있었다. 처음엔

이게 뭐지? 본드라도 마시는 건가. 덜컥 무서운 생각이 일었지
만 이내 깨달았다. '과호흡이 왔구나.' A는 곧바로 단톡방에 자
기는 N과 함께 있고 여긴 괜찮으니 조금만 기다려달라고 남겼
다. 그리고 비켜서서 N의 호흡이 돌아오기를 기다려주었다.

"아, 뭐라고 하는 게 아니고, 그냥 걱정돼서 그런 겁니다. 우
리끼린데 뭔 일이라도 생기면 골치 아파지잖아요."

G가 무안한지 퉁명스레 내뱉었고, N은 아무 일도 아니라는
듯 부러 명랑하게 말했다.

"걱정 마세요. 그럴 일 없으니까."

A는 그럴 일이란 무슨 일일까 잠시 생각해보다, 고개를 절레
절레 흔들고는 머릿속의 상념들을 날려 보냈다.

그때, 분위기를 환기하려는 듯 B가 선루프를 열었다. 찬바람
이 머리 위로 몰아치자 모두의 머릿속을 떠다니던 온갖 상념들
도 함께 날아갔다. C가 하늘을 가리켰다.

"저기, 별 보여요. 와, 시골은 시골이네. 어쩜 이렇게 별이 많
아요?"

모두가 약속이라도 한 듯 하늘을 향해 고개를 들었다. 도시
에 살면서 맘 편히 하늘을 바라본 적이 언제였던가. 내내 사는
데 급급하다는 이유로, 내 안의 문제들에 골몰하느라 계절이 바
뀌는 것도, 시간이 흐르는 것도 모른 채로 그저 살아왔다. C는
까만 하늘에 촘촘히 빛나는 별들을 보며 나도 멀리서 보면 이

처럼 빛을 내는 존재일까, 의문을 품었다가 왠지 자신이 없어
져 고개를 내저었다.

✦

밤의 바다는 모두의 예상을 깨고 전혀 낭만적이지 않았다.
'어두컴컴'이라는 네 글자밖에는 떠오르지 않는 까만 밤. 파도
소리만이 심장을 거세게 두드렸다. N은 차에서 내리고 나서
야 겨우, A가 건네준 무언가의 정체를 확인했다. 박하사탕. 새
삼스럽다는 생각에 설핏 웃음이 삐져나왔다. 대부분 자신을 이
상하게 바라봤다. 극도로 불안할 때 찾아오는 과호흡은 그녀에
겐 전혀 낯선 것이 아니었지만, 그것을 처음 보는 사람들 눈빛
에는 걱정보다는 꺼림칙함이 서려 있었다. N이 진짜 관계를 회
피하는 이유다. 그런데 A는 자신에게 아무것도 묻지 않고 그저
기다려주었다. 그리고 박하사탕이라니.

"너무 캄캄한데요. 괜히 왔나."

B가 말하자 A가 전혀 아니라는 듯 쾌활하게 말했다.

"혹시 라이터 있으신 분?"

D가 아무 말 없이 주머니에서 라이터를 꺼내 A에게 건넸다.
A는 가방에서 스파클러를 하나 꺼내더니 불을 붙였다. 파바
박-. 불꽃이 이는 소리와 함께 곧이어 지상에도 한 개의 별빛이

빛났다. A는 사람들을 마주 보고는 스파클러를 돌리며 해사하게 웃었다.

"예쁘죠? 괜히 왔다뇨. 너무 잘 왔는데."

"그건 또 언제 샀어요?"

B가 놀란 토끼 눈이 되어 묻자 A가 웃었다.

"아까 휴게소 편의점에서요. 밴드랑 마데카솔 사면서 같이 샀죠."

지상의 별빛들은 자유롭게 제각각의 모습으로 빛나고 있었다. 누구는 별을 그리고, 누구는 자신의 이름을 쓰고, 누구는 그리운 이의 얼굴을 그렸다. 제일 연장자인 G가 달뜬 얼굴, 들뜬 목소리로 말했다.

"이런 건 학교 다닐 때나 해봤던 것 같은데. 별걸 다 해보네요."

그러자, D가 그것을 돌리고 있는 자신의 모습이 당황스럽다는 듯 말했다.

"그러게요. 이거 돌리고 있으니까 좀 뭐랄까…"

D가 뒷말을 찾지 못하자 A가 대신 말을 이었다.

"위로가 되지 않아요? 어두운 내 인생에 뭔가 빛이 비치는 것 같고."

그녀의 말에 화답하듯 D가 환히 웃었다.

"어? D님, 지금 웃으신 거죠? 저 D님 웃는 거 처음 봐요." C가 말했다.

A는 스파클러의 불빛이 사그라지자, 자신의 핸드폰으로 더 클래식의 〈마법의 성〉을 플레이했다.

"N님, 또 올드하다고 뭐라고 하지 말아요. 누구든 한 명만 좋아도 봐주는 그런 날도 있자, 우리~."

A는 노래의 전주가 깔리자 핸드폰의 플래시를 켜더니 그립 톡을 이용해 한쪽에 세워놓았다. 그러고는 춤을 추기 시작했는데, 꽃을 찾아가는 나비처럼 자연스러운 날갯짓이었다.

"저 언니, 좀 특이한 것 같지 않아요?" N이 오랜만에 입을 열었다.

A를 바라보는 B의 얼굴에는 미소가 어렸다. B는 이때 어렴풋이 깨달았다. 이 여자와 사랑에 빠지리라는 것을.

그때 A가 스텝이 꼬였는지 모래밭에 신발이 박힌 채 앞으로 고꾸라졌고, 놀란 B가 급하게 A를 잡으려고 다가선 순간, 둘은 엉거주춤 포옹하는 자세가 되었다. 놀란 A가 금세 균형을 잡고 신발을 고쳐 신었고, B는 멋쩍게 웃더니 그대로 자리에 털썩 주저앉았다. 모두 B를 따라 바다를 향한 채로 나란히 앉았다. 별이 빛나는 밤이었다.

"근데 B님은 명상 왜 하시는 거예요?"

A가 호기심 가득한 눈빛으로 B의 얼굴을 똑바로 응시했다. B는 그 어린아이같이 순진무구한 A의 표정에 당황했지만, 최

대한 티를 내지 않으려고 애쓰며 담담히 말했다.

"그냥 제 안의 잡념을 없애려고 하는 거죠, 뭐."

"잡념이 진짜 사라지긴 해요? 저는 오늘 처음 해본 건데, 영 못 해먹겠던데." A가 웃었다.

"이게 처음이 어렵지, 며칠 하다 보면 어느 순간 몰입이 돼요."

"그렇구나." A가 긍정의 의미로 고개를 끄덕였다.

"저는 오늘 신세계였어요. 별것 안 한 것 같은데도 마음이 좀 편안해지니까, 아, 이런 것도 다 있구나 싶던데요?" G의 볼이 소년처럼 발그레해졌다.

"사람이 자는 순간조차도 긴장을 완전히 놓지 못한다고 해요. 근데 명상을 하면 완전한 이완이 돼요. 그럼 그 속에서 진짜 나를 찾은 기분이 들고. 뭐, 암튼 저는 그렇더라고요." B가 너무 설교를 했나, 걱정되는 표정으로 말꼬리를 내렸다.

그때 N이 전혀 이해할 수 없다는 듯 한쪽 입술을 올린 뜨악한 표정으로 입을 열었다.

"나를 찾는다는 게 무슨 말이에요? 나는 그냥 지금 여기 있는 나지. 뭘 더 찾아요?"

"N님 말씀처럼 여기 지금 나를 의식하고 살아야 하는데, 사람이 그게 쉽지 않잖아요. 현재를 사는 게 아니라 과거에 후회되는 일과 미래에 걱정되는 일과 같이 살게 되니까요."

"이론적으론 명상에서 어느 정도 수준에 이르면 나의 잠재력과 에너지를 알게 되고 그럼 궁극엔 행복에 이르고, 뭐든 할 수 있고 뭐, 그렇다던데. 사실 이렇게 밤바다 앞에 앉아서 파도 소리 듣는 게 백배는 더 좋네요." D가 냉소를 머금었다.

"그럼 결국 성공하고 싶어서 명상을 하는 거예요?"

N이 우습다는 듯 박수까지 쳐가면서 웃자, B는 잠시 난처한 표정을 지었지만 이내 확신에 찬 목소리로 말했다.

"성공이라기보다는 마음의 평화와 안정, 그런 쪽에 가깝겠죠. 결국 마음이 편안한 게 개인에겐 하나의 성장인 거고요."

N은 어깨를 한번 으쓱하더니 납득할 수 없다는 표정을 지었다.

"아, 근데 아까 유튜브 라이브 다들 들어오셨던 거예요? 저, 닉네임 보고 누가 누군지 엄청 궁금했거든요."

A가 안 그래도 큰 눈을 더 동그랗게 뜨며 두 눈을 반짝였다.

"제가 바람에 나부끼는 치맛자락이에요."

C의 고백에 A가 그럴 줄 알았다는 듯 빙그레 웃고는 의기양양한 표정을 지었다.

"저는 '아무도 모른다'님이 누군지 알 것 같아요."

순간 B가 긴장한 듯 헛기침을 했고, A는 자신의 예상이 틀렸나 싶어 목소리가 작아졌다.

"어? D님 아니에요?"

"저 아닌데요."

"접니다." B가 말하고는 D를 쳐다봤다.

"'내가 누군지 알아?' 맞으시죠?"

D가 고개를 끄덕였다.

"근데 '지나가던 행인'은 대체 누구세요? 설마 여기엔 안 계시겠죠?"

C가 불만 섞인 목소리로 말하자, N이 심드렁하게 말했다.

"진짜 지나가던 사람 아닐까요? 그 방에 우리만 있었던 건 아니었을 테니까. 뭔가 찌질한 방구석 한남 같지 않았어요?"

"자자, 자칫 혐오스럽게 느껴질 수 있는 단어 선정은 좀 삼가시고. 다들 어느 정도 예상은 하셨겠지만 제가 '너희를 구원하리라'입니다." G가 말했다.

"꼰대. 구원은 무슨."

N이 한쪽 입술을 씰룩이더니 사춘기 반항아 같은 표정으로 말을 내뱉자, A가 G의 눈치를 한번 살피더니 재빨리 말을 이었다.

"근데요, 인간의 본질이란 게 대체 뭘까요? 본연의 나를 깨달으면 뭐가 달라지는 거예요?"

"최소한 나를 속이는 일은 없게 되겠죠." B의 말투는 깨달음을 얻은 현자처럼 담백했다.

"스스로에게 거짓말을 하지 않는다? 어쩌면 그게 해방일지도 모르겠네요. 나로부터의 자유." A가 문장 자체를 체화하려는 듯 단어 하나하나 힘주어 되새겼다.

"저는 인간의 본질이 고독이라고 생각합니다. 인간은 원래 혼자인 법이고, 그래서 외로운 거고. 그걸 벗어나려고 해봤자, 괴롭기만 할 뿐이죠." D가 당연한 물음에, 당연한 대답이라는 듯 어깨를 으쓱했다.

"저는 아침마다 기이한 풍경과 마주하거든요." A가 운을 떼자 모두가 다음 말을 기다렸다.

"전부 핸드폰만 보고 있잖아요. 좀 이상하지 않아요? 개인주의가 만연한 세상이라고들 하는데, 분명 모두가 남에게 관심 없는 척을 하는데, 또 타인과 연결되고 싶어서 인터넷을 뒤적거리고, 카톡을 하고, SNS에 자신을 과시하고. 결국 모두 소통하고 싶어서 그런 거 아니에요?"

"결국은 다 누군가와 소통하고 싶은 거죠. 본질이 고독이어도 혼자서 굳건하기엔 세상살이가 녹록지 않은 까닭도 있을 테고." G가 말했다.

"왜 소통을 하고 싶은 걸까요? 저는 혼자 있는 게 훨씬 자유롭고 좋거든요. 상대가 나에 대해 어떤 평가를 내릴지 걱정하지 않아도 되고. 괜한 오해 때문에 속이 상할 일도 없고. 물론 친구들 만나서 가끔 수다 떨고 그러면서 느끼는 희열이란 것도 분명 있긴 한데, 그래도 전 혼자가 좋아요."

A의 말에 B가 서운함이 묻어나는 목소리로 물었다.

"그럼 여긴 왜 오셨어요?"

"그냥 재밌을 것 같아서?"

"혼자 재밌는 것보다, 같이 있을 때 재미가 두 배, 세 배 더 큰 거 아닐까요?"

"근데 그만큼 부작용도 크잖아요. 타인에게 온전한 나를 보여주는 게 가능해요? 남들이 어떻게 생각할까, 의식해야 하고 반응이 또 별로면 그게 신경 쓰이고. 드라마 〈나의 해방일지〉에서 염미정이 그런 말을 하잖아요. 모든 관계가 노동이라고. 저, 그 대사 듣고 울었거든요."

"그래서 전 사람을 잘 안 만나요." N이 끼어들었다.

"아무리 마음이 통하는 사이라고 해도 상대방은 실제 내 생각의 20~30퍼센트밖에 이해하지 못한다는 통계를 봤어요. 온전히 이해받지 못해도 괜찮다, 그게 진정한 해방이겠죠." B가 말했다.

"다들 아직 젊으셔서 그런 거예요. 제 나이쯤 돼서 혼자면, 고독사 걱정부터 하게 됩니다."

G가 세상의 이치를 다 깨달은 듯한 인자한 미소를 지었다.

"남들이 나를 어떻게 생각하느냐가 그렇게 중요합니까? A님은 정작 남들 시선 이런 거 별로 신경 안 쓰시는 것 같은데."

D가 아까의 춤을 기억한다는 듯 짓궂은 표정을 지어 보였다.

"저도 한 번뿐인 인생 끌리는 대로 사는 편이긴 한데요. 그렇다고 진짜 내 맘대로 살진 못해요."

"인간은 사회적 동물이니까 결국은 누구도 소외되거나 손가락질받고 싶지 않은 거겠죠. 그게 우리가 온전한 자유를 얻을 수 없는 까닭일 테고요." B가 다시금 진지한 어투로 말하자, N의 표정이 더 이상 못 들어주겠다는 듯 일그러졌다.

"아, 진짜 여기 다들 진지충들만 모였어요? 그만하고 지금 이 순간을 즐기자고요. 자! 여기 보세요."

N이 사진을 찍기 시작하자 얼굴을 가리는 사람, 손사래를 치는 사람, 도망가는 사람 등등 반응도 가지각색이었다.

N은 이들이 재미있다는 듯 웃었다.

"이거 제가 다 얼굴은 가려서 올릴 거니까 걱정 마세요."

#처음만난사람들, #즉흥여행, #밤바다, #미친짓

"다들 제 인스타그램에 놀러 오세요. 제가 카톡으로 계정 보내드릴게요."

✦

사람들의 편의를 생각해준다는 그곳은 밤이 깊은 시간에도 형광등 불빛을 환히 밝히고 있었다.

"와, 이런 데도 편의점이 24시간을 하네요."

A가 탄성을 지르며 세상 제일 반가운 것을 만났다는 듯 소리

를 질렀다.

"여기에도 이곳밖에 없어요." B가 뿌듯해했다.

"어떻게 그렇게 잘 아세요?"

"전에 와봤거든요."

B의 대답에 모두의 시선이 일제히 그에게 향했다. 그 얼굴엔 누구와 왔냐는 물음표가 띄워져 있었다.

"아…, 얼마 전에 그냥 가슴이 좀 답답해서 혼자 차 몰고 왔었어요."

이번엔 동시에 고개를 돌리고는 '별일 아니구나.' 하는 표정을 지었다. A는 편의점 냉장고 앞에 서서 일렬로 진열된 주류들을 보며 생각에 잠겼다. '우리네 삶도 이렇듯 착착 정리되어 있다면 얼마나 편리할까.'

"여기선 제가 쏘겠습니다. 마음대로 고르세요." G가 통 크게 외치자, B가 깊은 한숨을 내쉬었다.

"하, 저는 운전 때문에 못 마시는데, 이건 너무 부당하잖아요."

A는 아랑곳하지 않고 신이 나서 바구니에 이것저것 마구 담기 시작했다. 잘 마시지도 못하는 소주를 여러 병 담더니 이번엔 수입 맥주 코너로 눈길을 돌렸다.

"아니, 술꾼이에요? 뭘 얼마나 마시려고."

걱정된다는 듯 G의 말끝이 늘어지자, A가 장화 신은 고양이의 눈을 한 채로 말똥히 쳐다보았다. G가 어쩔 수 없다는 듯 고개를 끄덕이자, A의 양쪽 입술 끝이 살며시 올라가더니 이번엔 새 신이라도 신은 듯 가벼운 발걸음으로 안주 코너를 훑었다.

"인생사 어떻게 매번 공정하겠습니까. 가끔은 손해도 보고 사는 거죠." D가 자신은 상관없는 일이라는 듯 무심한 말투로 땅콩 막걸리 하나를 집어 들었다.

"하, 밤바다라는 안주가 있는데 술 한 모금 못 마시다니, 이건 너무 가혹합니다."

"에이, 다 큰 어른이 투정은. 내일 또 만나요, 그럼."

N이 의외의 제안을 하자, 모두의 얼굴이 동시에 N에게로 향했다. 그 모습을 본 A가 배까지 부여잡으며 깔깔거렸다. 이번엔 모두의 얼굴이 동시에 A에게로 향했다.

"아니, 다들 그렇게 할 일이 없어요? 주말인데 약속도 없고? 애인도 없고? 아, 우리, 이거 좀 불쌍한데."

웃음이란 것의 전염성 때문이었을까. 모두 한바탕 자지러지게 웃었다.

"그러니까 우리가 지금 여기 함께 있는 거겠죠." G가 당연하다는 듯 말했다.

"루저들끼리 좋네요." N이 한쪽 입술을 비죽였다.

"아, 아까부터 말하는 싸가지가."

D의 혼잣말 같지 않은 혼잣말에 분위기가 순식간에 냉각되자, A가 분위기를 바꿔보려는 듯 D의 어깨를 두드리며 웃었다.

"아이, D님, 모르는 사람이 보면 오해하겠어요."

"A님이랑 저도 따지고 보면 모르는 사람이죠."

A는 갑자기 까칠해진 D의 태도에 무안해져 주춤 뒤로 물러섰다. 금세 두 눈에 눈물이 차올랐다.

"에이, 좋은 날, 우리끼리 싸울 필요 있습니까? 세상이 뭐, 이기고 지는 게임인가요? 루저일 때도 있고 위너일 때도 있는 게 삶이지. 강원도 밤바다를 안주 삼아 거하게 한잔합시다. 저는 사이다라도 건배할게요." B가 상황을 무마시키기 위해 부단히 애썼다.

"자자, 그럼 다들 담으신 거죠? 계산합니다." G 역시 아무 일도 없었다는 듯 카운터로 향했다. A는 왠지 서운하기도 하고 원망스럽기도 한 복잡한 마음에 고개를 돌렸다. 그때 N이 몰래 무언가를 주머니에 넣는 것이 보였다.

✦

"아니, 호기롭게 술을 그렇게 담더니, 그 사람 어디 갔어요? 무슨 과자만 그렇게 먹어요. 오물오물 맛있게도 먹네."

G가 어린아이를 보듯 옆에 앉은 A를 보며 웃었다.

"저, 오늘 해방의 날이에요. 아, 이거 이러다 한 봉지 다 먹겠네. 내일 얼굴 부으면 안 되는데."

"내일 무슨 일 있어요?" B가 궁금한 마음을 숨긴 채로 담담히 물었다.

"N님이 초대해주셨잖아요." A는 해맑게 말을 하면서도 N의 마음 상태와 D의 심기를 파악하는 데 온 신경을 곤두세웠다.

B는 A가 별다른 약속이 없다는 것이 세상 제일 다행한 일이라는 듯 경쾌하게 과자봉지에 손을 넣었고, 동시에 A의 손이 닿자 화들짝 놀라 손을 빼고는 멋쩍게 말했다.

"A님은 부어도 예쁠 것 같아요. 하하하."

B의 말이 끝남과 동시에 약 3초간의 정적이 흘렀다.

"이 분위기 뭐예요? 이거 디스예요, 칭찬이에요? 아무도 인정 안 하는 분위긴데."

"속고만 사셨어요? 솔직히 A님 여자가 봐도 되게 예뻐요."

N이 말하자, A는 그 물음에 갑자기 생각이 많아진 듯 고개를 숙이더니 한숨을 크게 내쉬었다.

"속고만 산 건 아닌데, 한번 크게 속았더니 아무도 못 믿겠어요. 이젠."

철썩철썩. 파도 소리만이 주위를 감쌌다. 저 파도에 삼켜지면 어떤 마음이 들까. 당황하게 될까. 물의 짠맛에 불쾌함을 느낄까. 어두워서 공포심이 들까. 짧은 순간 떠오른 여러 생각의 고리를 끊고, A가 담담히 말을 이었다.

"어떻게 무턱대고 이곳에 왔을까요? 평소의 저라면 상상조차

할 수 없는 일인데. 다시 사람들을 만나기 시작하고 이제 괜찮은 거라고 스스로 속여왔는데…. 정확히 알겠어요. 저는 여전히 그 시간에 머물러 있어요. 그래도 다행인 건, 어떻게 돼도 상관없다는 건 거짓말이라는 걸 깨달은 거예요. 저 파도를 보니까 확실히 무서워요. 전에는 무섭지 않았거든요. 그냥 이대로 사라지고 싶다, 그 생각뿐이었어요. 사람들이 동정의 눈빛으로 바라보든, 머저리라며 욕을 하든 상관없었는데, 지금은 아니에요."

"무슨 일이 있으셨는지 모르겠지만, 제가 좀 살아보니까 세상이 그렇게 아주 험한 놈은 아니더라고요. 지속적으로 끈질기게 공격만 해대진 않아요. 그놈이 의외로 잘 지쳐요."

G가 제법 연장자다운 발언을 하자 N을 제외한 모두가 고개를 끄덕였다.

"저도 3년 전에 인생이 바뀔 만한 일을 겪었거든요. 그때 정말 모조리 바뀐 것 같아요. 그래도 아군은 있고, 비상식량도 있고 그렇더라고요. 그러다가 명상에 눈을 뜨고 깨달은 게 하나 있어요. 불행이 도미노처럼 연속으로 들이닥쳤을 때 내가 선택할 수 있는 건 이게 행이냐 불행이냐, 구분 짓는 것이 아니라는 거예요."

A가 '그럼요?' 하는 표정으로 B를 쳐다봤다. 그 눈빛에는 자신을 구원해달라는 애원의 마음이 담겨 있었다.

"내가 어떤 마음을 가질 것인가, 우리가 선택할 수 있는 건 그것밖에 없어요. 엎질러진 물을 주워 담을 수 없는 것처럼, 이미 쏜 화살처럼, 일어난 일을 돌이킨다는 건 매우 어려운 확률이에요. 그런데 유일하게 바꿀 수 있는 건 내 마음이더라고요. 정말 신기한 게, 그렇게 마음먹으니까 다 별일 아닌 거예요."

"용기가 조금 생기는 것 같아요."

"우리 이대로 가끔 만납시다. 풍파에 휩쓸릴 때 그냥 서로 응원해주는 관계, 그것만으로도 숨은 쉬어질 것 같은데."

G가 N의 동의를 구한다는 표정으로 쳐다보더니 계속 말했다.

"요즘 젊은이 생각도 들어보고, 나 같은 늙다리 생각도 들어보고. 그럼 우리가 지고 있는 삶의 무게가 조금은 줄어들지 않겠습니까?"

N은 G의 말을 듣는 둥 마는 둥 시큰둥한 표정으로 모래사장에 낙서를 시작했다. 그것은 동그라미였다가 엑스였다가 물결이다가 바람이 되었다. 그러더니 이윽고 신발을 벗어 던지고는 맨발이 되자 발가락을 오므렸다 폈다 하며 모래의 꺼끌꺼끌함을 즐겼다. 어느새 일어난 N이 바다를 향해 걸었지만 이를 눈치챈 이는 아무도 없었다. 저마다 자기 생각의 바다만으로도 충분히 깊고 짙고 푸르렀으므로.

그때 A가 바닥에 있던 버니니를 들어 한 모금 마시다가 N의 모습을 발견했다. 그 목소리에는 떨림이 가득했다.

"어! 저… 저기 N님 아니에요?"

N은 무릎에 찰싹 와닿는 차가운 파도의 감촉이 신기하다는 듯 아래를 보며 멈춰 서 있었다. 그녀가 그녀만의 세계에 빠져 있을 때 이쪽 세계에선 위태로워 보이는 뒷모습에 한바탕 난리가 났다. G는 전속력을 다해 N에게 달려갔고 B도 황급히 그 뒤를 따랐다. N은 잠시 멈춰 서 있던 발걸음을 다시 옮기기 시작했고, G는 질척대는 신발과 무거워진 청바지를 성가시게 여기며 N에게 달려갔다.

그 순간, N은 자신만의 유리 세계가 와장창 깨지는 소리를 들었다. 동시에 정신이 번쩍 들었고, G에게서 벗어나기 위해 발버둥을 쳤다. 뒤늦게 B까지 합세하자 뒤엉킨 세 사람이 바닷속으로 첨벙, 엎어졌다. 그 순간 집채만 한 파도가 이들을 집어삼켰고, A와 C는 울 것 같은 표정으로 발을 동동거렸으며, D는 이 모든 혼란한 상황을 텅 빈 동공으로 바라보았다.

그때 파도를 헤치고 셋의 모습이 드러나자 A와 C가 서로를 부둥켜안았다.

"저기, 걸어 나오고 있어요. 다행이에요, 진짜." C가 감동적인 영화의 한 장면을 본 사람처럼 흥분했다.

"그러게요. 전 뭔 일이라도 나는 줄 알고." A가 자신의 가슴에 손을 얹으며 숨을 크게 내쉬었다.

그때 와르르 웃는 소리가 났다. 어느새 세 사람은 점에서 사람의 형태로 바뀔 만큼 가까이 와 있었다.

"아! 왜 오버하고 그래요. 그냥 얼마나 차가운지 궁금했다고."

N이 말하자 G가 N의 머리를 쥐어박았다.

"쪼그만 게 겁도 없이."

"근데 감기 걸리겠어요. 다들 어떡해요." C가 B를 보며 근심 어린 표정을 지었다.

B는 입술이 파랗게 질린 채로 양팔로 몸을 감싼 채 오들오들 떨었다.

그때 A가 하늘을 향해 손바닥을 펼쳤다.

"어? 이거 뭐예요?"

아직 눈이라고 하기엔 영글지 않은 작은 열매 같은 눈송이 서너 개가 A의 손바닥 위에 살포시 내려앉고 있었다.

"첫눈이에요."

3.

이대로도 괜찮은 걸까

N 오늘 저희 집 오는 건 다들 잊지 않으셨죠?

G 저는 선약이 있어서 못 갑니다.

A 오? 혹시 여사친이요?

G 네, 그렇습니다.

A 만나재요? 정말 다행이에요. 후기 꼭 들려주세요.

G 네, 잘 만나고 오겠습니다. 누구 덕분에 감기 기운이 있지만.

N 지금 제 얘기하시는 거 아니죠? 아니, 누가 따라 들어오랬나. 저 혼자 잘 놀고 있었는데.

G 우리가 포털에 도배될 뻔했다고요. 다시는 그런 짓 하지 마세요.

C B님은 괜찮으세요?

B 네, 저는 멀쩡합니다. 장거리 운전을 했더니 어깨가 좀 쑤시는 거 말

고는 괜찮아요.

A 에구, 어제 고생 많으셨어요. 덕분에 가을 바다도 보고 첫눈도 맞고 새로운 경험이었어요.

B 저도 잊지 못할 하루였네요.

N 그럼 G님 빼고는 다들 오시는 거죠?

D 네, 이따 뵙겠습니다.

그곳은 어디를 둘러봐도 온통 하얀색이었다. 불필요한 것은 어느 것도 허용될 수 없다는 완고함이 거기에 있었다. N이 외부인을 자신의 공간에 불러들이는 것은 난생처음 있는 일이었다. 가장 이해가 안 되는 건 초대를 한 당사자가 바로 자신이라는 점이었다. '살다 보니 이런 날도 있네.' N은 허탈하게 웃고는 편의점에서 사 온 맥주와 소주를 냉장고에 일렬로 정리하고는 사진을 찍었다. #집들이, #원룸에5명, #먹고놀자, #인생한번뿐

이윽고 '딩동' 벨이 울리고, 하나둘 사람들이 도착했다.

C는 연신 감탄을 내뱉으며 N의 집을 구경했다.

"와, 여자 혼자 사는 집이라 그런지 너무 깔끔하다."

"C님도 혼자 사시잖아요?" N이 의아한 듯 물었다.

"아, 그렇죠. 근데 저희 집은 이렇지 않거든요. 하하. 일단 머리카락이 바닥에 잔뜩."

"제가 성질이 유별나서 그래요. 뭐 걸리적거리는 걸 싫어해서."

N이 변명처럼 읊조리며 자리를 안내했다. 원룸의 바닥 한가운데에는 피크닉 돗자리가 깔려 있었고, 가운데엔 피자와 치킨이 놓여 있었다.

"오늘 G님만 못 온다고 하신 거죠?" N이 물었다.

"아, 좀 전에 단톡방에 A님 늦으신다고." B가 대변인처럼 나섰다.

"아, 청소하느라 톡을 못 봤네요. 무슨 일 있으시대요?"

"마감 넘긴 거에서 오탈자가 있어서 급하게 인쇄소 들렀다가 오신다고 했어요."

"자, 그럼 우리끼리 먼저 건배나 할까요?"

D가 어제와는 다르게 흥겨운 목소리로 외쳤다.

"건배사는 뭐가 좋을까요?" 술에 관련된 이야기라면 빠질 수 없다는 듯 C가 한 톤 높아진 목소리로 물었다.

"당나귀, 어때요?" B가 의미심장한 눈빛으로 힘주어 말하자 모든 시선이 B에게로 향했다.

"당신과 나의 만남을 귀신도 모르게."

그제야 모두 긴장이 풀린 듯 와르르 웃었다.

D는 집을 둘러보고는 N의 개성 넘치는 캐릭터에 비해 별다른 특징이 없다고 생각했다. 이 구역에 개성 있는 존재는 나 하나로 족하다는 집주인의 취향이 반영된 결과일까. 가구와 가전은 차치하고 벽지마저 하얗구나, 생각하던 찰나 벽지에 눈길이

갔다. 그것은 분명 오롯한 하얀색은 아니었다. 그 옆에 조금 더 미색이 들어간 세로줄이 번갈아 그어져 단조로움을 거부하고 있었다. 멍하니 그 벽을 바라보고 있자니, 그 안으로 빨려들어 갈 것만 같은 어지러운 느낌이 들었지만 실제로 그럴 일은 없으니 괜찮았다. 좁은 공간에 옹기종기 모여 앉은 탓에 수시로 옆 사람의 숨결이 닿았지만 취기 덕분인지, 거부감은 없었다.

제법 진지한 이야기들이 긴 시간 오갔고, N은 그에 아랑곳없이 맥주를 홀짝이며 자신의 핸드폰에만 온 신경을 집중하고 있었다.

"저, 어제오늘 너무 재밌어요. 뭔가 제가 좀 살아 있다는 느낌이 든다고 해야 하나. 지난 몇 년간 제 삶에 큰 변화가 있기도 했고 되게 정신없이 살았거든요. 근데 일상은 또 되게 단조로웠어요. 뭐랄까, 만나는 사람도 거의 똑같고, 하는 일도 똑같고. 근데 꼭 여기 오니까 무슨 이벤트 당첨된 것처럼 설렌다니까요."

C가 얼굴 근육에 모든 힘을 뺀 듯한 온순한 얼굴로 말한 뒤 한 박자 쉬고는 말을 이었다.

"사실 돌이켜보면 어린 시절이 참 좋았어요. 그땐 아무 일도 아닌 걸로 깔깔거리고 철철 울고 '내가 살아 있구나', 굳이 확인하지 않아도 증명이 됐잖아요. 자연스럽게 모든 걸 함께하는 친구가 있었으니까. 그런데 지금은 각자 상황이 달라져서 얼굴 보기도 힘들고. 어떤 친구는 대기업에 취직을 했고, 어떤 친구는 공무원 시험만 몇 년째 준비 중이고, 어떤 친구는 신혼의 재미에 푹 빠져 있어요. 어릴 땐 그럼에도 불구하고 우리 우정은 포에버! 그랬는데 아니더라고요. 만나도 막상 서로의 관심사가 다르니까 접점이랄까 교집합이랄까 그런 게 없는 거예요. 그러니까 공감하기도 힘들고. 그래서 사소하게 일상을 살아가면서 힘든 제 얘기, 소소하지만 위로받고 싶은 그런 순간들, 그런 얘길 아무 데도 털어놓을 곳이 없어요. 근데 또 친한 친구가 옆에 없어서 힘들다고 하기엔 제가 너무 나약한 것 같잖아요."

"내 마음을 온전히 나눌 누군가 없어서 힘들다…, 그걸 나약하다고 볼 순 없죠. 제 경우엔 그런 사람이라고 믿었는데 아니었다는 게 굉장히 견디기 힘들었어요. 이젠 너무 옛일이 되어버려서 뭐 아무렇지도 않지만." B가 씁쓸한 미소를 지었다.

"어찌 보면 제가 참 순진했던 것 같아요. 헛헛한 마음을 남자로 채우려고 했던 것 같고. 그 대가는 참 혹독했고."

C는 무언가를 숨기면서도 말하고 싶은 욕구를 동시에 느끼면서 입술을 깨물었다.

"사실 마음이란 게 타인으로 채워지는 게 아닌데, 그걸 종종 잊고 살죠. 타인이 나를 구원할 수 있는지 묻는다면 저는 아니라고 답할 것 같습니다. 인간의 마음이란 게 참 간사한 게 내가 어떤 처지에 놓였는지에 따라 타인을 대하는 태도도 달라지거든요. 그걸 이해하니까 저는 오히려 편해졌어요. 딱히 기대하는 것도 없어지고."

"저는 그 기대를 내려놓는 게 잘 안 돼서 혼자 있기를 택했는데, 참 이상해요. 군중 속에 있으면 고독해지고 싶거든요. 근데 또 혼자 방구석에 처박혀 있으면 '나는 누구?', '여긴 어디?' 막 이런 생각이 들어요."

"우리는 사회적 동물이니까요. 고독은 원하지만 고립되고 싶지 않은 건 어쩌면 당연해요. 저는 사람이 좀 혼자 있는 시간도 있어야 성장할 수 있다고 생각하거든요. 하지만 또 누군가 있었으면 좋겠고…."

B와 C 사이에 자못 진지한 대화가 오가자 N이 더 이상 견딜 수 없다는 투로 성질을 부렸다.

"아…, 재미없어. 그마안!!"

그 순간 누군가 타이머의 정지 버튼을 누른 듯 모든 동작이 멈췄고, N은 아랑곳하지 않고 말을 이어갔다.

"대체 언제까지 이렇게 지루한 얘길 계속할 거예요?"

"아…, 우리가 좀 재미가 없었죠." B가 눈치가 없었다는 듯 재빨리 상황을 수습했다.

"아니, 아까부터 핸드폰만 붙잡고 있었으면서 갑분싸 대체 뭐예요?" C가 일부러 어깃장을 놓는 N이 마음에 안 든다는 듯 노려보았다.

"아니, 내 맘대로 말도 못 해요?"

"말이라고 하고 싶은 대로 막 지껄여도 되는 건 아니거든요."

"아, 우리가 이러려고 모인 건 아니지 않습니까. 그럼 이번엔 N님 하고 싶은 거 해요. 무슨 얘기 할까요? 음악 들을까요? 아니면 게임?"

B가 N과 C를 번갈아 쳐다보며 어색한 미소를 지었다.

"그냥 다 꺼져."

N이 대학로의 인기 없는 연극에 출연하는 단역배우처럼 말을 내뱉더니 자신의 연기가 꽤 맘에 든다는 듯 낄낄댔다.

"네?" 당황한 B의 눈이 커졌다.

"아니, 뭐 이런 어이없는 초대에 진짜로 오나 궁금했는데, 진짜 오네. 다들 그렇게 심심해요? 할 일들이 그렇게 없나? 황금 같은 토요일 밤에 모르는 사람 집에 모여서 별 같잖은 얘기하는 게 재밌어요? 아! 나는 좀 재밌네." N이 처음보다 소리 높여 웃었다.

✦

G가 데스크톱을 끄고는 주변 정리를 시작하려는 찰나, 여사친이 문을 열고 들어왔다. 신기한 일이었다. 한 사람이 걸어들어오는 것으로 주변 공기의 온도마저 달라진다는 것은. 여사친은 익숙한 일인 양 책상 앞 소파에 걸터앉았다.

"오늘 가봐야 했던 거 아니야?"

그녀가 둘 사이에 아무런 일도 없었다는 듯 자연스러운 말투로 묻자, G의 표정이 안도감에 밝아졌다.

"어떻게 알았어?"

"아, 우리 인쇄소 넘어간 거에 오탈자를 뒤늦게 발견해서 오늘 나랑 은수랑 다 출근했었거든. 모임 가야 하는데 늦었다고 입이 댓발 나왔더라고."

"그랬구나. 아후, 나도 이제 늙어서 어제 그렇게 무리하고 오늘 출근하고 또 술 마시러는 못 가겠더라고."

"그렇지. 우리가 적은 나이는 아니지. 근데 어떻게 즉흥 여행 갈 생각을 다 했어?"

"그러게. 나도 어젯밤 일이 실제로 일어났던 건지 아직도 얼떨떨하다."

"은수한테 듣고도 내가 몇 번을 되물었다니까. 밤에 정동진이라니. 낭만이라고 해야 하니, 치기라고 해야 하니. 감기 안 걸린 게 용하다. 은수 다음에 또 만나거든 좀 잘 해줘. 짠한 구석이 있는 애야."

"은수라고 하니까 적응 안 되네. 우리가 아는 사이인 건 모르잖아. A님이."

"전혀 모르지. 애가 진짜 괜찮은 애거든. 근데 남자 하나 잘못 만나서, 지 인생 지가 꼬고 있는 것 같아서 딱해. 뭐, 본인 말로는 정신 차렸다고 하는데 내가 보기엔 아직이야."

"나는 잘 모르겠던데? 밖으로 티 안 나면 되는 거야. 아플 만큼 아파봐야 오히려 후유증도 없다."

"그래서 너는 나한테 할 말은 없고?"

여사친이 소파의 가죽을 쓰다듬으며 태연하게 물었다.

"어? 그⋯그게, 그러니까."

어퍼컷처럼 훅 들어온 질문에 G는 말을 더듬었다.

"네가 할 말이 없으면 내가 할게. 난 우리 우정이 이런 해프닝으로 끝난다는 건 용납이 안 돼. 나는 그냥 없던 일로 할 수 있거든. 너도 동의하면 우린 그냥 전처럼 지내는 거고. 그게 아니면 더는 못 보는 거고."

여사친의 말에 G는 당연한 반응이라고 생각하면서도 못내 서운함이 일었다. 그는 어떤 얼굴을 해야 할지 몰라 우스꽝스러운 표정으로 한참을 말없이 창문 밖만 바라보았다. 어떤 기대를 한 건 아니었다. 남편을 버리고 자신에게 오길 바란 것도 아니었고, 지금과는 달리 남녀 사이로 만나길 바랐던 것은 더욱 아니었다. 분명 아니었는데, 심장이 난도질당한 것처럼 아팠다. 피가 철철 흐르는데도 자신은 그 무엇도 할 수가 없었다. 다만 창틀의 먼지만을 손가락으로 매만지며 이 순간이 지나기만을 바랐다. 정적이 계속되자 그녀가 참을 수 없다는 듯 말을 뱉었다.

"나도 지금 너 보는 거 쉽지 않아. 여기까지 찾아오는 동안 수만 가지 경우의 수를 헤아리면서 왔다고. 너를 다시 못 볼 수도 있다는 각오를 하는 게 쉬웠을 것 같아?"

여사친은 좀 화가 난 듯 보였고, G는 궁지에 몰린 쥐가 된 기분이었다.

'내가 새라면 얼마나 좋을까. 열린 저 창문 사이로 날아갈 텐데.' G는 입술이 바짝바짝 마르는 것 같았다.

✦

C가 갑자기 일어서자 다들 놀라 일시에 그녀를 보았다.

"아니, 가만히 있으니까 여기 있는 사람들이 다 가마니로 보여? 어제부터 진짜 거슬리네."

C가 N의 기를 누를 기세로 내려다보았다. 이와 무관하게 D가 갑자기 껄껄껄 웃기 시작했다.

"사실 뭐, N님 말이 틀린 것도 없지."

그 말에 약속이라도 한 듯 모든 이의 시선이 D에게로 쏠렸다.

"뭘 믿고 이렇게 모르는 사람들을 집에 들이고, 초대한다고 또 좋다고 오고. 이미 새벽에 예상했던 거 아닌가. N님이 제정신으로 보여요? 11월의 동해가 얼마나 차가운지 궁금하다고 들어가는 게 상식적인 행동인가?" D의 말에 사람들의 눈빛이 불안의 파도를 타고 넘실댔다.

"게다가… 내가 미친놈이면 또 어쩌려고?"

"에이, D님, 무섭게 왜 그래요."

B가 상황을 모면하려는 듯 말을 꺼내자, D가 돌연 외투 안쪽 주머니에 손을 넣었다. D의 돌발 행동에 사방이 얼어붙는 듯한 긴장감이 퍼졌다. D는 한쪽 입술을 올리며 알 수 없는 미소를 짓더니, 외투 속에 넣었던 손을 다시 꺼냈다.

그의 손에 들린 건 워터맨 만년필이었다. D는 펜의 뚜껑을 열더니 은빛으로 빛나는 펜촉을 형광등 불빛 아래 들어 보이고는 헛웃음을 흘렸다. 그의 말투에는 자조가 섞여 있었다.

"펜은 칼보다 무섭다…."

D는 무표정하게 B를 쳐다보더니 펜촉을 B의 얼굴 가까이에 가져다 댔다.

"내가 무섭소?" B가 주춤 뒤로 물러섰다.

그때 N이 D의 펜을 확 낚아챘다.

"안 무섭거든요, 아저씨. 진짜 미친놈은 말보다 행동을 먼저 해요. 쇼하지 마세요."

"되는 일이 없네, 진짜." D가 아무 일 아니었다는 듯 큰소리로 웃었다.

"뭐, 덕분에 좀 재밌어지긴 했어요." N이 유쾌하게 말했다.

그때 '딩동' 벨 소리가 들렸고, B가 A임을 직감하고 쏜살같이 인터폰의 열림 버튼을 누르곤 곧바로 현관으로 나갔다. 문이 열리자 A가 커다란 화분을 들고 서 있었다. 화분에 꽂혀 있는 토퍼에는 '나는 너의 숨이다'라는 문구가 쓰여 있었다. B는 그게 자신에게 하는 말인 양 설렜다.

"아, 무거워. 이것 좀 받아주세요."

B가 신발도 신지 않은 채, 민첩하게 화분을 받아들었다. A는 지쳐 보였지만 그 얼굴에는 생기가 돌았다. 할 일을 끝마치고 온 이의 후련함 같은 거였다.

"와, 검수를 몇 번을 했는데, 그걸 못 봤는지 모르겠어요. 그래도 인쇄 넘어가기 전에 정지시켜서 천만다행이에요." A가 한숨 돌렸다며 안도의 미소를 지었고 B와 눈이 마주치자 반달 눈이 되어 웃었다.

B는 그녀의 미소에 심장이 쿵 하고 내려앉는 것 같았다. 그리고 장시간 운전 후 집에 돌아와서도 잠들지 못했던 이유가 A 때문이었다는 사실을 받아들여야만 했다.

A는 이들과의 연속된 만남이 싫지 않았다. 다들 조금은 독특한 면모가 있는 것 같았지만, 늘 비슷한 부류의 사람만 만나온 A에겐 오히려 신선한 일로 생각됐다. 하지만 그래도 이 광경은 좀 아니지 않은가. N은 웬 만년필 하나를 들고는 그 좁은 원룸을 열심히 도망 다니고 있었고, D는 그런 N의 뒤를 쫓느라 여념이 없었다. 그 모습은 마치 소풍 날, 수건돌리기처럼 보여서 A는 설핏 웃음이 났다.

"좋은 말로 할 때 내놓지."

"메롱."

하지만 더욱 당황스러웠던 건 이런 혼돈의 상황에 아무렇지 않게 앉아 혼자 술을 마시고 있는 C였다. A는 D와 N을 피해 흥미로운 눈빛으로 C의 옆에 앉았고, B가 A를 따라 옆에 앉았다.

"술을 정말 좋아하나 봐요. 정신이 하나도 없는데, 정말 맛있게 드신다." A가 먼저 말을 붙였다.

"아, 네. 술을 마시면 생각이란 걸 안 해도 되니까요." C가 아무 일 아니라는 듯 말했다.

A는 C의 담백함이 단번에 맘에 들었다.

"저도 한잔 따라주세요."

A가 살가운 태도로 와인 잔을 들었고, C가 잔을 채워주자 한 모금에 와인을 다 마시고는 다시 잔을 내밀었다.

B가 걱정스러운 눈빛으로 A를 봤다.

"A님, 식사는 하셨어요?"

"아, 아니요. 저도 모르게 와인을 먼저 마셔버렸네요. 저도 오늘은 생각이란 걸 멈춰보고 싶어서요. 늘 다른 사람들이 날 어떻게 생각할까 조마조마하면서 살아왔던 것 같아요. 그게 오늘따라 억울한 느낌?" A는 다시 한번 D와 N을 신기하다는 듯 바라보며 두 번째 잔을 원샷했다.

"30년 넘게 모범생으로 살았어요. 지각 한 번, 결석 한 번 없이 시키는 대로 말 잘 듣는 아이로. 그런데 '그래서 얻은 게 뭐지' 생각해보면 딱히 없더라고요. 첫사랑이랑 15년 넘게 한 연애도 한순간에 무너지는 게 인생인데, 가끔은 흐트러져도 되는 거잖아요. 망가져도 되잖아요." A는 빈속에 마신 와인 때문에 취한 건지 그냥 아무 말이나 하고 싶은 건지 모르겠다고 생각하며 말을 계속했다.

"내가 좀 삐딱하게 산다고 누가 날 비난할 건데요. 아니, 비난받으면 또 어때요. 다 그러면서 사는 거지. 이젠 날 좀 놓아주고 싶어요. 어제 밤바다에 간 건 제 딴엔 엄청난 모험이고 용기였거든요. 제가 경계심이 좀 높은 편이라. 근데 그걸 하고 났더니 왜 이제야 했나, 그런 생각이 드는 거예요. 누구도 강요하지 않았는데, 혼자 어떤 굴레를 만들어놓고 벗어나질 못했던 것 같아요. 사고 치면 안 된다, 바르게 살아야 한다."

A는 일순 시무룩한 표정을 짓더니 다시금 아이처럼 웃었다.

"저 빈속에 너무 달렸나 봐요. 하…, 왜 이렇게 열이 오르지?"

A는 긴 머리를 한 손으로 올려 잡고는 다른 손으로 얼굴에 부채질을 했다.

"저, 잠깐만 나갔다 올게요."

A가 일어서다가 휘청했고, B가 그런 A를 잡으며 같이 일어섰다.

"이 밤에 여자 혼자 어딜 가요."

"헤헤, 아이스크림 먹고 싶어서요."

내가 나 같지 않은 날. A는 오늘이 그런 날이라고 생각했다. 아이스크림을 한 입 베어 물자 팔뚝에 솜털들이 앞다퉈 존재감을 드러냈다. 몸은 분명 추운데 가슴에선 화끈 열이 올랐다. 과거의 어떤 순간이 순식간에 밀어닥친 것처럼 심장이 쿵쾅대기 시작했다. A는 자신이 발이 닿지 않는 물에 빠진 사람처럼 허우적대고 있다고 느꼈다.

그때 정신을 차리라는 듯 핸드폰 진동이 울렸고, 전화를 받으려고 주머니에 손을 넣는다는 게, 그만 손에 쥐고 있던 아이스크림을 바닥에 떨어트리는 참사로 이어졌다. 아이스크림은 원래의 형태는 알아볼 수 없게 처참하게 무너졌다. A는 일시 정지 버튼이 눌린 화면의 주인공처럼 아이스크림에만 시선을 고정했다. 그 눈빛에는 원망인지 애원일지 모를 감정이 담겨 있었다. 곧이어 웅덩이에 물이 고이듯 A의 눈에 물이 차오르기 시작했고 급기야 어린아이처럼 꺼이꺼이 울음이 쏟아져나왔다.

"제…, 제가 아이스크림 새로 사드릴게요. 네? 울지 마세요."
B는 A를 달랬지만 엉엉 우는 다 큰 성인 여자를 어떻게 위로해야 할지 몰라 적잖이 당황하고 있었다. 울지 말라는 말이 기폭제가 된 것처럼 A는 더 큰 소리로 훌쩍였다.

"저 같아요. 이 먹다 떨어트린 아이스크림이…, 저 같아요."
B는 자신이 이런 상황에 알맞은 위로를 해줄 수 남자였으면 좋겠다고 생각했지만 다만 할 수 있는 건 우는 그녀의 어깨를

가만히 토닥여주는 것뿐이었다.

　A는 1년 치 울음을 다 울어버리겠다는 듯, 시장에서 엄마 손을 놓쳐버린 6살 아이처럼 서럽게 울었다.

✦

　N은 D를 피해 도망치면서도 이 상황이 재미있어 웃음이 났다. 잠시 딴생각을 한 탓에 한쪽에 놓여 있던 C의 가방끈에 발이 걸려 넘어졌고, 동시에 옆에 줄줄이 세워져 있던 소주병과 맥주병이 도미노처럼 차례로 넘어지기 전까지는 말이다. 와장창 한바탕 소란이 일어났고 N은 유리 조각이 박힌 무릎을 끌어안은 채 상처만을 뚫어져라, 보았다.

　D 역시 이유만 달랐을 뿐, 놀라긴 마찬가지였다. D의 시선이 고정된 곳은 다름 아닌 망가진 만년필의 펜촉이었다. 그곳에선 D의 현재 마음처럼 새까만 잉크가 새어 나오고 있었다. 물론 N은 자신과는 상관없는 일이라는 듯, 까진 무릎만을 보고 있었지만 말이다.

　"아이 씨, 짜증 나. 피 나잖아."

　C가 어이없다는 눈초리로 N을 보았다.

　"저기, 지금 피 난 게 중요한 게 아니잖아요. D님 만년필 어쩔 거예요. 어서 사과부터 해요."

"아, 저딴 거 얼마나 한다고. 아저씨, 그거 얼마예요?" N이 자신의 지갑을 찾아 5만 원짜리 여러 장을 신경질적으로 꺼냈다.

그 순간, C의 눈이 휘둥그레졌다. 지갑 속 N의 신분증에 유독 낯익은 이름 석 자가 새겨져 있었기 때문이었다.

'김여진 980607.'

N은 5만 원권 여러 장을 D의 앞에 아무렇게나 내던져 놓고는 밴드를 찾아 자신의 무릎에 붙였다. 이 모든 상황을 말없이 지켜보던 C가 N에게 쏘아붙였다.

"10년 전이랑 하나도 변한 게 없구나."

C가 가방을 챙겨 들며 일어서자 N이 뜨악하는 표정으로 C의 팔을 붙잡았다.

"지금 뭐라고 했어요?"

✦

A는 아무렇게나 손등으로 눈물을 닦아내더니 진정이 됐는지 차분한 목소리로 B에게 물었다.

"사랑이 뭐라고 생각하세요?"

B가 대답할 말을 고르는 사이, A가 다시 담담히 말을 이었다.

"저는 한 사람만 15년 만났거든요. 근데 걔가요, 동창회 날 제가 아프다고 먼저 집에 간 그날, 제 친구랑 잤어요."

B는 진심으로 놀랐지만, A의 침착한 어조에 어떤 반응을 보여야 할지 몰라 머리만 긁적였다.

"저는 그때부터 사랑 안 믿어요. 인간은 그저 욕망의 노예일 뿐이니까." A는 작게 웃기 시작하더니 이제 더는 걷잡을 수 없다는 듯 크게 웃었다.

"제가 더 흥미로운 얘길 해드릴까요? 그 둘이 틈만 나면 저 몰래 했다는 거예요. 그러다가 걸리니까 싹싹 빌더라고요. 사랑 아니었으니까 용서해달래요. 실수였다고. 근데 실수를 그렇게 반복적으로 할 수도 있어요?"

"하, 미친놈. 그 XX 어디 살아요?"

B의 반응에 A는 좀 위로가 된다는 듯 미소를 짓더니 고개를 절레절레 저었다.

"아, 나 진짜 취했나 봐. 별 얘길 다 하네. 그래도 덕분에 실컷 울었어요. 그동안 참기만 했거든요. 자존심 때문에 어디에다 말도 못 하고. 사실 가장 견딜 수 없는 게 저의 나약함이었어요. 남자랑 끝났다고 세상 끝난 것처럼 영혼 없이 사는 거, 너무 별로잖아요."

B는 A의 마음이 뭔지 알 것 같았다. 자신 역시 나락에 빠져 지냈던 세월이 있었으니까. 시간이 흘러 무뎌지긴 했어도 누군가 그곳을 들춰내기라도 할라치면 아직 여기 있다는 듯 상처가 고개를 들었다. B는 A라면 자신의 이야기를 해도 될 것 같다는

확신이 들었다. 그리하여 입술을 달싹이다 겨우 말을 꺼냈다.

"사실 저도 비슷한 상처가 있어요."

A가 놀란 눈으로 B를 바라봤다. 그 눈빛에는 '상처가 상처를 알아보았군요.'라는 말이 내포되어 있었다.

"저는 사실 돌싱이에요. 뭐, 호적상으론 깨끗한데요, 결혼식도 올렸고 신혼여행도 다녀왔죠."

A는 B의 고백에 말문이 턱 막혔다. 자신은 알고 있었다. 어떤 말은, 하는 것보다는 아끼는 것이 백배쯤 나은 것이라는 걸. 누군가를 위로한답시고 뱉는 어설픈 말들이 오히려 그 사람의 마음을 더 휘젓기만 할 뿐이라는 걸. 그래서 A는 입 대신 귀를 열기로 했다. '나는 당신의 이야기를 얼마든지 들어줄 수 있어요.'라는 마음이 B에게 닿길 바라며.

"팀은 달랐지만 사내 커플이었어요. 그만큼 서로에 대해 잘 안다고 생각했는데, 저만의 착각이었어요. 혼자만 들뜬 신혼여행이었죠. 수시로 핸드폰만 들여다보고 있는데, 너무 이상하잖아요. 마침 샤워한다고 들어갔는데, 핸드폰이 울리더라고요. 그때 판도라의 상자를 열어버린 거예요. 유부남 상사랑 '자기야, 보고 싶다, 빨리 서울로 돌아가고 싶다.'"

허탈하게 웃는 B의 눈이 슬퍼 보였다. 덩달아 A의 눈에 그렁그렁 눈물이 맺히기 시작했고 이내 두 뺨을 타고 흘러내렸다. A가 울먹였다.

"우리가 순진해서 당한 거예요? 아니면 원래 세상에 쓰레기가 많은 거예요?"

"저도 그걸 잘 모르겠어요."

"사실 앞으로 어떻게 살아야 할지도 잘 모르겠고, 사람을 어디까지 믿어야 하는 건지도 모르겠고." A는 쉽사리 눈물이 그치지 않아 힘든 아이처럼 딸꾹질을 하다가 그런 자신이 어처구니가 없어 웃음이 났다. B도 A를 따라 웃었다. 서로가 굳게 닫혀 있던 마음의 창을 열어주었고, 그 사이로 시원한 바람이 한차례 지나간 것 같은 개운함이 남았다.

"저도 그래요. 그래서 명상도 시작한 거고."

"다시 괜찮아질 수는 있는 걸까요?"

"저는 3년 지났거든요. 이제야 좀 숨이 쉬어져요."

"회사는 어떻게 다니셨어요? 신행까지 다녀오셨으면 다들 알고 있었을 거 아녜요."

"제가 그때 선택할 수 있었던 건 그 여자를 나쁘게 만드는 것뿐이었어요. 내가 못난 놈이든 불행한 놈이든 불쌍한 놈이든 누군가 나를 어떻게 판단하든 그런 건 신경 쓸 겨를이 없었어요. 그냥 제가 살기 위해서 모든 걸 나쁜 기억으로 치환시켜버렸죠. 그리고 일에 미친 놈처럼 일만 했어요. 선배 일, 후배 일 가릴 것 없이 닥치는 대로 제가 했죠. 덕분에 동기들 중 가장 먼저 승진했고 돈도 많이 모았어요. 그 사람은 이직했고요. 시간이 흐르니까 결국엔 다 잊히더라고요. 다들 자기 먹고사느라 바쁘거든요."

"맞아요. 그래도 제가 이번 실연으로 한 가지 얻은 게 있다면 타인은 타인에게 내 생각만큼 지대한 관심은 없다는 거예요. 그냥 남의 일인 거죠. 당시엔 대단한 가십거리였어도 그냥 그뿐이라는 거예요."

A가 큰 결심이라도 한 사람처럼 목소리를 높였다.

"저, 결심했어요. 이제부터 막살 거예요. 어제, 밤하늘 위에 수놓아진 무수한 별들을 보는데, 문득 이런 생각이 들더라고요. 우리가 지금 보는 별빛들이 사실은 다 과거로부터 온 거잖아요. 과거라는 것도 지나고 보면 저렇게 빛으로만 남는 건데, 이왕이면 이것저것 마음 끌리는 대로 살아서 예쁘게 빛나는 별로 남겨야겠다."

"이야기가 좀 이상한 방향으로 흐르는 것 같은데요?" 결연한 A가 귀엽다는 듯 B가 웃었다.

"그리고 저는 다시는 사랑 같은 건 안 할 거예요."

"다 부질없는 거죠."

"근데 또 어떤 날은, 마음이 너무 허전하고 외롭고. 언제까지 이렇게 피상적인 관계로만 삶을 이어갈 수 있는 건지도 모르겠어요. 제가 외동이라 그런지 엄마, 아빠 나이 들어가시는 거 보니까 괜히 무서운 생각도 들고."

"다들 비슷한 고민을 하겠죠."

"겉보기에, 저 아무 문제 없거든요. 사람들하고도 잘 지내고, 일도 잘 하고 있고. 근데 너무 헛헛해요."

"삶이 원래 그런 게 아닐까요. 어떤 일이 일어났기 때문에 내가 이 모양 이 꼴이 됐다, 생각하면 너무 억울하잖아요. 그냥 인간은 원래 누구나 고독한 걸 거예요."

"마음을 주는 게 너무 무서운데, 마음을 다 안 주니까 사람들도 저를 딱 그 크기만큼 대하는 것 같아요."

"너무 어려운 문제예요. 사실 어렸을 땐 그런 거 생각 안 하고 지냈는데, 왜 나이 먹으면서 복잡해진 걸까요?" B의 물음에 A가 대답 없이 엉덩이를 털며 일어났다.

"아마도 손해 보기 싫어서? 그만 들어가요, 우리. 사람들 기다리겠어요."

✦

A와 B는 자신들 앞에 놓인 현실이 믿기지 않아 입을 다물지 못했다. 그새 무슨 일이 있었던 건지, 술병들은 깨져 있었고 만년필 잉크는 여기저기 볼썽사납게 튀어 있었다. D는 조용히 구석에 앉아 강소주를 들이켜고 있었고, C는 N에게 팔을 놓으라는 시늉을 하다가 자신의 뜻대로 되지 않자 냅다 반대 손을 들

어 N의 뺨을 때렸다.

A가 놀라 C를 잡았고, B가 N의 눈치를 살폈다.

"아니, 왜들 이래요?"

그때 N이 화를 참을 수 없다는 듯 소리를 지르기 시작했다.

"아, 진짜. 미친년!!!"

N은 악다구니를 쓰더니 호주머니에서 어젯밤 편의점에서 훔친 커터칼을 꺼냈고, A와 B가 그 자리에서 얼어붙은 것을 확인하더니 더욱 의기양양하게 소리를 질렀다. 이에 C는 도저히 참을 수 없다는 듯 발차기를 했고, 그 발은 정확히 N의 손에 닿았으며 동시에 커터칼이 부웅 날아 바닥에 떨어졌다.

B가 재빨리 칼을 주워 자신의 겉옷 주머니에 넣었고, 이 모든 혼란을 뒤로한 채 D는 홀로 자신만의 세계에 빠진 양 술만 마셔댔다. 그리고 어디선가 전화벨이 울렸다.

"오마이갓님에게서 전화가 왔습니다."

모두의 눈이 바닥에 놓여 있던 아이폰에 쏠렸고 N은 짐짓 아무 일도 없었다는 듯 핸드폰을 들고 화장실로 사라졌다.

A는 그제야 한숨 돌렸다는 듯 깊은숨을 내쉬었다.

"하, 이게 다 무슨 일이에요. 근데 이름 설정도 참. 정말 오마이갓이네요."

"God? 혹시 G님은 아니겠죠?"

B가 탐정이라도 된 듯 미간을 찌푸렸다.

"에이, 두 분이 따로 번호 교환이라도 했을까요? 그럴 시간도 없었는데."

A가 그럴 리가 없다는 듯 단호하게 말했다.

"그런데 C님, 저희 나갔다 온 사이에 무슨 일이 있었던 거예요?"

C는 N의 뺨을 후려쳤음에도 분이 풀리지 않는지 씩씩거렸다.

"아니, N님이 D님 만년필을 들고 도망 다니다가 넘어져서 저 난리가 일어났는데, 사과 한마디 없이 자기 피 난 것만 보고 있잖아요. 어떻게 사람이 그래요?"

"그렇다고 뺨까지 때린 건 좀 너무한 것 같아요."

B가 인상을 찌푸리자, C가 고갯짓으로 D를 가리켰다.

"저걸 보고도 그런 말이 나와요?"

"신의 계시… 신의 계시… 신의 계시…"

반복적으로 같은 말만 되풀이하고 있는 D에게 B가 다가갔다.

"D님, 괜찮으세요?"

하지만 D는 그저 병나발만 불 뿐이었다.

"제가 심한 게 아니었다고요." C가 항변을 한 후 한마디를 덧붙였다.

"어쩜 예전이랑 달라진 게 하나도 없는지 모르겠어요."

A가 자신이 잘못 들은 건가 싶어 고개를 갸우뚱하는데, N이 화장실에서 나왔고, C는 꼴도 보기 싫다는 듯 인사도 없이 현관문을 쾅 닫고 나가버렸다. A는 이 상황을 어떻게 수습해야 할

지 몰라 손가락만 매만졌다.

"아무래도 오늘은 여기서 끝내는 게 좋겠네요. 그럼 실례 좀 하겠습니다."

B가 불쑥 D의 겨드랑이 사이로 손을 넣더니 힘껏 그를 일으켜 세웠다. D는 자기 몸이 남의 것인 양 느껴졌다. 천장이 바닥 같았고 바닥이 천장 같았다. 머리가 핑글핑글 도는 건지 마음이 핑글핑글 도는 건지 도무지 모르겠다고 느끼는 순간, A가 500밀리 생수병을 자신의 얼굴을 향해 흩뿌렸다.

"겨우 두 번째 만남에 죄송합니다. 제발 정신 좀 차리세요."

✦

C는 어디서부터, 무엇부터 잘못된 건지 과거를 일일이 되뇌어봤지만 알 수가 없었다. 그냥 악연이라고밖에는. 하염없이 눈물이 나서 택시도 버스도 탈 수가 없어 어디로 향하는지도 모른 채 무작정 걸었다. 그토록 벗어나고 싶어 안간힘을 썼던 과거로부터 발목 잡힌 기분은 절망이라는 단어로밖에는 설명할 수가 없었다.

"야, 네가 내 남친 꼬신 년이냐?"

"무슨 말이야?"

"진짜 이년이! 다 알고 왔거든. 3반 주은택."

열다섯 살 어린 소녀였던 C는 화가 나 어쩔 줄을 몰라 하는 열다섯 살 김여진을 그저 물끄러미 바라보았다.

"야, 은택이가 다 불었거든. 네가 꼬셔서 편지 쓴 거라고."

"나는 지금 네가 무슨 말을 하는지 전혀 모르겠어."

쉬는 시간의 대형학원은 이 시간마저 허투루 쓸 수 없다며 열공하는 파와, 이 시간만큼은 수다로 보내야 한다며 열성적으로 떠드는 파로 나뉘었다. 하지만 둘의 대화는 모든 이들의 귀에 매력적으로 꽂히는 소재일 수밖에 없었다.

C는 우선 이 시선들로부터 피해야겠다는 생각에 자리에서 일어나 N을 밀쳤다. 그때 교복 명찰의 이름이 보였다. 김여진.

"지금 쳤냐?"

"여기서 이러지 말자."

"지금 도망가는 거지? 네가 뒤에서 구린 짓 한 건 인정하지? 인간이라면 쪽팔린 줄 알아야지."

그때 N의 무리로 추정되는 여학생 셋이 다가왔다. C는 멈칫 뒤로 물러섰고 목소리 역시 잦아들었다.

"왜 그러는데. 나는 주은택이 누군지도 모르고. 편지는 또 무슨 얘긴데."

"네가 흘리고 다녔으니까 은택이가 그렇게 절절한 러브레터를 썼겠지."

N은 떨리는 목소리로 말을 내뱉더니 급기야 닭똥 같은 눈물을 뚝뚝 흘렸다. N의 추종자로 추정되는 여학생 셋이 일제히 C를 쨰려보았고, C는 모든 이의 이목이 자신에게 집중되고 있음을 느끼자 숨이 막혔다.

그때 쉬는 시간이 끝났음을 알리는 종이 울렸고, 오른팔로 추정되는 여학생이 C를 끌고 나가다시피 복도로 데리고 나갔다.

"나는, 지가 꼬셔놓고 모르쇠 하는 년들이 제일 재수 없어. 너는 가만히 있었는데 은택이가 그랬다고 우기고 싶은 거야?"

"나는 주은택이 누군지도 모른다고."

"끝까지 발뺌이네. 그래, 네 말을 백번 천 번 믿어줘서 네가 주은택을 모른다고 치자. 그래도 네가 잘못한 거야. 첫째, 우리 여진이 마음을 아프게 했고, 둘째, 내가 다음 수업을 못 듣게 됐고, 셋째, 그냥 앞에 두 가지만으로도 너는 존재 자체가 잘못된 거야."

아무런 논리도 없는 말이었지만 열다섯 살의 C는 이를 반박할 만큼 강하지 못했다. 그 순간 정말 자신은 존재 자체가 잘못된 건 아닐까. 엄마 아빠의 이혼 때문에 자신이 이런 대접을 받고 있는 것은 아닐까. 생각의 폭풍우가 걷잡을 수 없이 쏟아졌다.

✦

'하필이면 왜 이 동네였을까.' D는 비틀거리며 생각했다. 만년필의 펜촉은 완전히 망가져 있었다. 이젠 완벽하게 그녀를 지우라는 신의 계시일까. 하지만 어떤 물건은 추억 이상의 힘을 지녀서 그게 구원이자 생의 이유가 되기도 하는 거였다. 그래서 D는 지금, 이 형용할 수 없는 마음에 대해 생각하고 또 생각하다가 급기야 과거의 그날에 잠식당하고 말았다.

"자기야, 여기 보여?"

그녀가 내민 만년필에는 각인이 되어 있었다. '글로써 세상을 이음.' D는 그 문장을 몇 번이고 힘주어 읽었다. 자신도 모르게 웃음이 삐져나왔다.

"그렇게 좋아? 다음엔 더 비싼 걸로 사줄게. 이걸로 쓰면 이번 공모전은 꼭 붙을 거야."

"요즘 누가 펜으로 글을 쓴다고, 일부러 이런 걸 사 왔어."

D는 맘에 없는 소리를 하면서도 그 문장에서 눈을 뗄 수가 없었다. 그녀는 그의 마음을 다 안다는 듯 더 밝고 크게 말했다.

"그런가? 그럼 지금보다 더, 더, 더 유명해져서 작가 사인회 할 때 꼭 이걸로 해. 알았지?"

D가 과거에 잠식돼 허우적대고 있는 동안 현실은 그를 물밖으로 꺼내기 위해 클랙슨을 울렸다. "빵-." 큰 경적이 울리고 승용차 한 대가 그를 험하게 지나쳐 갔다.

정신을 차리고 보니 D는 횡단보도를 다섯 걸음 정도 건넌 후

였고, 빨간 불이었다. 보통 그런 경우면 재빨리 뒤돌아 인도로 되돌아가야 했지만, D는 제정신이 아닌 관계로 멍하니 그 자리에 서 있었다. 자신을 욕하며 지나가는 차들 사이에 덩그러니 선 채 그는 그렇게 한참을 오열했다.

✦

N은 어질러진 원룸을 보며 자신의 속을 까뒤집어 보면 이런 모습일 거라 추측했다. 쉽사리 동요하지 않는 것이 자신의 장점이라고 생각했는데… 늘 혼자였던 이 공간이 어색하게 느껴진다는 것은 꽤 생경한 느낌이었다. 자신을 불사르는 열성적인 공연이 끝나고 모두가 떠난 텅 빈 객석을 바라보는 가수의 심정과 빗대면 꼭 알맞을 것 같았다. C에게 맞은 두 뺨은 아직 얼얼했지만 마음은 얼얼하지 않았다. 어쩌면 자신을 제대로 꾸짖어 줄 누군가를 기다려온 것처럼 후련했다.

N은 자신이 결벽증이 있는 사람이라는 걸 잊은 것처럼 굴기로 했다. 제멋대로 나뒹구는 술병과 안주들을 무시한 채 씻지도 않고 잠옷으로 갈아입지도 않은 채로, 침대 한쪽에 아무렇게나 기대 누웠다. 그리고 그에게 전화를 걸었다.

4.

과거와 현재, 그리고 미래

하얀 티셔츠에 찢어진 청바지, 백팩을 멘 차림새, G는 오늘도 여지없이 전동킥보드를 타고 출근을 한다. 바람을 가르며 도시의 풍경을 스쳐 지나는 것은 또 하나의 세계를 여는 것 같은 착각을 불러일으키기에 충분하다. 헬멧 외에는 아무런 보호장비도 없이 무방비 상태로 세상과 맞닥트린다는 것은 두려운 만큼의 스릴. G는 한결 기분이 산뜻해졌다. 어제는 어떻게 이야기의 방향이 바뀌었는지, 궁지에서 벗어났는지 기억이 나질 않는다. 문득 시계를 보니 밤 11시가 넘었고, 결론 나지 않는 이야기의 결론은 어쨌거나 그와 그녀가 서로에게 얼마나 소중하고 헤어질 수 없는 관계인지에 대한 깨달음이었다. 그들 사이엔 고결하고 숭고한 무언가가 있었다. G는 마음의 일부를 잘라낸 채로 살아가야만 유지될 수 있는 관계에 대해 받아들이기로 했다. 그 해프닝으로 인해 오히려 자신의 마음이 차곡차곡 정리되었음도 깨달았다. 그리고 다시는 같은 실수를 반복하지 않으리라는 자신감도 생겼다. 살아 있는 동안 그들은 영원할 것이라는 견고한 믿음이 마음속 깊이 뿌리를 내렸다.

G 다들 굿모닝입니다. 어젠 즐거우셨는지요. 다음번 모임엔 저도 꼭 참석하겠습니다.

　다음을 기약할 수 있는 관계란 얼마나 달콤한 것인가. 그리고 사람의 인생이란 얼마나 유한한가. G의 지금은, 비록 그녀와 함께할 순 없지만 불행하지 않다. 그에겐 고독을 함께 나눌 수 있는 이들이 있으므로. G는 카톡을 보내고 난 뒤 의자를 빙글 한 바퀴 돌리고는 웃으면서 일어섰다. 그의 표정은 한층 편안해 보였다.

　한편, B는 숙취 때문인지 얼굴을 잔뜩 찌푸린 채 머리를 감싸 쥐고 있었다. 침대에 반쯤 기대 누운 채 어제의 일들을 떠올렸다. A와 나누었던 이야기는 현실이었을까. 비슷한 상처를 지닌 사람과 마주 앉아 그 사람의 상처를 보는 일은 다소 생소한 경험이었다. 자신의 과거가 현재로 넘어와 스스로를 괴롭히지 않왔고, 그저 앞에 있는 사람의 상처를 보듬어주고 싶다는 마음만이 지배적이었다는 것 역시 고무적이었다. 'A와 함께하는 미래는 어떨까. 영혼이 닮은 사람끼리 만나 최소한 그런 종류의 생채기를 내는 일 없이 살아갈 수 있다면 그것만으로도 커다란 위로이자 삶의 의미가 아닐까.' B는 자신의 머릿속에 그런 생각이 침범한 것에 놀라 세차게 머리를 저었다.

B 다음번 모임이라면 혹시 오늘 저희 집은 어떠신가요?

G 오! 저는 좋습니다.

A ㅅㅈ. 근데 저희 3일 연속 만나는 거예요? 저는 어제 빈속에 와인 마셨더니 아직도 속이 안 좋아요.

B 아이고, ㅠㅠ 괜찮으세요? 저희 집에 오셔서 해장하심이. ^^;;

G ㅎㅎ 두 분 오늘따라 더 친밀해 보이는 건 저만의 착각인가요?

A 어? 근데 오늘 C님 생일이신가 봐요. 생일인 친구에 뜨는데요?

N 생존이요.

　　　D님이 나갔습니다.

G 헉! D님 왜 나가셨죠?

A 어머?

B 제가 다시 초대해보겠습니다.

G 어제 무슨 일이 있었습니까?

N 저랑 트러블이 좀 있었어요.

G 그 얘길 왜 이제야…

N 저희 톡한 지 몇 분 되지도 않았거든요.

A 아, N님이 사과하셔야 할 것 같은데…

N D님한테요? 설마 C님한테 하란 건 아니죠?

G 아니 대체…

N 아, 별일도 아닌데 왜 이렇게 호들갑들이에요. 제가 어제 D님 만년필을 좀 망가트렸어요. 아니, 근데 사과는 제가 받아야 하는 거 아니에요? 넘어져서 피 난 것도 저고, 어제 C님이 제 뺨 때렸잖아요.

G 아, 이건 우리가 여기서 이럴 문제는 아닌 것 같고 만나서 차근차근 풀어봅시다.

✦

　B는 핸드폰을 잠시 내려놓고 베란다 창 가까이 다가가 섰다. 손바닥을 펼치니 그 안에 밝은 햇살의 향연이 펼쳐졌고, 환기를 시키기 위해 열어놓은 창으로는 시원한 바람이 인사했다. 집 앞 놀이터에서 깔깔거리는 아이들의 웃음소리가 들리자 B는 자신도 모르게 미소를 지었다. 다시 핸드폰을 찾아 들고는 거실을 배회하며 애꿎은 핸드폰만 쉴 새 없이 만져댔다. 카톡을

열었다가 닫았고 고개를 절레절레 흔들었다가 대단한 결의라도 한 듯 입술을 깨물었다. 이윽고 A에게 개인 연락을 하기로 결심했다.

B A님, 몸은 좀 어떠세요?

B는 두 눈을 질끈 감고는 '에라 모르겠다.'라는 심정이 되어버렸다. 핸드폰을 손에서 놓지 못하고 수시로 확인하는 자신의 모습에 피식 웃음이 나왔지만 괜찮았다. 아무것도 하지 않는 것보단 무엇이라도 하는 게 낫다는 게 생을 살며 터득한 지혜 중 하나였으니까.

그 시각 A는 팀장과 한강을 달리고 있었다.

"아니, 팀장님이 우리 엄마예요? 갑자기 왜 이렇게 꼰대처럼 굴어요."

"내가 뭘." 팀장이 두 눈을 동그랗게 뜨고 A를 보며 되물었다.

"황금 같은 일요일에 남편분이랑 알콩달콩 보내셔야죠. 아, 회사 사람은 평일에만 봅시다. 진짜."

"얘가 뭘 몰라도 한참 모르네. 원래 아무리 가까운 사이에도 거리라는 게 필요해. 숨 쉴 구멍. 다른 말로 환풍구."

"팀장님은 똑똑해서 좋겠어요."

A가 숨을 헉헉대며 벤치를 찾아 앉자, 팀장이 A의 옆에 앉으며 볼을 꼬집었다.

"으이구, 너는 젊은 애가."

"하, 저 어제 과음했다니까요."

"술은 나도 마셨거든요."

"아, 팀장님 그만 말해요. 저 토할 것 같아요."

"숙취해소제라도 사다 줘?"

팀장은 A의 대답은 듣지도 않고 자리에서 일어섰다. A는 그 뒷모습을 바라보며 그래도 나오길 잘했다고 생각했다. '집에 있었으면 종일 누워나 있었겠지.'

무심코 본 카톡엔 B의 메시지가 와 있었다. 이상하게 심장이 조금 두근거렸다. 답장을 하려던 찰나, 팀장이 생수 2병과 숙취해소제를 사서 돌아왔고 A는 재빨리 핸드폰을 주머니에 넣었다.

"뭐 해? 이것 좀 마셔."

A는 팀장이 내민 생수를 절반쯤 마신 후 숙취해소제를 원샷했다.

"후, 살 것 같다."

"해장 뭐로 할래? 콩나물국밥?"

"아니요. 저 느끼한 거 먹고 싶어요. 카르보나라."

"너도 참 특이하다."

"그래서 어젠 어땠어? 재미있었어?"

"그냥 뭐, 다들 싸우고 난리도 아니었어요." A는 재미있는 기억을 떠올리는 사람 마냥 피식댔다.

"얘는 난리였다는 애가 왜 이렇게 즐거워 보여? 설마 네가 싸운 건 아니지? 네 나이엔 남자랑 몸으로 싸울 거 아니면 싸우지 마라."

"아, 진짜. 팀장님, 아침부터."

A가 팀장을 손으로 밀어내며 눈을 흘기자 팀장이 씨익 미소를 지었다.

"그래서 거기 진짜 괜찮은 남자 없냐고."

"아, 맞다. 대박. 우리 단톡방에 이음 작가님이 있었어요."

"이음? 그 5년 전 난리 났던 문학 대상의 이음 작가?"

A는 상기된 얼굴로 고개를 끄덕였다.

"사인은? 사인부터 받았어야지."

"에이, 5년 전에도 철저히 필명으로 사셨던 분인데. 우리 업계에서나 이음 작가님 얼굴 아는 거죠. 사람들 많은 데서 어떻게 떠들어요. 그럴 분위기도 아니었고." A가 팀장에게 속삭였다.

하지만 팀장은 아랑곳없이 큰 소리로 말했다.

"이음 작가, 그래서 뭐 한대? 차기작 안 낸대? 우리랑 계약하자 그러자."

"아니, 개인적인 얘길 할 정신도 없었고 상황도 아니었다고요, 편집장님."

그때 번뜩, 팀장의 눈빛이 반짝이더니 말끝을 늘어트렸다.

"그래서, 이음 작가가 맘에 들었구나. 실물은 어때?"

"아, 팀장님 진짜 똥 촉. 뭐 작업 중이신 것 같은데 잘 안 풀리시는 건지 기운이 좀 없어 보이셨어요. 그러고 보면 사람 인생 모르는 것 같아요."

팀장이 A의 머리를 콩 쥐어박았다.

"그래, 그렇게 잘 아는 애가 왜 그렇게 남자 하나 가지고 풀이 죽어서 사니?"

"아, 팀장님! 왜 때려요."

"맞을 짓만 하고 돌아다니니까 한 대 쥐어박았다. 왜?"

"암튼 그때 이 작가님 책 때문에 우리 책은 빛도 못 보고, 워낙 화제를 불러왔던 소설이라 우린 그냥 쭈구리였는데."

"적과의 동침이라도 노려보지 그랬어?"

"진짜 팀장님! 직속 후배한테 혼 좀 나볼래요? 요새 욕구불만이에요? 형부가 잘 안 해줘요?"

"애는 꼬맹이가 못 하는 말이 없네."

"아니, 좀 전까지 남자랑은 몸으로 싸우라느니 적과 동침하라느니 누가 얘기하셨더라."

"됐고. 그래서 괜찮은 남자 진짜 없냐고."

"그런 거 없었어요. 저는 이제 연애 같은 거 안 해요."

"어머, 얘는 젊은 애가 그 좋은 걸 왜 안 해? 난 하고 싶어도 못하는데."

"팀장님은 연애 실컷 하고 결혼도 늦게 하셨으면서 연애를 또 하고 싶어요? 아, 그 지긋지긋한 감정 소모." A가 진저리난다는 듯 몸을 떨었다.

"당연히 하고 싶지. 결혼은 현실이거든. 연애가 낭만이지. 그래서 오늘은 B라는 사람 집에 간다고?"

"모임이 있긴 한데, 고민 중이에요."

"왜 고민을 해? 나 같으면 신이 나서 매일 만날 것 같은데. 나이 먹고 마음 맞는 사람 만나는 게 얼마나 힘든 일인지 몰라?"

"그건 그런데, 잘 모르겠어요. 이 관계가 얼마나 가겠어요. 누군가에게 정을 주고 기대하고 실망하고 지겨워요."

"그래도 그 순간들은 분명 즐거웠잖아. 그럼 된 거야. 뭘 그렇게 복잡하게 왼쪽 오른쪽 앞 뒤 다 따지면서 사니."

팀장이 A의 머리를 다시 한번 콩 쥐어박았다.

"아! 팀장님. 제가 애도 아니고."

"그래도 그 방이 꽤 위로가 되나 보네? 너, 자꾸 웃는다."

"솔직히 인정이요. 잘 모르는 사이인데도 꽤 편하고 만나면 재미있고 그래요. 그냥 아무 얘기나 막 떠들어대는데, 시시껄렁한 일로도 즐거울 수 있다는 게 신기해요. 제 삶의 이벤트 같달까. 약간 고등학생 때로 돌아간 기분이 들어요."

"관계에서 순수함을 가지기가 어려운데…, 좋다." 팀장이 귀여운 강아지라도 바라보듯 미소를 지었다.

"아, 팀장님, 방금 그 표정 뭐예요? 징그럽게." A가 뜨악한 표정으로 팀장을 봤다.

"암튼 그래서 그 순수함을 끝까지 이어가시겠다? 너, 설마 평생 수절할 건 아니지?"

"에? 수절을 왜 해요. 아, 팀장님이 아직 절 모르신다니까. 저 욕망 덩어리예요."

A가 속삭이자 팀장이 피식 웃었다.

"네네, 그러셨어요. 그래서 원나잇 해본 소감은?"

그 순간, A의 안 그래도 커다란 눈이 더 커졌다.

"아니, 너 며칠 전에 머리는 다 말리지도 않고 옷은 또 그게 뭐야. 누가 그런 딱 붙는 블랙 원피스에 킬힐을 신고, 근데 화장은 거의 안 했고. 누가 봐도 클럽 갔다가 밖에서 자고 바로 출근한 모양새지."

팀장은 눈앞에 그 상황이 그려진다는 듯 자신만만한 표정으로 말했다.

"하, 팀장님, 진짜 귀신. 하긴 내가 누굴 속여. 그런데 반은 맞고 반은 틀렸어요. 일탈도 아무나 하는 게 아니더라고요."

A의 말에 팀장이 어깨를 으쓱했다.

"너, 솔직히 말해. 이음 작가가 아니면 그 B라는 사람이 신경 쓰이지? 그래서 갈지 말지 고민하는 거고."

A가 자신의 눈을 피하며 딴청을 피우자, 팀장이 힘주어 말했다.

"은수야, 과거가 너를 지배하게 두지 마."

은수는 고개를 숙여 자신의 러닝화를 바라보았다. 신발로 모랫바닥에 의미 없는 그림만 그리던 그녀가 고개를 들자, 팀장이 따스한 눈빛으로 자신을 보고 있었다.

"다 괜찮아."

그 한마디가 파장이 되어 온 마음을 흔들었다. 혼자 앉아 있는 욕조에 누군가 색깔 물감 한 방울을 떨어트린 것처럼, 그 선연한 색이 서서히 퍼지는 것처럼, 동요가 일기 시작했다. 가득 찼던 욕조가 한계를 벗어나 결국엔 넘쳐버린 것처럼, 은수는 울고 또 울었다. 팀장은 그런 그녀를 꼭 안아주었다.

✦

B는 몸을 바쁘게 움직여야겠다는 생각에만 집중하기로 했다. 침구를 모조리 걷어 세탁기에 넣었고, 창틀에 있는 먼지를 매직 블록으로 닦아댔다. 그 와중에도 일하지 않는 손엔 핸드폰을 꼭 쥐었고 수시로 확인을 했다. 그럼에도 A에 대한 생각은 머리카락에 붙은 껌처럼 조금도 떨쳐지지 않았다. 이대로 집에만 있다가는 어떠한 바보짓도 서슴지 않을 것 같단 생각에

B는 파주 지혜의 숲에 가기로 마음을 먹었다. 탁 트인 장소에서 뭐라도 뒤적거리다 보면 마음도 트이겠지, 하는 기대를 품고서.

그동안 상처를 잊겠다는 명목으로 일에만 파묻혀 살아왔다. 좋아하는 음악도 영화도 여행도 접어둔 채 감정을 불러일으키는 모든 것에 자신을 차단하며 버텼다. 사랑이, 이별이 버거웠던 시절에 대한 두려움으로 인해 자신은 고요를 지켜야만 살 수 있으며, 이를 누구도 깨부술 순 없다고 여겼다. 그래야만 살 수 있다고 믿는 동안 마음은 평화로웠지만, 늘 어떤 결핍에 시달렸다. 하지만 그것이 어쩔 수 없는 선택이었던 만큼, 자신과 닮은 상처를 지닌 그녀에게 온전히 삼켜져 버린 현재의 마음도 어쩔 수 없는 것이었다.

일요일 오전의 도서관은 한적했다. 대여섯 살쯤 돼 보이는 아이를 데리고 온 젊은 부부, 데이트를 온 20대 커플, 혼자 앉아서 책을 읽는 사람들. 자신의 키를 훌쩍 넘는 천장까지 닿아 있는 책들을 보며 B는 일종의 위압감을 느꼈다. 그 위압감은 뇌에서 조금은 기묘한 연상작용을 거쳐 그녀에 대한 존경으로 닿았다. '책을 만드는 사람이라니.' 늘 컴퓨터 앞에 앉아 숫자와 기호들에 둘러싸여 있는 자신에게 그녀는 새로운 우주였다. 서가에 서서 유심히 책을 찾는데, 연애 관련 서적에만 눈길이 갔다. 그중에 한 권을 골라 자리에 앉아 주위를 둘러보았다. 비로소 주변을 살필 수 있는 여유가, 변화가 자신에게도 생긴 거였다. 창밖에 비친 단풍과 은행나무의 색감이 B의 마음에 번지고 물들었다.

그는 며칠 새 달라진 자신의 모습이 나쁘지 않았다. 비로소 새로운 시작을 할 수 있을 것 같은 예감이 들었다. 책의 목차를 보다가 유튜브를 켜 '여자가 좋아하는 남자 행동'이라고 검색하는 유치한 자신이 마음에 들었다.

그때 A에게서 답장이 왔다.

A 네. 저는 괜찮습니다.

✦

A의 집, 작은 베란다에는 아기자기한 텃밭이 있다. 상추, 방울토마토, 당근, 시금치가 옹기종기 예쁘게 자라고 있는 그곳은 그녀가 가장 아끼는 공간. 그곳에서 A는 그와 함께 고른 씨앗을 심고 물을 주고 함께 TV를 보고 술을 마시고 사랑을 나누고 잠을 잤다. 모든 것이 자연스러웠고 편안했다. 자신은 영원히 그 시간 안에 살 수 있으리라 믿었다. 진실을 알기 전까지는. 스스로 망쳐버린 텃밭에 미안해 그 후 더욱 열심히 그것들을 돌봤

다. 캠핑 의자에 앉아 그 싱그러운 초록 잎사귀를 바라보고 있노라면 잡념이 사라졌다. 어떤 심각한 일도 별일이 아닌 것이 되었다. 식물은 정직했다. 사랑을 주는 만큼 힘껏 피어나 자신의 눈부심을 자랑했고 열매를 선사했다.

그와의 헤어짐이 없었다면 어땠을까, 그녀는 종종 생각했다. 자신은 죽는 날까지 그런 더러운 치정극에 휘말리지 않고 세상 물정 모르는 소녀의 마음으로 한 사람만을 사랑하며 살아갈 수 있었을까. 누구보다 평범하게 보통으로.

관계의 종결이 한 세계가 닫히는 일이라는 걸 깨닫는 데는 그다지 오랜 시간이 필요하지 않았다. A는 화분에 물을 주다가 그날이 떠올라 인상을 찌푸렸다.

"네가? 어떻게 다른 사람도 아니고 네가…."

A는 도저히 믿기지 않는다는 듯 도리질을 한 후 엉엉 울었다. 그러다 곧 제정신이 돌아온 사람처럼 동우를 붙들고 눈을 동그랗게 뜬 채 물었다.

"아니야. 아니지, 동우야. 다시 말해봐. 아니잖아. 지금 거짓말하는 거잖아. 왜? 내가 뭐 잘못했어? 그래서 이러는 거야?"

A의 눈에 설핏 광기가 스쳤다. 하지만 그는 그저 아무 말 없이 고개만 숙이고 있을 뿐이었다. A는 현재 자신에게 벌어진 일을 도무지 믿을 수가 없었다. 아니, 도저히 믿고 싶지 않았다.

동우를 때리던 주먹에서 점차 힘이 빠져나갔다. 아니, 온몸의 피가 바깥으로 새나가는 느낌이었다.

"은수야, 내가 진짜 미안해." 동우는 힘겹게 말을 내뱉고는 은수의 어깨에 손을 올렸다.

그 순간, 머리카락이 쭈뼛 서고 팔뚝에 소름이 돋았다. 정신이 번쩍 든 은수가 차갑게 말했다.

"더러운 손 치워."

얼마쯤 시간이 흘렀을까. 정신을 차리고 보니 텃밭의 작물들은 형태를 알아볼 수 없을 만큼 망가져 있었다. 은수는 그것이 자신의 모습 같다고 생각했다. 깨진 화분을 치우기 위해 한 조각 드는 순간, 손끝에서 새빨간 피가 배어 나왔다. 꾹 눌러 피를 짜보았다. 마음의 고통에 비하면 이쯤은 아무렇지도 않았다. 손톱이 까만 흙으로 더러웠다.

B 다행입니다. 이따 오실 거죠? 기다리겠습니다. :)

A는 카톡 소리에 현재로 돌아왔다. '그래, 더 이상 지난 일에 연연하지 말자.' 죄 없는 식물에 속죄하는 마음으로, 자신을 돌본다는 마음으로 정성을 들인 덕분에 다시금 활기를 되찾은 현재의 텃밭을 직시했다. 저 식물은 그날의 식물이 아니다. 황홀할 만큼 풍성한 초록빛이 눈앞에 있었다. 다만 나쁜 기억이

란 것은 수시로 송곳이 되어 A를 찔러댔다. 이제는 벗어나야만
했다.

그때 '딩동' 하는 벨 소리가 들렸고, A는 '이 시간에 누구일
까.' 고개를 갸웃했다.

✦

C는 안방 문을 슬며시 닫고 조용히 거실로 나왔다. 냉장고를
열자 일렬로 줄 서 있는 캔맥주들이 보였다. 그중에 에일맥주
를 골라 식탁 의자에 앉았다. 한 모금을 들이켜자 자신도 모르
게 '캬-' 소리가 절로 났다. 오래전 일이었고, 이젠 아무렇지도
않다고 생각했다. C는 학창 시절 그 일로 전학을 했고, 덕분에
아는 모든 관계가 리셋되었고, 핑계김에 공부에 매진했다. 아
니, 그때의 C는 공부 말고는 할 수 있는 게 없었다. 부모님의 이
혼만으로도 충분히 혼란스러울 나이였기에 단짝을 만들고 또
나쁜 소문에 휩싸이고 그런 감정 소모가 싫었다.

전학 이후의 생활은 그럭저럭 안정적이었다. 주변엔 선한
아이들만 있었고 C는 공부에만 집중할 수 있었다. 제법 괜찮
은 대학에 입학했고, 취업 준비생 시기도 없이 4학년 2학기에
취직을 했다. C는 자신에게 꽃길만 펼쳐지리라 굳게 믿었다.
10대 시절 그 일만으로도 세상은 충분히 가혹했으니까.

맥주를 한 모금 더 들이켠 채 눈을 감자, 전 직장에서의 기억이 영화의 필름처럼 펼쳐졌다. 그것은 신마다 확대되었다가 다시 다음 신으로 넘어가는 식으로 재생되었다. 외근을 나갔다가 오니 꽃바구니가 책상 위에 놓여 있었던 일, 서프라이즈로 회사에 찾아왔던 남자친구, 사내 공모전에서 1등을 했던 일, 긴 프로젝트를 성공리에 마치고 밤새 회식을 했던 일, 그리고 다음 신은 법원 등기가 날아왔던 날에서 멈추었다.

평소와 별다를 게 없는 하루였다. 입사한 지 1년이 지나, 어느 정도 일도 손에 익었고 팀워크도 좋았다. 팀원들과 점심을 먹고 들어와 노곤해져 테이크아웃한 아이스아메리카노를 한 모금 마시는데 집배원 아저씨가 다가왔다.

"고숙자 씨?"

"네, 전데요."

"등기요. 여기 사인해주세요."

"법원 등기가 왜 나한테 왔지?"

속엣말을 한다는 게 자신도 모르게 큰소리가 나와 몸을 움츠렸다. 조심히 봉투를 뜯어 내용물을 읽는데 도무지 이해가 되지 않았다. 누군가 땡을 쳐주지 않으면 이대로 자신은 얼어붙을 것 같았다.

"고 대리, 뭔데 그래?"

옆자리에 앉은 과장이 궁금한지 의자를 끌어당겼고, 숙자는 부랴부랴 소장을 접어 가방에 넣었다. 그날 하루가 어떻게 지나갔는지는 기억이 나질 않는다. 칼퇴를 했고 남자친구에게 전화를 걸었지만 통화가 되지 않았고 그렇게 하염없이 시간이 갔고 누구에게도 말할 수 없는 지옥 같은 날들이 지속됐다.

그렇게 주말이 지나고 월요일, 출근해 탕비실에 들어갔을 때 여자의 직감이란 게 무서웠다. 중학교 시절 숙자를 따돌리던 그 분위기가 고스란히 피부에 전해졌다. 그녀가 들어가자 다들 말을 멈추었고 어색하게 웃으며 인사하는 그 표정 끝에 위아래로 훑어보는 시선이 느껴졌다. 약속이라도 한 듯 한 명씩 차례로 탕비실을 나갔다. 혼자 남아 네스프레소에 캡슐을 넣는데 손이 떨렸다. 그대로 탕비실 밖으로 나가 그래도 가장 믿었던, 사석에서 만날 때면 언니라고 부르던 동기에게 다가갔다.

"아까 내 얘기 했죠?"

"응? 그게 무슨 소리야?"

숙자는 그 태연한 얼굴에 커피를 부어버리고 싶은 충동을 억누르며 되물었다.

"좀 전에 내가 들어가니까 갑자기 다들 조용해졌잖아요." 그녀는 이성적이었고 침착했다.

"숙자 씨, 요새 뭐 힘든 일 있어? 왜 이렇게 과민하게 굴어?"

그들이 아니라 내가 이상한 거라는 그 말에 숙자의 인내심이 바닥을 쳤다.

"사석에서 언니라고 부르랄 땐 언제고 왜 미친년 취급을 해요?"

"내가 언제 미친년이라고 했어?"

동기의 언성이 높아지자 모두의 귀가 둘의 대화에 집중되고 있음이 느껴졌다. 기시감.

"도대체 뭔데. 뭐 때문에 사람을 따돌리고 그러는데!!!"

숙자가 정말 미친년이 되어 소리를 지르자, 부장이 자리에서 일어나 둘에게 다가왔다.

"아니, 여기서 이렇게 얘기해서 숙자 씨한테 좋을 게 있어? 며칠 전에 법원 등기 날아온 거, 뭐야? 자기, 그렇게 떳떳하면 본인 입으로 말해봐."

예상했던 반응이었다. 숙자가 받은 그 소장의 내용은 진실 여부와 상관없이 사람들 입에서 입으로 제멋대로 확대하여 해석되고 떠벌려지고 안줏거리가 되어 있었다. 그녀는 절망했다. 그리고 신을 원망했다. 한 사람에게 같은 종류의 시련을 두 번 씩이나 준다는 것은 너무도 모질다고 생각했다.

숙자는 자신을 붙잡는 부장의 손을 뿌리치고 그 길로 회사를 나와버렸다.

며칠 무단결근을 하자 회사에서 이메일로 해고통지서가 날아왔다.

"이메일 발송일로부터 1주일 이내에 업무에 복귀하지 아니할 시, 본 통지일로부터 30일 이후에 자동 해고됨을 통지합니다."

그녀는 소리 내어 이메일의 내용을 읽었다. 억울했다. 자신은 지독한 거짓말에 속았을 뿐인데, 왜 혼자만 이런 수모를 당해야 하는 건지 억울해서 미쳐버릴 것만 같았다.

학창 시절의 숙자는 상황으로부터 도망칠 수 있었고, 새로운 곳에서 공부에만 집중할 수 있었다. 하지만 성인이 된 그녀는 혼자서 상황을 헤쳐나가야만 했다. 아무리 머리를 쥐어 싸매도 해결책은 나오지 않았다. 회피하는 것이 최선은 아니었겠지만, 그때의 숙자는 그럴 수밖에 없었다. 마음이 약해지는 만큼 몸이 야위었고, 예정일이 지나도 생리를 하지 않았다. 몸도 마음도 뒤죽박죽 모든 것이 엉망이었다.

그때 그 여자가 찾아왔다.

"누구세요?"

"김현우 씨 아내 되는 사람입니다."

인터폰 화면에 비친 그 여자는 눈에 띄는 미인은 아니었지만 오밀조밀한 이목구비에 가녀린 몸매로 남자에게 보호 본능을 일으키기에 충분해 보였다. 문을 열어주자 그 여자가 들어왔다.

"무슨 일이시죠?"

숙자는 떨리는 목소리를 최대한 감추며 물었다. 문을 열면서 각오를 하지 않은 것은 아니었다. '머리끄덩이를 뜯길 수도 있고 어쩌면 물벼락을 맞을 수도 있겠다.' 싶었다. 하지만 그 여자는 정중한 태도로 집안에 들어오더니, 주위를 한번 둘러보았다. 그러고는 거실 탁자 위에 엎어져 있는 액자를 세워 뚫어질 듯 쳐다보더니 가만히 내려놓았다. 현우가 숙자의 볼에 뽀뽀하는 100일 기념일 사진이었다. 그 순간, 그 액자가 자신에게 날아오지 않을까 걱정하지 않았다면 거짓말이었다. 하지만 그 여자는 그대로 소파에 앉더니 입을 열었다.

"제가 오해를 좀 했었나 봐요."

오해. 숙자는 그 두 글자에 무너져버렸다. 자기들 하고 싶은 대로 욕구대로 타인에 대한 배려는 눈곱만큼도 없이 멋대로 굴어놓고는 이제 와 오해라는 가벼운 단어로 어물쩍 넘어가려는 그 뻔뻔한 태도에 속에서부터 뜨거운 것이 치밀어 올랐다.

'그래, 나는 잘못한 게 없어. 내가 저자세일 필요도 없어. 나는 가해자가 아니라 피해자야.'

이성의 끈을 놓지 않기 위해 갖은 애를 쓰며 그 여자의 이야기를 들었다.

"저는 숙자 씨가 남편과 제 사이를 알고도 그런 줄 알았어요."

그 말에 휴화산이 폭발하는 것처럼 그녀 안의 무언가 건드려졌다.

"지금 무슨 소릴 하는 거예요? 저는…." 숙자는 조목조목 따지고 싶었지만, 울음이 말을 막아섰다.

"남편이 입대 전에 제가 고무신을 거꾸로 신을까 봐 걱정이 됐었나 봐요. 그땐 둘 다 지금보다 어렸고 사랑이 전부인 줄 알았고 그렇게 혼인신고를 했어요. 그리고 그 사람은 제대를 했고 복학을 했죠."

"그 새끼가 양다리였다는 얘길 하고 싶으신 건가요?"

"말은 바로 해야죠. 양다리가 아니라 제 입장에선 바람이었어요."

그 순간, 숙자의 입술이 파르르 떨리기 시작했다.

"그래서 사실 확인도 하지 않고 상간녀 소장을 회사로 보냈어요? 그것 때문에 제 입장이 얼마나 난처해졌는지 아세요?"

"앞서 말씀드렸지만 오해였어요. 저는 당신이 그 사람이 유부남인 걸 알고도 만나는 줄 알았고, 둘 사이를 끝내려면 확실한 방법이 필요하다고 생각했죠. 소송은 취하했어요. 그러니까…" 말을 이으려는 그 여자의 뺨에 그녀도 모르게 손이 나갔다. 숙자는 씩씩거리고 있었다.

"당신이 다 망쳤어. 회사에서 나는 이미 상간녀로 소문이 났고 오늘 해고통지서도 받았어. 이제 어쩔 건데. 어쩔 거냐고!!!"

그녀는 울부짖었고 그 여자는 숙자에게 맞은 왼뺨이 얼얼한지 손으로 어루만진 채 그대로 서 있었다.

"그 부분은 미안해요. 하지만 최소한 남자를 만나려면 어떤 사람인지 알고 만났어야죠. 주말마다 출근한다는 게 진짜인 줄 알았어요? 사람이 왜 그렇게 순진해요?"

그녀는 입술을 앙다물었다. '내가 미련했고 순진했고 착해빠졌고, 그래서 세상은 나를 만만히 봤고, 그래서 이따위로 구는 걸까?'

"한 가지만 묻죠."

입술이 바짝바짝 말랐고 세상의 모든 소리는 화면 조정 시간의 삐 소리로 집약되었다. 이명이었다. 숙자는 그 소리를 애써 무시하며 말을 이었다.

"그 새끼랑 같이 살았어요?"

그건 그녀의 마지막 자존심이었다. 그래도 그가 자신을 더 사랑했으리라는 일말의 기대였다.

"그건 아니었어요. 하지만 올해는 꼭 식을 올리자고 했어요."

그 여자의 목소리는 처음의 당당함은 온데간데없이 점점 작아졌다.

"알겠어요. 더 할 말은 없으신 거죠?"

숙자는 어서 가지 않고 뭐 하고 있느냐는 듯 그 여자를 한번 보고 현관을 봤다.

"다시는 남편하고 연락하지 않았으면 좋겠어요."

'이 사람, 자신이 없구나.' 그녀는 속으로 생각했다. 껍데기와 살게 될 이 여자를 위로하는 마음으로 숙자는 고개를 끄덕였다.

그 후 그에게서 여러 차례 연락이 왔지만, 그녀는 받지 않았다. 자신과 함께 지내던 시절, 그 사람의 마음을 의심하고 싶지는 않았다. 복학 후 그는 자신에게 첫눈에 반했고 끊임없이 구애했고 사귀는 동안 한 번도 실망시키지 않았다. 숙자는 그들이 완벽한 짝이라고 믿었고 자연스럽게 결혼에 이르게 될 줄 알았다. 하지만 시작부터 어긋난 관계였고 그것은 돌이킬 수 있는 성질의 것이 아님을 인정해야만 했다.

✦

"아유, 너는 좀. 꼴이 그게 뭐야."

일요일 오후 불시에 들이닥친 부모님은 다짜고짜 잔소리부터 시작했다.

"아니, 연락을 하고 오라니까. 나 없으면 어쩌려고."

은수가 부루퉁한 얼굴로 볼멘소리를 하자 엄마가 지지 않고 곧바로 응수했다.

"네가 일요일에 어디 나가는 애니?"

엄마는 그녀에 대해 모르는 게 없었다. 한숨이 절로 나왔고, 개냥이인 밍구는 집사의 마음도 모르고 엄마를 보고 좋다고 응석을 부렸다. 엄마는 그런 밍구가 귀찮다는 듯 발을 치우더니 잔소리의 첫 소절을 시작했다.

"넌 꼬라지가 또 왜 그래? 어제 술 마셨어?" 은수는 밍구를 안고 비비적거렸다.

"그냥 몸이 좀 안 좋아."

"내가 오늘은 답을 들어야겠어서 왔어. 도대체 식은 언제 올릴 거야? 결혼 얘기 나온 게 언젠데, 넌 집엔 오지도 않고 백날 바쁘단 소리만 입에 달고 살고. 동우랑 싸웠어? 무슨 일이 있어? 말을 해야 알 거 아니냐."

엄마의 쉼 없는 물음에 은수는 더 이상 숨기는 것이 무리임을 깨달았다. 어느덧 6개월의 시간이 흘렀고 끝난 관계는 인정하고 인정받아야만 한다.

"싸운 게 아니고 끝났어."

실수로 떨어트린 물건처럼 무심히, 툭 던진 말에 엄마의 표정이 굳었다. 그녀는 알았다. 엄마가 상처받았다는 것을. 동우와의 이별이 엄마에게도 큰 생채기를 냈다는 것을.

엄마는 할 말을 잃어버린 사람처럼 그저 은수를 오랜 시간 꼭 안더니 힘없이 돌아섰다. 아빠 역시 그녀의 어깨를 두 번 툭툭 치더니 집을 나섰다. 은수는 식탁 위에 남겨진 반찬 통들을 보며 고개를 숙였다. 점점 시야가 번지더니 사물이 흐릿하게 보였다.

N은 몇 시간째 한 장소에 앉아 사람 구경을 하고 있었다. N의 시선에, 같은 공간에서 제각기 다르게 행동하는 사람들은 늘 흥미로운 대상이었다. 음악을 찾아 듣다가 알바생에게 아메리카노 리필을 요청했다. 2시간 전에 올린 인스타그램 게시물의 댓글 수가 전에 비해 터무니없이 적은 것이 그제 받은 DM과 관련이 있는 걸까라는 생각이 들자 신경이 날카로워졌다.

'누군가 나를 모함하고 이상한 소문이라도 내는 걸까.'

생각이 꼬리에 꼬리를 물었다. 일요일 오후라 다들 어디론가 놀러 간 거겠지. 스스로 위로해봤지만 실망한 마음은 쉽사리 진정되지 않았다. 손톱의 거스러미를 뜯어내다가 피가 났다. N은 드물게 흔들리고 있는 자신을 느끼고는 초조해졌다.

그때 댓글이 달렸다는 알람이 울렸고 동시에 엄마에게서 전화가 왔다.

"아, 왜. 내가 언제 주말에 거기에 갔다고 새삼스럽게 오라 마라…."

N은 말을 미처 마치기도 전에 한숨을 쉬었다. 엄마의 전화는 언제나 짜증을 유발했다.

"그냥 나 좀 놔두면 안 돼? 나 이제 엄마 필요한 나이 지났다니까. 왜 지금 와서 그러는데….”

말끝에 자신도 모르게 억울함이 비쳤다가 이내 체념으로 바뀌었다. 유일하게 N의 감정에 동요를 일으키는 사람이 있다면 바로 엄마였다.

“열심히 다니고 있어요. 알았어. 다음 주말에 갈게요. 네, 끊어요.”

전화를 끊고 댓글을 확인해보니 이번엔 DM을 보냈던 사람의 악플이 달려 있었다.

경고가 통하지 않을 때는 어떻게 해야 할까? 실행?

댓글을 읽는 N의 손이 바들바들 떨렸다.

✦

파랗고 투명한 물이 욕조에서 찰랑거렸다. 은수는 그 안에 앉아 얼굴까지 깊숙이 담근 채 숨을 참았다. 그러고는 물속에서 용기 내어 눈을 떠보았다. 아무렇지 않았다. 그제야 욕조 바깥으로 고개를 들어 참았던 숨을 몰아쉬었다.

‘살아 있다. 나는 살아 있다.’

드디어 엄마에게 이별을 고백했다. '물 안에 있던 나와 물 밖으로 나온 지금의 나는 완전히 다른 사람이다.' 은수는 다짐하며 몸을 완전히 일으켜 밖으로 나왔다.

온몸에 큰 수건을 두르고 젖은 머리를 감아올린 채 거울 속 자신을 응시했다. 얼굴은 6개월 전보다 핼쑥해졌고 몸은 야위었다. 특히 표정이 달라져 있었다. 그녀는 자신이 철모르던 소녀에서 무언가를 알게 된 성숙한 여인으로 변모했음을 깨달았다. 오랜 수마를 이겨내고 과거에서 벗어난 자신에게 주어진 보상 같은 거였다. 붙박이장을 열어 옷들을 한 번 훑고는 하얀 원피스를 꺼내 침대 위에 올려놓고 곱게 화장을 했다. 오랜 날들 화장을 안 한 덕분에 피부가 맑아져 있었다. 좀 전에 다녀간 엄마의 따스한 품, 그 온기가 아직 남아 있었다.

"그동안 혼자 얼마나 맘고생을 했니. 이제 자유롭게 살아. 여행도 좀 가고. 네 마음대로. 엄마 아빠는 늘 네 편이야."

은수는 거울 속 자신을 보고 환하게 웃어주었다.

✦

B는 A의 참석 여부가 궁금했지만 더는 채근하지 않기로 했다. 다만 최선을 다해 오늘을 준비했다. 평소 긍정적인 마인드가 자신의 최대 장점이라고 생각해왔던 만큼 A가 자의에 의해

서 오지 않거나 상황에 의해서 오지 못하는 일 따위의 부정적인 생각은 저만치 치워버렸다. B는 냉동실을 열어 어제 A와 같이 먹었던 아이스크림이 잘 있나 확인한 후에, 음악을 검색해 〈라라랜드〉의 OST인 〈City of stars〉를 틀었다. 제네바 스피커에서 흘러나오는 섬세한 피아노 선율에 마음이 두근거렸다. 어느덧 시계는 6시 50분을 가리키고 있었고, 벨 소리에 인터폰을 확인해보니, A가 서 있었다. B는 긴장을 풀기 위해 헛기침을 두어 번 하고 문을 열었다. 그리고 환한 웃음을 지었다.

"오셨어요?"

B는 너무 긴장한 탓인지 자신의 목소리가 타인의 목소리처럼 들린다고 생각했다.

"아, 네. 안녕하세요."

A는 현관에 신발이 별로 없는 것을 보고는 어색한지 입술을 한번 깨물고는 한참을 그대로 서 있다가 망설이며 현관에 들어섰다. 신발을 벗고 고개를 들자 눈앞에 영화 〈라라랜드〉의 포스터가 걸려 있었다. A는 그제야 미소를 지었다.

"〈라라랜드〉 좋아하시나 봐요. 음악도 그렇고."

B는 그 말을 하는 A의 표정을 보고 그녀가 자신과 같은 취향임을 눈치챘다.

"네. 제 인생 영화예요."

"저도 재밌게 봤어요. 둘이 춤추는 장면은 진짜 로맨틱했어요."

A는 웃으며 대답하고는 포스터를 바라봤다.

"저는 이 장면을 보면 이런 글귀가 떠올라요. 살아 있는 동안 빛나라. 그대여, 결코 슬퍼하지 말라. 인생은 찰나와도 같고, 시간이 마지막을 청하게 되니."

B는 A의 차분한 목소리가 마치 심야 라디오의 DJ 음성과 닮았다고 생각했다.

"세이킬로스의 비문이죠." 그의 말에 A의 두 눈이 동그래지더니 입술의 양 끝이 올라갔다. 세상을 밝히는 미소였다.

'기쁨을 온 얼굴로 표현한다면 지금 그녀의 표정이겠구나.' B는 생각했다.

"와, 너무 신기해요. 이렇게 바로 세이킬로스의 비문을 얘기한 사람은 처음 봤어요."

B는 그제야 자신이 A를 너무 오래 세워두었음을 깨닫고는 주방 식탁으로 안내했다.

"몸은 좀 괜찮으세요? 집에서 쉬셔도 되는데."

A가 의자에 앉아 주변을 둘러보는 동안 B는 익숙하게 라벤더 티를 내리면서 마음에도 없는 소리를 했다.

"네, 괜찮아요. 아침부터 조깅하고 집에 잠깐 부모님이 오셔서 얘기하고 오랜만에 욕조에 몸도 푹 담그고 났더니, 새로 태어난 것 같아요."

B는 A의 대답을 듣고 A가 꾸밈없는 사람이라고 생각했다.

묻지도 않은 얘기까지 세세하게 설명한다는 점에서 그녀는 분명 다정한 사람일 것이다. A는 B가 말이 많지 않은 것이 마음에 들었다. 세상에는 말이 말로서의 역할을 못 할 때가 다분히 많았다. 그저 침묵이 어색하다는 이유로 내뱉어지는 의미 없는 소음들. 하지만 B는 그렇고 그런 사람이 아니었다.

"이것 좀 드세요."

B가 A에게 라벤더 티를 건네며 맞은 편에 앉았다.

"감사합니다."

"혹시 또 무슨 영화 좋아하세요?"

B는 의자를 바짝 당겨 A를 향해 몸을 기울였다. A는 생각보다 가까워진 그에게 긴장했지만 오랜만에 느껴보는 이런 종류의 떨림이 싫지 않았다.

"〈비포 선라이즈〉 시리즈도 좋아하고 〈허(Her)〉도 재밌게 봤고…. 아, 대만 영화 〈말할 수 없는 비밀〉도 좋아해요."

B는 A를 넋을 놓고 바라보다가 번뜩 정신을 차렸다.

"와, 저랑 취향이 너무 똑같아서 속으로 엄청 감탄했어요. 그럼 우리 이 노래 들을까요?"

B가 핸드폰으로 영화 〈비포 선셋〉의 OST 〈A waltz for a night〉을 틀었다. A는 음악을 음미하며 고개를 살랑였고, B는 무언가에 홀린 사람처럼 어느새 일어나 A에게 손을 내밀었다.

"아!"

A는 순간 당혹스러운 표정을 지었지만 이내 자신의 머릿속에 맴도는 문구에 용기를 냈다. '춤추라, 아무도 바라보고 있지 않은 것처럼. 사랑하라, 한 번도 상처받지 않은 것처럼.'

시간의 속성에는 매우 특별한 면이 있어서 물리적인 시간이 같아도 상황에 따라 느껴지는 길이는 천차만별이다. B는 이대로 시간이 멈추었으면, 아무도 자신들을 방해하지 않았으면 바랐고, A는 자신이 깨고 싶지 않은 꿈을 꾸고 있는 것 같다고 생각했다.

그때 '딩동' 벨 소리가 들렸다. A는 현실로 돌아와 무안한 듯 다급히 손을 놓았고, B는 헛기침을 하고는 A의 어깨를 두 번 두드리더니 인터폰 앞으로 걸어갔다.

두 번째로 도착한 사람은 G였다. G는 현관에 들어서자마자 오묘한 분위기를 감지했다.

"어? 이 어색한 분위기는 뭐예요? 저, 다시 나갈까요?"

G가 현관문을 가리키자, B가 웃으며 진심이 섞인 농담을 건넸다.

"그래 주시면 좋고요."

그때 또다시 벨 소리가 들렸고 이번에 도착한 사람은 N이었다.

이윽고 D까지 도착하자 B의 아파트에는 금세 활기가 돌았다. B는 냉장고를 열어 쌈 채소와 삼겹살, 쌈장, 버섯, 양파 따위를 꺼냈고 사람들은 일사불란하게 베란다로 날랐다. 베란다에는 캠핑용 테이블이 펼쳐져 있었고, 휴대용 가스버너 위에는 불판이 놓여 있었다. 와인과 소주, 맥주까지 모든 것이 세팅되자 B가 씩씩하게 외쳤다.

"다들 앉으시죠."

그때 G가 웃음을 터트렸다.

"근데, 아니, 이거 어디에 어떻게 앉아야 잘 앉았다고 소문이 나려나?"

B가 민망한 듯 목덜미를 쓰다듬었다.

"좀 좁긴 하죠. 나름 캠핑 분위기 내보려고 머리 쓴 건데 베란다가 생각보다 좁네요."

"옹기종기 앉으면 다정하고 좋죠, 뭐."

A가 B의 편을 들자, G가 입술을 삐죽였다.

"아니, 두 분은 언제 그렇게 친해졌어요? 암튼 뭐, 어떻게든 앉아봅시다."

G가 앉자 그 옆에 N이 앉았고, 맞은편으로 D와 A가 앉았다. B는 A의 옆자리가 비었음을 다행이라 여기며 불판에 삼겹살을 올렸다.

"삼겹살 다 먹으면 식탁으로 가시죠. 2차는 또 다른 분위기로 모시겠습니다."

B의 말에 G가 고개를 끄덕이며 어느새 구워진 소시지에 젓

가락을 대자, N이 다급하게 제지했다.

"아, 잠깐만요. 저 사진 좀 찍고요."

G는 젓가락을 공중에 든 채로 입맛을 다셨고 나머지 사람들도 N이 여러 각도로 사진을 찍는 것을 참고 기다려주었다. 그때 A가 조심스럽게 N을 보며 물었다.

"저, 이제 먹어도 될까요?"

"네, 드세요." N은 자신의 소임은 끝났다는 듯 성의 없게 대답하고는 다시 핸드폰을 보는 데 몰두했다.

3일 연짱 이상한 모임. 오늘은 베란다 삼겹살 파티! 나도 모르게 중독되는 기분! 어쨌든 고기는 언제나 옳다! #삼겹살, #캠핑, #베란다, #모임, #가즈아

"근데 오늘 C님은 안 오시는 걸까요?"

A가 말하자 B가 이어달리기를 하듯 배턴을 이었다.

"그러게요. A님이 케이크까지 사 오셨는데."

"역시 우리 A님 센스가." G가 엄지를 치켜세웠다.

"요 며칠 제 인생을 돌이켜 보니까 제가 참 많이 받고 살았더라고요. 그래서 이제부턴 제가 먼저 마음을 쓰면서 살아보려고요."

A의 말에 G는 진심으로 감탄한 표정을 지었다.

"나이 50에도 못하는 생각을 20대가 하다니 대단한데요."

A가 민망한 듯 손사래를 쳤다.

"저, 20대 아니에요."

그때 G는 A를 바라보는 B의 눈빛을 읽었다. 그 눈빛에는 소중한 이를 바라보는 이의 마음이 담겨 있었다.

"아니, 근데 N님은 왜 그렇게 핸드폰만 보고 있어요? 이 정도면 중독인데."

G가 말하자 N이 흘겨보며 일갈했다.

"남의 일에 신경 끄세요."

"아, 예예. 알겠습니다."

G는 N의 무례함을 아무렇지 않게 넘기고는 D를 보았다.

"그나저나 D님은 오늘 왜 이렇게 조용하십니까?"

D는 별말 없이 자신의 잔에 소주를 따르고는 원샷을 했다.

"저는 술이나 마시려고 왔습니다."

"아까 톡방 나가셔서 다들 오늘 안 오실까 봐 걱정했어요."

B가 말했다.

"제가 자초지종은 모르지만 N님, D님에게 사과하시죠."

G가 말하자, N이 핸드폰에서 고개를 들더니 코웃음을 쳤다.

"Shut up!"

"아, N님, 그래도 G님이 제일 연장자이신데, 그런 표현은 좀…."

A가 N을 보며 조심스레 말하자 N이 어깨를 축 늘어트리더니 땅이 꺼져라 한숨을 내쉬고는 지갑에서 5만 원짜리 4장을

꺼내 D에게 내밀었다.

"사과는 이거면 되죠? 어제 돈 안 챙겨 가셨던데."

순간 D의 표정이 일그러지더니 이번엔 병째로 나발을 불었다.

"돈으로 가치를 매길 수 없는 물건이란 것도 있습니다. N님 이 제대로 사과를 하셔야 할 문제 같아요. 우리가 오늘만 보고 안 볼 사이는 아니잖아요?"

B가 전에 없이 단호한 목소리로 N을 보자 N이 그제야 움찔 하더니 기어들어 가는 목소리로 사과를 했다.

"만년필 망가트린 건 잘못했어요."

예상외로 정중한 사과에 모두가 숙연해졌다. A는 '잘못'이라 는 표현에 방점을 찍었다. N에게는 어떤 과거가 숨겨져 있는 걸까. 어쩌면 N 역시 그저 상처 입은 여린 짐승에 불과한 것은 아닐까.

D는 어제보단 한층 이성적이었다.

"어제 집에 가면서 생각해보니까 차라리 잘된 것 같습니다. 이제 잊을 때도 된 거죠. 그리고 물건이란 것에 의미 부여해봤 자 뭐 하겠습니까. 떠난 사람이 돌아올 것도 아니고."

D가 금방이라도 울 것 같은 침울한 얼굴이 되자 G가 얼른 화제를 돌렸다.

"사람이니까 장소에도 물건에도 집착하고 의미 부여도 하고 그러는 거죠. 아, 그나저나 오늘 C님은 진짜 안 오시는 걸까요?"

"그러게요. 아까 톡도 확인만 하시고 생존 신고도 안 하셨어요." A가 걱정된다는 듯 말했다.

✦

C는 화장대 앞에 앉은 자신을 가만히 응시했다. 거울 속의 여자도 자신을 바라보고 있었다. '잘못은 오래된 과거에도, 몇 년 전에도 내가 저지른 것이 아니다.' C는 생각했다. 잘못은 저지른 사람이 사과해야 하는 것이고 나는 그 사과를 받을 자격이 충분하다. '이제 나는 나를 기만하거나 현재를 회피하지 않을 거야.' C는 결심이 선 듯 무화과 빛이 도는 틴트를 입술에 발랐다.

C 제가 좀 늦었네요. 이제 출발하려고요. 30분 후에 도착합니다.

"어? C님 오신대요." 단톡을 제일 먼저 본 A가 경쾌한 음성으로 말하자, 다들 핸드폰을 확인했다.

"우리 그럼 서프라이즈 파티라도 준비할까요?" G가 엉덩이를 들썩였다.

"좋아요. 재밌겠어요. 아, 집에 고깔모자는 있고, 찾아보면 생일 가랜드도 있을 텐데."

B가 말하자 A가 의외라는 듯 눈을 동그랗게 떴다.

"가랜드가 있어요?"

"아, 그게 전 여자친구의 흔적이랄까. 하하." B가 민망한지 머리를 긁적였다.

"남자들은 이래서 안 돼요. 그런 건 재깍재깍 버려야죠. 도대체 왜 갖고 있는지 몰라." 핸드폰만 보고 있던 N이 고개를 들어 퉁명스럽게 말했다.

"그렇죠. 정말 이해가 안 돼요. 미련한 걸까요, 무심한 걸까요?"

A가 B를 보며 새초롬하게 말하고는 아차, 싶었는지 목소리가 잦아들었다.

"무심하게 살아서 죄송합니다. 미련은 절대 아니에요. 그땐 고마운 마음에 간직했던 건데, 사실 그동안 완전히 잊고 있었어요. 지금 C님 서프라이즈 파티해주자고 하다 보니 생각난 것뿐입니다." B가 구구절절 변명하자, A가 B의 팔을 밀며 웃었다.

"그렇게까지 자세히 얘기 안 해주셔도 돼요."

"아, 오늘 두 분 분위기, 진짜 이상한데. 청춘남녀가 만나서 그런가. 여기가 나만 이렇게 더운가."

G가 자신의 얼굴에 손부채질을 하며 두 사람에게 농담을 던지자, A는 혹 달아오른 얼굴을 들키지 않기 위해 재빨리 가랜드를 집어 들고는 소파로 향했다.

"그럼 가랜드는 이쪽, 여기 소파 위에다가 달면 되겠죠?"

A가 소파 위에서 위치를 가늠했고 그러다 발을 휘청했는지 몸이 뒤로 쏠렸다. 이를 본 B가 번개처럼 빠른 속도로 달려가 A의 등과 어깨를 감싸 안았다.

G가 큰 소리로 껄껄대며 놀렸다.

"와, 나 방금 B님 100미터 달리기 선수인 줄."

"제가 좀 빠르죠?" B가 능청스럽게 응수했다.

"자자! 빨리빨리 움직여요. 이러다가 C님 오시겠어요."

N이 전에 없이 활기찬 목소리로 말하자 G가 의아한 눈빛으로 N을 보았다.

"왜요? 재밌잖아요. 저는 인생이 별로 재미가 없거든요. 그래서 이런 서프라이즈가 매일 있었으면 좋겠어요." N이 어깨를 으쓱했다.

"그럼 인스타그램 속 세상은 재밌습니까?"

G가 제법 진지한 말투로 묻자 N이 잠시 생각하는 표정을 지었다.

"뭐, 여기보단 낫죠."

"그나저나 N님, C님하고 괜찮으신 거예요?" A가 의외라는 표정을 지었다.

"안 괜찮을 건 또 뭐 있어요. 제가 어제 D님한테 잘못한 건 사실이잖아요. C님 스타일이 막 되게 정의로운 척하고 싶고 뭐 그런가 보다, 그냥 그렇게 생각하기로 했어요."

"그래도 C님한테 뺨 맞았잖아요." A가 자신의 뺨이 얼얼한 것처럼 얼굴을 찡그렸다.

"그렇게 많이 아프지도 않았어요. 그 정도 고통쯤이야 뭐 대 수겠어요."

그때 묵묵히 술만 마시던 D가 일어서더니 베란다를 정리했고, 나머지 네 사람도 거실 꾸미기를 끝마치고는, 일사분란하게 베란다로 이동했다. 모든 것이 일단락되었을 때쯤 "딩동" 하고 벨 소리가 들렸다. 누구 하나 거슬리는 사람 없이 호흡이 착착 맞았다.

A는 재빨리 케이크에 초를 꽂았고 G가 불을 붙였으며, B는 인터폰으로 C를 확인하고는 "잠시만요."를 외쳤으며, N은 거실의 불을 끄고는 케이크를 들고 있는 A의 뒤에 섰다. D는 멀찌 감치 떨어져 이들을 보았다. A가 B에게 다 되었다는 눈짓을 하 자 B가 고개를 끄덕이고는 현관문의 열림 버튼을 눌렀다.

C가 현관문을 열자 놀라운 광경이 펼쳐졌다.

"생일 축하합니다. 생일 축하합니다. 사랑하는 C님의 생일 축하합니다."

C는 어리둥절한 얼굴로 현관문도 열어둔 채 어둠 속에 그 자 리에 못 박힌 듯 서 있었다. 촛불만이 별처럼 빛나고 있었다. 그 리고 자신을 축하해주는 사람들의 선량한 눈빛들. C는 금세라도 눈물이 쏟아지려는 걸 애써 참았다. 그때 A의 목소리가 들렸다.

"촛농 떨어져요. C님, 빨리 소원 빌고 촛불 좀 꺼주세요."

C는 막 꿈에서 깬 아이처럼 고개를 흔들고는 현관문을 닫고 발걸음을 뗐다. 그리고 잠시 눈을 감더니 후- 하고 입김을 불었다. C가 초를 끄자 G가 짓궂은 표정으로 "왜 태어났니. 왜 태어났니. 얼굴도 예쁜 게 왜 태어났니." 노래를 불렀고, B가 거실의 불을 켜자 환하게 웃는 사람들이 C의 앞에 서 있었다.

그때 A가 대담하게 케이크의 크림을 자신의 오른손 검지에 찍어 C의 코에 묻히며 미소 지었다.

"생일 축하해요."

한바탕 요란한 생일 축하가 끝나자 C는 감개무량한 건지 얼떨떨한 건지 알 수 없는 표정으로 주위를 둘러보았다. B가 기민하게 당황한 C의 마음을 알아차렸다.

"아! 저희가 저쪽 베란다에서 삼겹살 파티를 했어요. 지금 여기 뭐가 너무 없어서 이 사람들이 여태 여기서 뭘 했나, 뭐 그런 생각 하셨죠?"

그제야 C가 웃었다.

"네. 근데 저 오늘 여기 오길 잘한 것 같아요. 솔직히 오기 전까진 좀 망설였거든요."

"역시 인생은 갈 것인가, 말 것인가, 선택의 순간엔 무조건 가는 거죠!"

G가 잘했다며 C의 어깨를 두드렸다. C는 그런 G가 새삼 어

른스럽게 느껴졌다.

"자! 그럼 오늘 전부 모였으니까 2차는 키친으로 모시겠습니다." B가 집주인답게 명쾌하게 정리했다.

"2차 메뉴는 오늘 생일자이신 C님이 정해주세요. 뭐 좋아하세요?" A가 웃으며 물었다.

'내게 이런 언니가 있으면 얼마나 좋을까.' C는 바보 같은 생각을 했다가 다시 생각을 고쳐먹었다. '그래, 언니를 새로 얻었다고 생각하지, 뭐.'

"저는 사실 다 잘 먹어요. 특별히 가리는 건 없어요."

"근데 미역국은 드셨어요?"라며 묻는 B의 손에는 미역국 컵라면이 들려 있었다.

"오~, B님!"

N이 엄지를 치켜세우자, B가 쑥스러운 듯 머리를 긁적였다. G는 무엇을 하는지 핸드폰을 양손에 쥐고는 열심히 무언가를 입력하고 있었다. 눈치 빠른 A가 궁금한 얼굴로 G에게 몸을 가까이하는 시늉을 하며 물었다.

"G님은 뭘 그렇게 열심히 하세요? 게임해요?"

G는 엄마 몰래 야한 동영상이라도 보다가 들킨 사춘기 아들처럼 당황하더니 급기야 딸꾹질을 시작했다. 다들 G의 모습에 웃음이 터졌다. 화기애애한 분위기였다.

그런 사람이 있다. 어디에서나 주목받는 사람. 친해지고 싶지만 다가가긴 쉽지 않은, 왠지 모를 질투심도 불러일으키는, C는 특유의 그런 분위기를 풍겼다. 보통 이런 사람에게는 어떻게든 그늘을 만들어주고야 말겠다는 무리가 반드시 나타나는 법. A는 문득 C가 어떻게 살아왔는지 궁금해졌다.

"2차로 뭐 먹을까요?" A가 C를 부드럽게 바라보며 물었다.

"어…, 저 진짜 아무거나 상관없는데."

C가 난감한 듯 웃자 N이 이해할 수 없다는 듯 고개를 저었다.

"죄송한데, 저는 잘 이해가 안 돼서요. 먹고 싶은 게 진짜 없어요? 아니면 배려한답시고 몸을 사리는 건가, 그것도 아니면 착한 척?"

C는 N의 말을 듣고 표정이 굳었지만 더 이상 N과 불편해지는 것이 싫었는지 상황을 무마시켰다.

"둘 다 아니고요. 그냥 결정 장애인가 봐요. N님이 골라주세요."

"재수 없어." N은 분명 그렇게 말했다.

순식간에 찬물이 끼얹어진 듯 공기의 흐름이 뒤바뀌었다. 하지만 정작 당사자인 C는 전혀 동요하지 않았고 어떤 감정도 담지 않은 눈빛으로 N을 보았다.

"어느 지점에서 어떻게 재수가 없다는 건지 알려주실래요?"

N은 C의 태연한 반응에 약이 바싹 올랐다.

"지금 이런 태도요. 아니, 보통 재수 없다는 말 들으면 길길이

뛰면서 네가 뭔데 나한테 이러냐. 이렇게 반응해야 정상 아닌가. 왜 갑자기 어제랑 다른 사람인 척해요?"

"제가 어제 N님에게 큰 실수를 했어요. 아무리 화가 났어도 손이 올라가면 안 되는 거였는데. 반성 많이 했어요. 오늘은 그래서 조금 더 참는 것뿐이고요."

C의 말에 N은 자신의 아랫입술을 지그시 깨물었다. N은 자신이 좀 이상하다고 생각했다. 평소 특별히 화가 난다거나 슬프다거나 기쁘다거나 그런 감정의 진폭 없이 살아왔는데, C는 자꾸 자신의 무언가를 건드렸고 그것은 매우 불편한 기분이었다. 보다 못한 G가 재빨리 메뉴를 정했다.

"그냥 제가 먹고 싶은 걸로 시킵니다. 자! 육지 고기를 먹었으니 이번엔 바다로 헤엄치러 가봅시다."

"좋아요. 회 먹어요. 우리."

A가 대답하자 B가 빛의 속도로 배달의민족 어플을 켜서는 A에게 보여줬다.

"어? 저 물회 먹어도 되나요?"

B가 당연하다는 듯 고개를 끄덕이며 C에게도 동의를 구했다.

"네, 저도 회 좋아해요."

"자, 그럼 생일자의 승낙도 받았으니 시킵니다."

N의 낯빛이 계획에 실패한 사람처럼 급격히 어두워졌다가 퍼뜩 밝아졌다.

"아! 그럼 오늘 2차는 C님이 쏘면 되겠다."

"에이, 그냥 축하하는 자리지. 뭘 C님이 쏘기까지 해요. 부담스러워서 안 돼요."

A의 방어에도 아랑곳없이 N은 자신의 주장을 펼쳤다.

"왜요, 축하를 받았으면 그에 대한 보답도 하는 게 사람 된 도리 아닌가."

N의 도발에 C는 자신의 입술을 매만지며 골똘히 생각에 잠겼다.

"제가 쏠 수도 있는데요, 그건 제가 먼저 얘기했어야 하는 거지 N님이 나설 일은 아니지 않나요?"

"그래서요, 밥을 사겠다는 거예요, 안 사겠다는 거예요?"

N은 제 뜻대로 되지 않자 초조한 듯 손톱을 물어뜯으며 재공격에 들어갔다.

"N님은 인스타그램만 열심히 했지, 사회생활도 인간관계도 다 서투시네요."

C의 말에 N의 얼굴이 정곡이 찔린 사람처럼 붉어졌다.

"C님이 뭔데 저에 대해 함부로 말해요?"

"먼저 분별없이 군 사람이 누군데요."

"왜요? 또 한 대 치기라도 하시려고요?"

"마음으로는 백 대도 더 때렸다, 왜?"

"하, 언제 봤다고 반말이야?"

N과 C의 아옹다옹에도 아랑곳없이 D는 늘어져라, 하품을 하고는 다시 술잔을 들었고, G는 두 귀를 쫑긋 세워 둘의 대화를 들었다.

그때 A가 B에게 귓속말을 했다.

"저기, 화장실이 어디예요?"

B는 A의 사소한 질문에도 심장이 쿵 내려앉는 듯 설레었고 결연하게 자리에서 일어나려는 모양새를 취했다. A가 다급하게 앉으라며 B의 팔목을 잡자, B는 자신이 오버했음을 깨닫고는 씨익, 미소를 짓더니 다시 자리에 앉아 속삭였다.

"저기 오른쪽 문이요."

A가 살며시 일어나 화장실에 가자, G가 돌연 식탁을 쿵쿵 내리쳤다. 그제야 다들 G를 쳐다봤고, G는 자못 진지한 표정을 지었다.

"큼큼. 아, 저기 두 분, 우리가 이러려고 만난 건 아니지 않습니까?"

"아, 짜증 나." N이 미간을 찌푸렸다.

"너는 진짜 뭐가 문제인지도 모르는구나." C가 콧방귀를 뀌더니 말을 이었다.

"됐다. 대화는 사람하고 하는 거지, 같지도 않은 인간하고 무슨 대화를 하겠니."

C가 웅얼거자, N은 눌려선 안 될 버튼이 눌린 사람처럼 이

성을 잃고 일어났다.

"야!!!!"

하지만 C의 표정엔 일말의 변화도 없었다. 그저 N을 똑바로 응시한 채 바라보고 있을 뿐이었다.

"할 말 있으면 해."

N은 부들부들 몸을 떨더니 급기야 말까지 더듬었다.

"너…"

그때였다. 누가 말릴 새도 없이 N이 일어서서 C의 머리채를 잡았다.

"아아아악!"

그때 비명을 지른 건 C도 N도 아닌 A였다. 공교롭게도 그 순간 정전이 되었고 암흑이 찾아왔다. B는 A를 안심시키기 위해 일어나 화장실을 향해 소리를 쳤다.

"A님, 괜찮아요?"

그때 A의 떨리는 음성이 들려왔다.

"아, 아니요. 너무 무서워요. 갑자기 뭐예요?"

"아, 핸드폰을 어디에 뒀더라."

침착함을 유지하고 있던 G마저 당황한 듯 다리를 떨며 손으로 식탁 위를 더듬었다.

"A님, 제가 그쪽으로 갈게요. 정전이 된 것 같은데. 화장실에 향초가 있을 거예요."

B는 자리에서 일어나면서 바닥에 놓여 있던 소주병들을 발로 찼고 덕분에 와장창 유리가 깨지는 소리가 요란하게 났다. A는 추위에 떠는 아기 새처럼 몸을 잔뜩 웅크린 채 떨리는 목소리로 물었다.

"바…, 방금 무슨 소리예요?"

"아, A님, 죄송해요. 제가 그만 소주병을 발로 차서."

계속해서 식탁 위를 더듬던 G가 드디어 핸드폰을 찾아내 플래시를 켜고는 자신의 얼굴 밑에 갖다 대고는 귀신 흉내를 냈다.

"호호호."

N은 C의 머리끄덩이를 놓지 않은 채 한심하다는 듯 G를 보며 말했다.

"아, 진짜, 선생니임!"

그때였다. 타닥 소리가 몇 번 나더니 하나둘 불이 들어오기 시작했고 금세 주위가 환해졌다. C와 N은 그제야 서로의 머리채를 놓았고, C가 먼저 N의 흐트러진 머리를 보더니 웃음을 터트렸다. 너무 웃어서 배가 아프다는 듯 배까지 움켜쥔 채 웃던 C의 눈에 급기야 눈물이 고였다. 자신의 자리로 돌아온 A도 이들의 모습을 보고는 같이 웃었다.

"갑자기 웬 정전이에요? 무슨 코미디도 아니고."

"두 분은 이제 그만 좀 싸워요. 별일도 아닌 것 가지고. 젊다,

젊어. 아직 싸울 에너지도 있고."

"그러게 말입니다." 잠자코 있던 D가 말을 보탰다.

"자, 그럼 두 분은 잠시 휴전하는 걸로. 아시겠죠?"

G가 말하자, C는 수긍의 의미로 고개를 끄덕였지만, N은 불만 가득한 표정으로 말없이 G를 째려보았다.

"아, 저기 N님, 그렇게 흘겨보시면 제 얼굴 뚫어집니다."

"뒤끝도 있네."

C가 혼잣말처럼 중얼거리자 A가 C의 팔을 잡으며 눈빛을 보냈다.

"그럼 우리, 대충 다 먹은 것 같으니 소화도 시킬 겸 게임이라도 할까요?"

A가 좋은 생각이 났다는 듯 웃었다.

"게임이요?"

"왜 어렸을 때 수학여행 가고 MT 가면 했던 그 게임이요."

"MT 하면 모텔밖에 생각이 안 나는데." G가 눈을 가늘게 뜨며 짓궂은 표정을 짓자 B가 재빨리 말을 돌렸다.

"아, 좋아요. 저, 젠가 있어요!"

✦

거실에 자리 잡은 여섯 사람은 테이블을 사이에 두고 긴장한 표정이 역력했다. 미묘한 공기가 공간 곳곳을 떠다녔다.

"자, 그럼 꺼냅니다."

B가 과장된 포즈로 젠가를 꺼내자, 모든 이의 얼굴에 설렘이 묻어났다.

"시계 방향으로 돌죠."

D가 제안하자 모두 고개를 주억거렸다.

"그럼 알파벳 첫 순서인 제가 먼저 해도 되죠?"

A가 애교 있게 말하며 젠가를 꺼내더니 고개를 갸웃거렸다.

"어? 뭐라고 쓰여 있는데요? 요샌 이런 젠가도 나와요?"

"왜요? 뭐라고 쓰여 있는데요?"

C가 A에게 고개를 기울여 쓰여 있는 멘트를 대신 읽었다.

"첫 키스는 언제였어?"

C가 B를 보며 의미심장한 미소를 지었다.

"B님, 저의가 뭐예요? 사심?"

당황한 B가 얼굴을 붉히며 손사래를 쳤다.

"네? 아? 저, 이거 마트 갔다가 신기해서 샀어요. 오늘 첫 개시입니다. 오해하지 마세요."

"아니요, 질문이 너무 약하다고요. 저는 19금 버전일 줄 알고 기대했는데."

C가 흥미롭다는 듯 웃으며, A에게로 시선을 옮겼다.

"그럼 답해주세요."

"첫 키스요? 아, 너무 오래전이라 가물가물한데."

A가 능청을 떨자 이번엔 N이 나섰다.

"대답 안 하실 거면 원샷 하세요. 아님, 흑기사?"

"열일곱 살 때 교회 오빠!"

A가 속사포로 말을 내뱉자 C가 놀랐다.

"사람들이 말이지, 예배 보랬더니 연애를 하더라, 꼭."

"그럼 이번엔 제 차례죠?" B가 자신의 말이 끝나기도 전에 젠 가를 뽑고는 멘트를 바로 읽었다.

"옆 사람 이름으로 삼행시. 아, 근데 우리 서로 이름을 모르는 데 어떻게 하죠?"

B가 A를 바라보자 A가 어깨를 으쓱했다.

"아니, B님, 너무 당연하게 A님 이름으로 삼행시 하려고. 저 는요? 저도 옆자리잖아요."

G가 서운하다는 듯 얼굴을 들이밀자, B가 G를 보지도 않고 밀어냈다.

"저는 A님 이름으로 삼행시 짓고 싶습니다."

B의 사뭇 진지한 태도에 A는 사람들을 번갈아 쳐다보았다.

"근데 제 이름만 오픈하는 건, 왠지 손해 보는 느낌인데."

"A님, 제 이름도 아시잖아요." D가 입을 열자, 모두의 시선이 그에게로 향했다.

"두 분 원래 아는 사이세요?"

B는 다리까지 떨며 초조한 티를 냈다.

"아, 아닙니다." D가 빠르게 부정했다.

"원래 알던 사이는 아니고요. D님이 제가 일하는 바닥에서 워낙 유명하셨던 분이라 제가 알아봤어요. 근데 그게 본명이셨어요?"

"과거형으로 말씀하시니까 서운한데요. 그리고 필명입니다."

D가 언짢은 표정을 짓자 A가 안절부절못했다.

"아, 아니요. 그런 의미가 아니라."

"장난입니다."

D가 웃자, A가 놀란 가슴을 쓸어내렸다.

"그래서 A님 이름이 뭐예요?"

"아, 제 이름이요. 양은수예요."

"양은수." B는 A의 이름을 다시금 되뇌었다.

"저, 그럼 운 띄워주세요, 은수 씨."

"아, 뭐야. 느끼하게 바로 은수 씨래~."

C가 또 놀릴 태세를 하자 A는 자신과 B를 엮으려는 분위기를 빨리 모면하려는 듯 바로 운을 띄웠다.

"양."

"양심에 걸고 말해봅니다."

"은."

"은혜로워서 몸 둘 바를 모르겠네요."

"수."

"수시로 뛰어대는 제 심장 좀 고쳐주세요."

"어우, 진짜!!! 뭐예요. 완전 느끼해." C가 비명을 질렀다.

"아, B님, 이런 식이면 곤란한데. 선 지키세요." G가 단호한 얼굴로 말했다.

"넵! 자중하겠습니다."

"그럼 이제 제 차례죠? 뽑습니다."

G가 두 손을 마주 잡고 손가락을 요리조리 움직이며 준비 운동을 하더니 조심스럽게 오른손 엄지와 검지로 젠가 하나를 꺼냈다. '최근에 운 기억이 있나요?'

"최근에 언제 울었지? 아, 제가 언제 울었는지 궁금한 사람이 있을까요? 설마."

"안 궁금하니까. 그냥 원샷하고 넘어가시죠." N이 장난스레 말했다.

"아, 또 이러면 서운해서라도 말하고 싶어지는데. 며칠 전에 영화를 보는데 이게 꼭 내 상황같이 이입이 되더라고요. 그래서 엉엉 울었어요, 엉엉."

"아, 하나도 안 궁금했는데, 굳이 말하는 건 반칙이에요." N이 부루퉁하게 말했다.

"그럼 이번엔 제 차례죠?"

D가 말과 동시에 젠가를 뽑더니 재빠르게 1을 외쳤다. 이어

C가 2를 외치고 G가 3, N이 4, B가 5를 외쳤다. A가 어리둥절한 표정으로 사람들을 번갈아 쳐다보자 D가 자신이 뽑은 젠가를 들어 A에게 보여줬다.

"눈치 게임 시작."

A가 한 글자, 한 글자 또박또박 읽고는 누가 뭐라 말하지도 않았는데, 테이블 위에 엎드렸다.

"아, A님, 너무 웃겨요. 우리 벌칙이 인디언 밥인가?"

N이 재밌다는 듯 웃자, A가 엎드린 채로 고개를 끄덕였다. 동시에 모두 인디언 밥을 외치며 A의 등을 두드렸고, B만이 A의 어깨를 부드럽게 토닥였다.

"그럼 이번엔 제 차례죠?"

N이 손가락 열 개를 차례대로 접으며 관절을 움직이더니 오른손 엄지와 검지를 집게 모양으로 만들어 엄숙하게 젠가를 뽑고는 바로 멘트를 읽었다.

"여기서 제일 별로인 사람? 당연히 C님이요."

"어? 나도 N님이 제일 최악인데. 우리 하이파이브라도 할까요?"

C가 비꼬고는 젠가를 뽑았다. N은 입술을 비죽이고는 자신의 핸드폰으로 시선을 돌렸다.

"음, 제가 뽑은 젠가는 비밀 한 가지 말하기? 딱히 그런 거 없는데."

C의 동공이 갈 곳을 잃고 흔들렸다.

"에이, 비밀 없는 사람이 세상에 어딨어요." B가 C를 재촉했다.

C는 손톱을 물어뜯으며 눈동자를 이리저리 굴렸다. '말하지 말아야지', '말하고 싶다.' 두 가지의 정반대되는 의견이 서로 충돌했다. 머리카락을 쉴새 없이 꼬던 C가 항복한다는 듯 동작을 멈추고 입을 열었다.

"비밀…."

C가 한참 뜸을 들이자 모두의 이목이 그녀에게 집중됐다. C는 입술을 지그시 깨물더니 앞에 있던 소주잔을 들어 한입에 털어 넣었다.

"좀 어두운 얘긴데 해도 돼요?"

B는 자신을 바라보는 C의 눈빛에서 구원의 신호를 읽고는, 직감적으로 두려운 마음이 들었다. '내가 벌집을 잘못 건드렸나.' 후회할 새도 없이 C가 말을 꺼냈다.

"저, 사실 중학교 때 학교 폭력을 당했어요. 누구한테 맞거나 한 건 아니지만. 따돌림을 당했거든요."

C는 내뱉은 말의 속도와는 상반되게 자신이 죄를 지은 사람처럼 고개를 숙이더니 크게 숨을 내쉬었다.

그 순간, 누구도 어떻게 반응하는 것이 타당한지 쉽사리 결론지을 수 없다는 듯 침묵만이 먼지처럼 그들 사이를 부유했다. C는 사람들이 아무런 반응도 하지 않자 애가 탔다. 심장이 바깥으로 튀어나올 것처럼 거세게 뛰기 시작했다. '괜히 말했나. 이런 과거 따위 아무도 모르는 편이 나았으려나.' 하지만 입은 마음과 상관없이 계속 떠들어댔다.

"제가 보시다시피 좀 예쁘잖아요. 친구들이 그렇게 질투를 해대고 이상한 소문을 만들고. 사람이 적당해져야지, 너무 예뻐도 인생이 참 피곤해요."

C가 당시의 아픔을 부러 감추려는 듯 활짝 웃어 보였다. G가 옅은 미소를 지으며 부드럽게 말했다.

"많이 힘드셨겠어요. 그때 마음이 어땠어요?"

C는 G의 말에 애써 견고하게 지켜왔던 마음의 둑이 결국엔 무너지고 말았음을 깨달았다. 한번 허물어진 마음은 결코 돌이킬 수 없는 성질의 것이었는지 C는 떨고 있었다.

"세상에 나 혼자 남아 있는 기분이었어요. 그냥 너무 무서웠어요. 그래서 변명도 해명도 못 하고 맨날 방에서 혼자 울고."

C의 앞에 보이는 세상이 돌연 흐려졌다. 감정이 복받쳐 말을 이을 수도 없었다.

"그래도 지금은 이렇게 당차고 멋지게 성장했잖아요. 그것만 으로도 참 대견해요." G가 자신의 말이 위로로 닿길 바라며 한 마디, 한 마디에 힘을 주었다.

"방학 때 엄마한테 얘기해서 전학 가고 상담도 받고, 도움이 많이 됐어요. 내 탓이 아니었구나. 나쁜 건 그 아이들이었구나."

말을 마친 C가 N을 물끄러미 바라봤다. 그 눈빛에는 무언가 알아달라는 애원이랄지 원망이랄지 체념이랄지 한 단어로 축약할 수 없는 복잡함이 뒤엉켜 있었다. 하지만 N은 이 모든 것에는 하등의 관심도 없다는 듯 자신의 SNS를 보는 데 여념이 없었다. G가 기민하게 이를 알아채고는 팔을 뻗어 N의 등을 두 번 툭툭 쳤고 그제야 N이 고개를 들어 C를 보았다. C는 좀 전과 동일한 자세로 N을 응시하고 있었다. N은 그 시선이 부담스럽기도 하고 짜증이 나기도 해서 빨리 벗어나고만 싶었다.

"왜 그렇게 봐요?" N의 미간에 세로 주름이 깊게 잡혔다.

"나한테 할 얘기 없어요?"

"없는데요. 제가 하나에 집중하면 다른 걸 잘 못 들어서요."

"향미중학교 2학년 6반 김여진."

"어? 내 이름 어떻게 알아요? 뒷조사라도 했어요? 그리고 왜 자꾸 반말이지?"

"그때 네가 그랬잖아. 있지도 않은 소문 만든 게 너잖아."

"지금 무슨 소리를 하는 거야?"

N은 관자놀이가 지끈거린다는 듯, 엄지로 지그시 누르면서 인상을 썼다. 겨우내 얼어붙었던 강물이 누군가의 발걸음에 빠직 소리를 내며 깨진 후처럼 모두가 숨소리조차 쉬이 낼 수가 없었다. N은 침묵을 견딜 수 없어 어깨를 축 늘어트리고는 부

러 크게 말했다.

"아니, 근데 지금 와서 뭐 어쩌라고? 나한테 대체 왜 그러는데?"

N의 반응이 가장 당황스러운 건 아무래도 C였다. 하지만 말을 꺼냈으니 물러설 수도 없었다.

"너, 진짜 나 기억 안 나?"

"안 난다고." N이 시선을 피했다.

"이래서 맞은 사람은 기억해도 때린 사람은 기억을 못 한다는 거구나." C가 허탈하다는 듯 코웃음을 쳤다.

"아, 짜증 나. 안 그래도 악플 때문에 신경 쓰여 죽겠는데. 10년도 더 된 일 가지고 뭐 어쩌라고."

"사과해." C가 N을 노려보았다.

"아, 저기… 두 분."

G가 진정하라는 듯 양손으로 바닥을 내리누르는 시늉을 했다.

"인간이 원래 미숙한 존재고 우리는 누구나 살면서 실수라는 걸 하잖아요."

"실수라고요? 학폭이 그렇게 간단하게 치부될 수 있다고 생각하세요?"

"아, 아니, 제 말은 그게 아니라."

"꼰대 같아요, 쌤." N이 빈정거렸다.

"아니, 근데 N님은 왜 자꾸 G님한테 쌤이라고 해요?"

N이 허공을 보며 어깨를 으쓱하자, G가 그저 실없이 웃었다.

"그냥 제가 여기서 나이가 제일 많고 선생님처럼 생겼나 보죠, 뭐."

"사과하세요." 단호하게 말한 건 다름 아닌 A였다.

"꼰대처럼 들리겠지만 한마디만 할게요. 나한텐 기억이 안 나는 일이어도 상대가 그것 때문에 아팠고 힘들었으면 사과하는 게 맞아요."

A의 말에 N은 두 눈을 감더니 숨을 깊게 들이마셨다가 내뱉었다.

"제가 지금 기억도 안 나고, 제가 한 일인지 정확하지도 않은 일에 왜 사과를 해야 한다는 거죠?" N의 입술이 바르르 떨렸다.

"그거야 물론, 기억이란 게 왜곡되기도 하고 정확하지 않은 면도 있지만." A의 목소리가 처음보다 작아졌다.

"확대되고 변주되기도 하죠. 저는 그렇게 삐뚤어진 학창 시절을 보내지 않았어요." N은 그 어느 때보다 단호했다.

"N님의 기억도 정확한 건 아니잖아요."

A가 떨고 있는 C의 손을 잡더니 대신 힘주어 말했다.

"아니, A님은 뭔데 자꾸 끼어들어요?"

N이 자리에서 벌떡 일어나자 모두가 그녀를 주시했다.

"왜 다들 나만 갖고 뭐라 그래. 요새 안 그래도 머리가 터져버릴 것 같은데. 내가 그렇게 만만해? 아이씨."

　N은 그대로 건넛방 문을 열고 들어가더니 쾅 소리가 나게 문을 닫았다.

"아무래도 오늘 사과받기는 그른 것 같네요."

　C가 잔뜩 굳어진 표정으로 가방을 챙기고는 자리에서 일어났다.

"가려고요?"

　A가 일어나 C의 어깨를 붙잡았다. C는 고개를 끄덕이고는 힘없이 현관을 향해 가다가 돌연 멈춰 섰다.

　왼쪽 귀에서 삐 하는 이명이 들려온 건 그때였다. A가 걱정스레 자신을 바라보며 괜찮냐고 묻는 말도 들리지 않았다. 몇 초간의 시간이 흐르고 소리가 잦아들자 C는 현관문을 세차게 닫고는 나가버렸다.

✦

　A는 베란다로 나가 창문을 열었다. 하늘에선 한두 방울씩 빗방울이 떨어지고 있었다. 냄새 분자들이 활발히 움직인 덕분에 산뜻하면서도 비릿한 풀냄새가 온몸에 스며들었다. 길게 숨을 내쉬자 하얀 입김이 일었다가 사라졌다. A는 빗방울이 얼굴에 닿자 어쩌면 자신이 커다란 물방울로 변할지도 모른다는 상

상에 빠져들었다. 타인의 상처까지 자신의 것인 양 스펀지처럼 흡수하는 스스로가 싫어, 도리질하고는 고개를 숙였다. 마침 발밑으로 지나가는 C가 플레이 모빌의 피규어처럼 자그마하게 보였다.

'이토록 작은 우리가 품고 있는 과거는 얼마나 미미한가. 그런데도 왜 나는, 우리는….'

A는 여기까지 생각하다가 C가 우산도 쓰지 않고 고스란히 그 비를 다 맞은 채 걸어가고 있음을 깨달았다. 타인의 축 처진 어깨에 안쓰러움이 묻어나는 것이 자신에 대한 감정인지 C에 대한 감정인지 헷갈릴 지경이 되어 질끈 눈을 감았다. 빗소리 외에는 아무것도 들리지 않는 밤. 적요. 그 안을 연약한 한 사람이 거닐고 있다. 어느새 B가 옆으로 다가와 A를 걱정스레 바라보았다.

"무슨 생각을 그렇게 해요?"

"아, 그냥 답답해서요."

B가 온몸의 세포를 열어 자신에게 집중하고 있음이 느껴지자 A는 마음이 놓였다. '좋은 사람.' A는 그래서 자신의 얘기를 좀 더 할 수 있었는지도 몰랐다.

"가끔 그런 생각을 해요. 상처를 주는 사람들은 상대가 상처받을 걸 알고 그런 말과 행동을 하는 걸까."

A가 B에게 답을 구하는 표정으로 지그시 바라보자, B가 자

신도 그런 생각을 한 적이 있다는 듯 고개를 끄덕였다.

"그러게요."

"제 일도 아닌데 제 상처가 오버랩되어 버린 것 같아요."

"공감 능력이 뛰어난 거죠. 왜 드라마 보면서 주인공 따라 같이 우는, A님 그런 타입이죠?"

A가 B의 말에 웃었다.

"네, 완전 저예요. 저는 누가 우는 모습만 봐도 그렇게 눈물이 나더라고요. 그런데 참 신기해요. B님한테는 안 해도 되는 얘기까지 다 털어놓게 돼요."

✦

똑똑똑. 밖에서 문을 두드리는 사람은 있었지만, 안에서는 아무런 미동도 감지되지 않았다. 닫힌 문처럼 N의 마음에도 빗장이 걸려버린 것일까, G는 알 수 없다고 생각했다. 그저 자신은 방문 앞에 앉아 한 번씩 문을 두드려보는 수밖에. A와 B는 베란다에서 다정한 뒷모습을 한 채 이야기를 나누고 있었고, D는 오늘 안에 이곳에 있는 술을 모조리 마셔버리기라도 하겠다는 듯 전투적으로 몸속에 술을 들이붓고 있었다. 그리고 자신은 한 번씩 "여진아."를 부르며 반응을 기다렸다.

기다림이 길어지자 감정도 초조함에서 불안함으로 변질되기 시작했다. 손잡이를 돌려보았지만 역시 덜컹하고 걸리는 게 있었다. '이러고 싶진 않았는데.' G는 으름장을 놓는 수밖에 없겠구나 싶어 부러 큰 목소리로 외쳤다.

"지금 안 열면 강제로 열 수밖에 없어. 그게 낫겠니?"

G는 호기롭게 외치고는 방문에 귀를 가까이했다. 별안간 방문이 열려 하마터면 고꾸라진 자세로 머리를 박을 뻔했지만 그래도 문이 열려 다행이란 마음이 앞서 "후…." 하는 안도의 한숨과 함께 미소가 지어졌다.

여진은 볼썽사나운 자세로 넘어진 자신을 보고는 한심하다는 듯 코웃음을 치고는 고개를 돌렸다. G는 문을 닫고 그녀와 마주 앉았다.

"왜 웃으세요? 기분 나쁘게."

"그렇게 흘겨보지 마. 너, 가자미눈 된다."

"아, 옛날 멘트. 구려."

"네가 아무리 공격을 해도 나는 꿈쩍도 안 하지." G가 빙그레 웃었다.

"아니, 쌤. 제가 이상한 거예요? 뭔 고릿적 일 가지고 사과를 해라, 마라. 인생 왜 그렇게 피곤하게 산대요?"

"사람이 다 나와 같진 않으니까."

"쌤은 참 편하겠어요. 그렇게 모든 사람 마음이 이해가 돼서." 여진이 빈정댔다.

"나도 모두를 이해할 수 있는 건 아니야."

"아 씨, 짜증 나."

여진이 발까지 동동거리며 화를 냈지만, G는 뭐가 좋은지 싱글벙글했다.

"지금 이 상황이 재밌으세요?"

"그럼. 우리 여진이가 화내는 걸 봤는데, 이보다 더 큰 소득이 있나."

"그놈의 '우리' 좀 빼요. 제가 쌤이랑 왜 우리예요?"

"그렇게 말하면 섭섭한데." G가 입을 삐죽 내밀었다.

"설마 이러려고 단톡방 만들고 그런 건 아니죠?"

"무슨 소리야. 단톡방은 방송국에서 만들라고 했다고."

"그 의견을 낸 게 쌤이잖아요?"

"내가? 나 아니야. 물론 나는 이 단톡방 덕분에 요새 사는 맛이 좀 나긴 하지."

"후…."

"너도나도 외로운 인생, 이렇게 아옹다옹 사는 것도 나름 의미가 있지 않겠니?"

"의미는 개나 주라 그래요. 전 이 사람들 만나서 화만 나는 것 같아요."

"그게 의미지. 평생 화라는 건 낼 줄 모르고 살아왔던 김여진을 화나게 했으니 정말 대단한 모임이야." G가 한 템포 쉬더니 다시 말했다.

"사람이 겉으로 표현을 해야 해. 바깥으로 나오지 못한 언어는 안에서 곪아 터져버리거든."

"저는 아무 문제가 없다고요. 왜 자꾸 이상한 사람 취급을 하세요?"

여진은 자리에서 일어나더니 씩씩거리며 방 안을 서성거렸다. 그러다 무언가를 발견한 듯 멈춰 섰다. 방 한구석 후미진 곳에는 커다란 상자가 하나 놓여 있었다.

"쌤, 근데 이게 뭘까요?"

여진이 두 눈을 반짝이며 볼까지 상기된 채로 상자를 가리켰다. 한참을 사용하지 않는 방으로 보이던 그 방에서도 유독 더 버려진 것으로 추정되는 그 상자 위에는 회색빛 먼지가 덮여 있었다.

"B님 깔끔해 보이는데 의외긴 하네. 그래도 남의 물건에 손대는 건 예의가 아니니까. 그만 나가자, 여진아."

그때 여진의 눈이 번뜩였다.

"이게 뭐, 판도라의 상자도 아닐 테고. 그냥 한번 열어봐요. 책임은 제가 질게요."

말이 끝나기가 무섭게 여진은 상자의 뚜껑을 열었고 그와 동시에 먼지가 눈과 코에 들어갔는지 재채기를 해댔다. 그러곤 잔뜩 얼굴을 찌푸린 채로 불만을 토로했다.

"나, 먼지 알레르기 있는데. 에취."

G가 여진을 대신해 안에 있는 물건들을 꺼내기 시작했다. 그곳에서는 놀랍게도 웨딩 사진과 결혼반지, 커플 잠옷 따위가 나왔다. G는 그저 입을 크게 벌린 채, 물건들을 하나하나 다시 상자 안에 넣더니 제자리에 가져다 놓았다.

그제야 재채기를 멈춘 여진이 엄청난 비밀이라도 말하듯 G에게 속삭였다.

"B님 설마 돌싱인 걸까요?"

"뭐, 그거야 알 수 없지. 그래도 먼저 얘기하기 전까지는 모른 척하자." 여진이 고개를 끄덕였다.

"여기 사람들 다 조금씩 이상한 것 같지 않아요?"

"어쩌면 우리가 제일 이상할 수도 있지." G가 호탕하게 웃었다.

"저는 정말 C님 기억이 안 나거든요."

"이건 그냥 의견이니까 흥분하지 말고 들어봐. 사람에 따라선 잊고 싶은 시절을 통째로 망각하는 경우도 있을 수 있거든."

"제가 그 정도로 멍청하진 않거든요. 왜 자꾸 사람을 이상하게 몰아가세요?"

"네가 이상하다는 게 아니라 인간은 불완전하고 우리 모두 한두 가지쯤은 이상한 구석이 있으니까."

"맞아요, 쌤. 진짜 이상해요." 여진은 열이 오르는지 손부채로 얼굴을 부쳤다.

"아무튼 나는 오늘 참 기쁘다. 네가 이렇게 네 감정에 대해 이야기하는 건 처음이잖아."

"저는 암튼 그 여자가 거슬려요. 그냥 재수 없어. 차분하게 자기 할 말 따박따박 하는 것도 싫고. 기억도 안 나는 중학교 때 얘기 끄집어내는 것도 진저리나요."

"여진아, 객관적으로 봤을 때 네가 좀 과민한 부분이 있어 보여."

G가 낮은 어조로 조심스럽게 말하자, 여진은 바늘에 손끝이 찔린 것처럼 따끔한 느낌이 들었다.

"다른 사람들은 크게 신경 쓰지 않는 행동인데, 너한테만 유독 거슬리는 이유가 있지 않을까. 우리의 마음 깊은 곳에선 진실을 알고 있거든."

여진은 한동안 아무런 말이 없었다. 자신의 손을 처음 보는 사람처럼 손가락 하나하나 매만지다가 입술을 달싹이다가 이내 앙다물었다.

"혹시 하고 싶은 말이 있니? 물론 지금 하고 싶지 않으면 하지 않아도 돼. 하지만 이거 두 가지는 기억해. 난 언제든 들을 준비가 되어 있고, 털어놓고 나면 한결 후련해질 거야."

N은 쉴 새 없이 움직이던 손을 그제야 멈췄다.

"연년생 언니가 하나 있었어요. 몸이 좀 불편했어요. 분명 제가 동생이었는데 대우는 정반대였어요. 저는 태어난 그 순간부터 누구의 관심도 받지 못했어요. 언제나 후 순위였거든요. 뭐든 양보해야 했고, 참아야 했고, 대신 혼나야 했어요."

여기까지 말한 후 여진은 목이 메는지 더는 말을 잇지 못했다.

"그런데 언니가 어느 날 갑자기 사라져버렸어요."

누구에게도 하지 못했던 그날의 일을 털어놓자 선명하게 기억이 되살아났다.

✦

"아, 짜증 나. 은택이가 다른 애한테 관심 있는 것 같아."

엄마는 설거지에만 열중할 뿐 아무런 대답이 없었다.

"엄마! 지금 내 말 듣고 있어?" 여진은 엄마에게라도 화풀이를 해야겠다는 듯 신경질을 냈다.

"너까지 또 왜 그래."

엄마는 뒤를 돌아 여진을 힐끗 보더니, 별일도 아닌 걸로 성가시게 하지 말라는 듯 다시 설거지에 열중했다. 여진은 엄마의 등을 보며 깨달았다. '엄마는 나 따위엔 전혀 관심이 없구나.'

엄마는 그런 여진의 마음을 아는지 모르는지 자신의 이야기를 늘어놓기 시작했다.

"오늘 여은이, 학교에서 별일 없겠지?"

엄마는 한숨을 크게 내쉬더니 고무장갑을 벗었다.

그때 여진의 머릿속에서는 해선 안 될 생각이 떠올랐다. '언니가 사라져버렸으면 좋겠어. 이런 언니 따위 차라리 없었으면 좋겠어.'

"여진아, 언니 잘 데려와서 씻기고, 같이 여기 식탁 위에 간식 먹고 놀아." 엄마가 가리킨 곳엔 천도복숭아와 찐 감자가 놓여 있었다.

"엄마, 어디 가? 나, 언니 데리러 가기 싫어. 엄마가 할 일을 왜 나한테 미뤄." 여진은 두 눈을 치켜뜨고 뾰족하게 말했다.

"엄마 친구, 주희 이모 알지? 이모 엄마가 돌아가셨어. 아빠 일찍 퇴근한댔으니까 그때까지만 수고해. 우리 딸."

엄마는 여진의 어깨를 툭툭 두드리더니 안방에서 검정 옷으로 갈아입고는 뒤도 돌아보지 않고 부리나케 나갔다.

여진은 겉보기엔 누구보다 독립적이고 의젓해 보였지만 숭숭 뚫린 마음의 구멍 사이로는 쉴 새 없이 바람이 샜다. 하지만 그걸 알아주는 이는 아무도 없었다. 여진은 이미 나가고 없는 엄마를 향해 버럭 소리를 질렀다.

"엄마 뜻대로 안 해."

호기롭게 내뱉은 말과 달리 여진의 발걸음은 언니, 여은의 학교로 향하고 있었다. 언니는 여진을 보자마자 달려와 안겼다. 고작 반나절 떨어져 있었을 뿐인데, 뭐가 그렇게 반갑고 좋은 건지 여진은 이해할 수 없었다. 언니는 무뚝뚝한 자신과 달리 감정 표현이 풍부했다. 자유롭게 자신을 표현하고 있는 그대로 이해받는 언니가 여진은 늘 부러웠다. 가끔 격한 표현으로 사람들의 오해를 사고 그 때문에 자신까지 곤란했던 적은 더러 있었지만, 언니는 금세 또 잊어버렸다. 언제나 상대의 얼굴을 기억하고 피하고 부끄러워하는 것은 여진이었다.

"오늘은 왜 우리 막내가 왔어?"

"엄마가 주희 이모 보러 가야 한대."

언니는 여진이 온 게 더 기분이 좋은지 싱글벙글 웃으며 더는 묻지 않았다. 여진은 여은의 한결같은 사랑이 버거웠지만 벗어날 수 없음 또한 알고 있었다.

"여진아, 근데 우리 도넛 먹고 가자. 돈 있지?"

언니의 어눌한 발음이 그날따라 더 거슬렸다.

"안 돼. 엄마가 찐 감자랑 천도복숭아 먹으랬어."

여진은 단호했지만 여은은 완력으로 자신을 도넛 가게로 데려갔다. 크리스피 도넛 하프 더즌을 엄마의 카드로 긁었지만, 엄마에게선 아무런 연락이 없었다. 여은은 벌써 도넛을 다섯 개째 게걸스럽게 먹고 있었다. 입가에 묻은 설탕 가루까지는 참을 수 있었지만, 이마의 하얀 가루는 대체 무엇이며, 왜 자신의 옷에까지 그 끈적거리는 것을 문질러대는지 여진은 도무지 참을 수가 없었다. 여러 번이고 하지 말라며 윽박질렀지만, 여은은 그런 자신을 보며 해맑게 웃을 뿐이었다. 그게 더 화가 났다.

집에 돌아와서 여은이 씻는 것을 지켜보고 소파에 앉았더니 하루의 에너지를 다 써버린 듯 피로가 몰려왔다. 학업에 한참 열중해야 할 중2가 언니 뒤치다꺼리하느라고 시간을 다 보내버리다니, 여진은 속에서 뜨거운 불이 이는 것만 같았다. 속이 시끄러운 것과 상관없이 눈꺼풀은 자꾸만 무겁게 가라앉았다.

"여진아."

자신을 흔들어 깨운 건 아빠였다. 어느덧 주변이 어두웠고 자신이 2시간 넘게 잠들어 있었다는 사실에 놀란 여진은 벌떡 일어나 앉았다.

"피곤했구나, 우리 막내. 근데 언니는?"

"언니?"

아빠는 잠에서 덜 깬 채로 되묻는 여진의 표정을 보자마자 현관으로 뛰쳐나갔다.

장례식장에 갔던 엄마가 부랴부랴 되돌아오고 할머니, 할아버지, 이모와 삼촌까지 온 가족이 여은을 찾아 동네를 헤매던 그날, 여진은 소파에 꼿꼿이 앉아 머릿속 시계태엽을 몇 시간

전으로 돌려보았다. '좀 전에 내가 현관문을 제대로 닫지 않았나. 문이 잠기는 소리를 듣지 못했나.' 모든 것이 혼재되어 혼란스러웠다. 도넛을 다섯 개나 혼자 처먹는 언니가 미워 자신이 일부러 문을 닫지 않았던 게 아닐까. 언니가 사라졌으면 좋겠다는 내 바람을 언니 스스로 눈치채고 정말로 사라진 건 아닐까. 이런 절박한 상황 속에서도 혹시나 언니가 증발해버리고 나면 엄마와 아빠는 오롯이 나에게 사랑과 관심을 줄까. 아니, 언니가 잘못되기라도 하는 날엔 모든 죄는 내가 뒤집어쓰게 될 것이고 나는 지금보다도 못한 취급을 받으며 죄책감에 살겠지.

온갖 혼란 속에 몇 시간이 지났는지도 판가름이 안 되는 그 시각. 모두가 돌아왔다. 엄마는 현관에 들어서자마자 신발도 벗지 않은 채 털썩 주저앉았고 언니는 아무렇지도 않게 엄마 옆에 앉아 몸을 기댔다. 가족은 여진에게 어떤 말도 하지 않았다. 화를 내지도, 추궁을 하지도, 주의를 주지도 않았다. 하지만 여진에겐 그날 일이 트라우마로 남았다. 여진은 '내 잘못이야.'라는 낙인을 자신의 이마에 새겼다. 난 이제 엄마에게서 막내로서의 자격마저 박탈당했구나. 이 집안에서 내가 설 자리는 영원히 없겠구나.

그리고 스무 살이 되던 해 언니는 급성심근경색으로 세상을 떠났다. 여진이 본 엄마의 모습이 얼마만큼의 진실인지는 알 수 없으나 엄마는 홀가분해 보였다. 그리고 그제야 그녀를, 당신의 막내딸을 봐주기 시작했다.

그날 언니는 여진과 집에 돌아올 때 자신들 앞을 서성이던 나비가 내내 마음에 남았다고 했다. 그 나비를 다시 보러 나가자고 자는 여진을 깨웠지만, 여진은 아무리 흔들어 깨워도 일어날 줄 몰랐다고 한다. 혹시나 해서 가봤던 현관문의 잠금장치는 평소와 달리 풀어진 채로 조금 열려 있었고, 언니는 홀린 듯이 나비를 찾아 떠났다고 한다. 당연히 나비는 그 자리에 없었고 언니는 자신이 어디로 가는지도 모른 채 이 도시를 헤매었다고 한다. 핸드폰은 중간에 전원이 꺼져 위치 추적조차 되지 않았고, 새벽까지 거리를 헤매던 여은을 방범순찰대가 데리고 가 목걸이에 적혀 있던 번호로 전화를 걸었고, 그렇게 여은은 가출 아닌 가출을 한 지 12시간 만에 집으로 돌아오게 된 것이라고, 오랜 시간이 흐른 뒤에 들었다. 여진은 누구에게도 그때의 일을, 그때의 마음을 털어놓을 수 없었다. 원인 제공자가 바로 자신이었기 때문에.

그날 여진이 겪은 공포와 불안은 엄마와 아빠가 느꼈을 감정에 비해 결코 작지 않았지만, 열다섯의 그녀는 혼자서 그것을 감당해야만 했다.

"저도 어렸고 어디까지가 진실이고 거짓인지는 기억이 안 나요."

G는 몸을 기울여 여진의 이야기를 들었다. 담담하게 말하던 여진의 눈에 눈물이 조금씩 차오르기 시작하더니 이내 또르르 흘러내렸다.

"맞아요. 마음 둘 곳이 없어 친구들에게 집착했고 뜻대로 되지 않으니까 나중엔 공부만 팠어요." 여진은 길게 숨을 내쉬더니 다시 말을 이었다.

"C님의 기억이 맞을 수도 있어요. 저는 잊고 싶었던 시절이라 대부분의 기억을 삭제시켜버렸지만, 어렴풋이 떠올라요. 한 남자애를 좋아했던 일. 친구들과 무리 지어 다니던 일. 누구에게라도 화풀이를 하고 싶었던 일." 여진은 여기까지 말하고는 어깨를 들썩였다.

"언니는 아프니까. 너는 착한 딸이니까. 너는 엄마를 사랑하니까. 그 말에 맹목적으로 매달려 살았어요."

"많이 힘들었을 것 같아."

"지금 돌이켜 보면 그게 요즘 말하는 가스라이팅이었던 것 같아요."

"그런 의도가 있진 않으셨을 거야."

"알죠. 엄마도 힘들었으니까 자신을 도와줄 보조자 역할이 필요했을 거예요."

"지금 부모님과는 사이가 어떠니?"

"언니가 세상을 떠나고, 같은 공간에서 숨 쉬는 게 너무도 힘들었어요."

"뭐가 그렇게 널 힘들게 했을까."

"위선적으로 느껴졌어요. 그런데 엄마한테 이런 감정을 느끼는 제가 너무도 나쁜 사람처럼 느껴져서…."

"부모도 그냥 인간일 뿐인데 어떻게 완벽하겠어. 완벽하지 않은 대상에게 어떤 감정을 갖는 게 죄책감으로 이어질 필요는 없지."

"슬픔에 휩싸인 채로 계속 살아갈 수는 없겠죠. 산 사람은 살아야 하는 거니까. 그런데 그렇게 희생만 해오던 엄마가 취미로 골프를 시작하고 밝아지고. 그 모든 것들이 제겐 적응이 안 됐어요. 우리 엄마가 저런 사람이었던가. 저렇게 환히 웃는 사람이었던가. 물론 엄마가 불행하길 바란 적은 단 한 번도 없어요. 하지만 모든 게 부조리하게 느껴졌어요. 그렇게 언니밖에 모르던 엄마가 언니를 핑계 삼아 나한텐 따스한 눈빛 한번 준 적 없는 엄마가 언니가 사라졌는데 저렇게 행복해도 되는 건가. 언니가 사라지길 기다린 건 내가 아니라 엄마가 아니었을까."

"모든 사람에겐 이중성, 아니, 다중성이 있고, 한 대상에 대해

양가감정 그 이상을 느끼는 것도 무리는 아니야."

"제 경우엔 원 가족에게서 분리되고 나서 오히려 안정을 찾았어요. 집을 나오고 학교에 다니고 인스타그램을 하면서 인플루언서가 되고 지금은 좀 편하게 숨이 쉬어져요."

"전부터 물어보고 싶었는데, 그 왼쪽 손목에 있는 타투의 숫자, 어떤 의미가 있니?"

"언니를 잃어버렸던 그날이에요. 다른 건 다 잊어도 그건 잊으면 안 될 것 같았어요."

"그런 식으로 스스로를 벌할 필요는 없어." G가 안타까운 눈빛으로 N을 보았다.

"저는 함부로 태어나선 안 되는 사람이었나 봐요."

"그런 말이 어딨어. 누구도 소중하지 않은 사람은 없어. 그저 모두 나약할 뿐이지. 그래서 서로를 상처입힐 뿐인 거야." N이 고개를 떨구었다.

"그날 휴게소에서 혹시 과호흡이 왔던 거니?"

"일이 아닌 사적인 만남이 너무 오랜만이었어요. 제 생각 이상으로 긴장했던 것 같아요."

"혹시 개인적인 만남은 전혀 갖지 않는 거야?" G가 조심스럽게 물었다.

"아시다시피 없어요. 지금 이 단톡방이 전부예요. 누군가와 친밀해지는 게 거북해요. 인간의 이중성을 보는 게 역겨운 기분이에요. 별일도 아닌 것들 가지고 세상이 떠나가라 유난 떠는 것도 그렇고."

"인스타그램에서의 넌 굉장히 다정한 사람 같던데."

"인스타그램도 결국 가상의 세계와 비슷한 것 같아요. 한번 유명해지면 쉽게 추앙받을 수 있거든요. 물론 나락으로 가는 것도 한순간이긴 하지만. 그곳에선 얼마든지 친절해질 수 있고 멋있게 보일 수도 있어요. 구질구질하고 초라한 내가 아니라 누구에게나 상냥하고 언제나 예쁘고 이런 나만 보여주면 사람들이 환호하니까."

"공허함을 느낀 적은 없니?"

여진은 골똘히 생각하는 표정을 짓더니 미소 지었다.

"그렇게 한가하지 않아요. 인플루언서의 삶이라는 게."

그때 돌연 노크 소리가 들렸다.

"네."

G가 문밖을 향해 외치자 B가 방문을 조금 열고는 빼꼼 얼굴을 내밀었다.

"저기 두 분⋯, 얘기 다 나누셨나요?"

✦

G는 거실의 공기가 미묘하게 달라져 있음을 체감했다. 그것

은 비단 한 사람이 들고났기 때문이 아니라 N의 이야기를 통해
자신의 상처도 치유되었기 때문일 터였다. N 역시 그것을 느끼
고 있었다. 그동안 누구에게도 하지 못했던 말들을 털어놓았을
뿐인데, 몸 안에 가득 차 있던 먼지가 다 털려 나간 것인 양 마
음이 후련했다.

G가 베란다 창가 가까이 다가가 문을 닫았다.

"어쩐지 상쾌하다 했더니 창문이 열려 있었군요."

"네. 답답해서 제가 환기 좀 시켰어요." A가 말했다.

"C님은 그냥 그렇게 가신 거죠?"

G가 아래 놀이터를 바라보며 묻자, A가 고개를 끄덕였다.

"그런데 비가 내렸던 모양이네요."

"네. 한 방울 두 방울 떨어지더니 제법 굵게 쏟아졌어요."

"아…."

G는 C가 그 비를 그대로 맞았는지 궁금하다는 듯 A를 봤다.

"C님은 그 비를 온전히 맞은 채로 가셨어요. 누구 때문인지는
몰라도."

A는 차분히 말하면서도 N에게서 시선을 떼지 않았다.

✦

잔뜩 화가 난 사람처럼 B의 집을 나섰지만 사실 C의 기분은

그리 나쁘지 않았다. 그래도 할 말을 했다. 사과는 받지 못했지만 10년 전에도, 얼마 전에도 하지 못했던 그 말을 했다.

홀가분한 마음으로 아파트 현관을 나서는데 하늘에서 축축한 것이 떨어졌다. 고개를 들어 위를 보다가 A가 베란다에 나와 자신을 보며 손을 흔드는 모습을 발견했다. C도 손을 흔들어주었다. 그리고 몇 발자국을 더 지나는데 갑자기 비가 쏟아지기 시작했다. '소.나.기.' C는 입으로 소리 내어 그 단어를 발음해보았다. 그러고는 거세게 내리는 빗방울을 오롯이 받아들이며 천천히, 아주 천천히 걸었다.

그때 난데없이 어디선가 바람이 불어왔고 덩달아 날아온 검은 비닐봉지가 C의 얼굴을 덮었다. C가 급하게 비닐봉지를 손으로 쳐내는 순간 그녀의 눈앞에 오토바이 불빛이 번쩍했다. 빠라바라바라밤. 옛날 TV에서나 나올 법한 경적과 함께 오토바이는 흙탕물을 잔뜩 튀기며 C의 옆을 아슬아슬하게 지나쳐 갔다. 옆으로 운 좋게 잘 비켜섰다고 안도의 숨을 내쉬었지만, 그것은 오산이었다. 자신의 얼굴을 덮었던 검은 비닐봉지는 C의 닳고 닳은 운동화의 뒤축과 맞닿는 순간, 환상의 컬래버레이션을 자랑하며 어떠한 저항이나 마찰력도 없는 부드럽지만 매우 빠른 속도로 C를 미끄러트렸다. 동시에 C의 몸은 공중으로 부웅 떠올랐고 그 찰나의 순간 C는 생각했다. '아, 인생이란 게 참 허무하구나. 이렇게 죽을 줄 알았다면 세상에 덜 친절할 것을. 괜히 착하게 살았네.' 하지만 생명이 가진 끈질긴 속성 탓에 C는 허리를 조금 삐끗했을 뿐 무사했다.

그때 C가 주위를 둘러본 것은 첫째, 쪽팔렸기 때문이고, 둘째, 그렇지만 너무 아파 누구의 도움이라도 받고 싶었기 때문이었다. 하지만 주변은 한치의 빛도 허용할 수 없다는 듯 어두웠고 주변엔 아무도 없었다. C는 혼자라는 것이 새삼 더욱 서럽게 느껴졌다. '이만한 일로 119를 부르는 것은 타당한 것인가. 자신보다 위급한 상황에 처해 있을지 모를 누군가에게 미안한 일은 아닌가. 아니지. 좀 전에 덜 착하게 살 걸 후회하지 않았던가. 역시 인간은 쉽게 변하지 않는 동물이구나. 그럼 엄마에게 전화를 걸어볼까.'까지 생각하다가 도리질을 했다. 우선 어떻게든 일어서야만 한다.

남의 속도 모르고 비는 속절없이 내렸다. 옷보다도 마음이 묵직하게 젖었다.

✦

"다들 조심히 돌아가세요. 오늘 초대에 응해주셔서 감사합니다."

B가 아파트 현관에서 정중하게 인사를 했다.

"잘 먹고 잘 놀다 갑니다." G가 웃었다.

"제가 어제오늘 민폐였던 건 인정. 다큐 첫 방 땐 좀 달라져서 만나요."N이 완전히 다른 사람처럼 말했다.

"그럼 저는 먼저 좀 가보겠습니다."

D가 똑바로 서지 못한 채 휘청거리며 인사를 하고는 앞장서서 걷자 B가 달려가 D를 부축했다.

"오늘 저희 집에서 주무셔도 되는데."

"아니요, 아니. 내일이 월요일인데 직장인에게 그런 몹쓸 짓을 하면 안 되지."D가 하얀 이를 드러내며 헤벌쭉 웃어 보였다.

"진짜 괜찮으시겠어요? 제가 택시 잡아드릴게요."

D가 고개를 절레절레 저으며 한사코 사양했다.

"여기서 걸어가면 금방이에요. 술도 좀 깰 겸 걸어가면 됩니다."

D가 B를 뿌리치며 가버리자 G가 D의 등 뒤에 대고 큰소리로 외쳤다.

"집에 도착하시면 생존 문자 하나 보내주세요."

D가 오른손을 들어 오케이를 하더니 그 손을 그대로 좌우로 흔들었다.

핸드폰만 보고 있던 N이 카카오택시가 도착했다며 뛰어서 큰길로 나가자 G가 같은 방향이라며 따라나섰고 A와 B만 덩그러니 남았다. 왠지 모를 어색함이 둘 사이에 감돌았고 딴 곳만 쳐다보던 A가 먼저 입술을 뗐다.

"그럼 저도 이만 가볼게요."

B가 자신도 모르게 A의 팔목을 붙잡았다.

"아, 저기… 어제 떨어트리신 아이스크림 제가 다시 사다 놨는데. 금방 가지고 올게요. 여기서 잠깐만 기다리세요."

그가 A의 대답도 듣지 않고 아파트 안으로 뛰어들어갔다.

A는 핸드폰을 봤다가 아파트 공동 현관을 바라봤다가 발끝에 고인 물을 발로 차보기도 하며 B를 기다렸다. 이윽고 엘리베이터가 열리고 모습을 드러낸 B는 A와 눈을 마주치자 환히 웃었다. A도 따라 웃었다. 그는 오른손엔 아이스크림콘 2개를 들고 왼 팔목엔 담요를 두른 채 A를 향해 다가왔다.

"저기 가서 좀 앉을까요?" B가 손으로 가리킨 곳엔 그네 형태의 벤치가 있었다.

두 사람은 아이스크림을 하나씩 물고 발로 그네를 밀었다. 그 모습이 꼭 10대 청소년들처럼 풋풋해 보였다. 하늘에선 먹구름이 빠른 속도로 지나가고 있었고, 주위의 오래된 나무들은 진한 피톤치드를 내뿜었다.

B가 하늘을 올려다보면서 말했다.

"비가 좀 더 내리려나 보네요."

A가 B를 따라 고개를 들어 하늘을 봤다.

"왠지 으스스한데요."

"추우실까 봐 이거 가지고 왔어요."

B는 자신의 옆에 두었던 담요를 들더니 오른팔을 뻗어 A의 등에 둘러주었다. A는 자신도 모르게 몸을 움츠렸다.

"은수 씨는 이 모임 어떤 것 같아요?"

"아, 저는 잘 모르겠어요. 좋은 것 같으면서도 C님하고 N님 부딪칠 때면 조마조마하기도 하고."

"저는 그 두 사람이 닮아서 더 티격태격하는 것 같아요."

"그런 걸까요?"

"아마 제 말이 맞을걸요. 두 사람, 같은 나이이기도 하고 서로를 이해하는 어떤 지점에 놓이면 가장 친한 사이가 될 겁니다."

"사실 처음에 다큐 제안 들어왔을 땐 별생각이 없었는데, 요즘 참 생각이 많아져요."

"예를 들면 어떤 생각이요?"

"우리 여섯 명이 이렇게 모이게 된 데에는 어떤 이유가 있지 않을까. 세상에 그냥 일어나는 일은 없다고 생각하거든요."

"저도 동의해요. 참, 제 이름은 지선호예요."

"지선호. 멋진 이름이네요." 잠시 침묵이 흘렀다.

"은수 씨는 떨어트린 아이스크림 같은 존재가 아니에요. 이 말을 꼭 해주고 싶었어요."

은수는 선호의 그 말에 구르던 발을 멈추고 그를 보았다. 그러고는 배시시 웃었다.

"고마워요. 선호 씨, 정말 친절한 분 같아요."

그때 선호의 얼굴에 당혹감이 스쳤다. 이런 식의 반응을 기대한 건 아니었는데. 그는 자리에서 벌떡 일어나 은수의 앞에 섰다. 그녀는 돌발적인 그의 행동에 놀라 움직이던 그네를 멈추었고 둘은 가만히 서로를 바라보았다.

하나, 둘, 셋. 남녀가 사랑에 빠지는 마법의 시간 3초.

"제가 은수 씨를 좋아하는 것 같습니다."

제법 진지한 선호의 태도에 은수는 그만 풋, 하고 웃음이 터지고 말았다.

"아니, 왜 웃어요."

선호가 투정을 부리듯 말하자 은수가 더 큰소리로 웃었다. 몸까지 뒤로 젖혀가며 웃는 바람에 그네에서 미끄러져 내릴 뻔한 걸 선호가 잡아 주었다. 은수는 그네에 바로 앉더니 그제야 웃던 걸 멈추었다.

"저, 오랜만에 웃겨서 눈물이 다 났어요."

"제 고백이 그렇게 웃겼단 말이에요?"

선호가 부루퉁한 입술로 말하자 A가 고개를 세차게 흔들었다.

"그게 아니라, 그냥 저한테 별일이 다 있구나, 싶어서요."

"아니, 그 말이 더 기분 나쁜데요."

"아니, 아니. 오해하지 마세요."

은수가 오른손으로 선호의 왼 팔목을 잡자 선호가 재빨리 뿌리쳤다.

"마음에도 없으면서, 사람 함부로 잡고 그러지 마세요."

선호가 단단히 삐쳤다는 것을 온몸으로 보여주겠다는 듯 뒤로 물러섰다.

"아, 진짜 왜 그래요."

"저도 제가 왜 이러는지 모르겠어요. 정동진 다녀온 이후로 계속 은수 씨 생각이 나고. 지금 이 감정을 어떻게 다뤄야 하는지 도대체가 감당이 안 되고. 그러니까 책임져요."

"이런 직진 고백은 10대 때 이후로 처음 받아보는 것 같아요."

"그 교회 오빠요?"

"아, 진짜. 이럴 거예요?"

"저도 이런 고백, 처음인 건 마찬가집니다. 내일모레면 30대 중반인데."

"선호 씨 마음, 너무 감사해요. 꿈같은 3일이었던 건 저도 그래요."

"그럼 문제 될 게 없잖아요." 선호가 희망을 품은 듯 상기된 목소리로 말했다.

"아직은 누군가의 마음을 받고 누군가에게 마음을 주는 일이 저에겐 쉽지 않아요."

"당장 뭘 어떻게 하자는 건 아니었는데. 제가 너무 성급했네요. 미안해요."

"좋아해주셔서 감사해요. 우리 천천히 친해져요."

✦

C는 길바닥에 한참을 앉아 생각했다. 엉덩이는 속옷까지 싹 다 젖었고 자신의 몸은 물을 잔뜩 먹은 하마. 아니, 다음 날 이불 빨래를 하기 위해 하루 전날 커다란 대야에 담가 놓아 혼자 힘으로는 들어볼 꿈조차 꿀 수 없는 그런 묵직한 솜이불 같았다. '이제 어쩌지.' 이 생각만 벌써 몇 분째인지 모르겠다, 생각하는데 저 멀리서 B의 모습이 보였다. C는 자신 안에 그렇게 큰 목소리가 숨어 있다는 것을 처음 깨달았다.

"B님!"

다행히 그가 이쪽을 쓰윽 돌아보더니 부리나케 달려와 주었다.

"아니, 지금 왜 여기서?"

그는 말을 잊은 사람처럼 입을 벌린 채 멀뚱히 C를 쳐다보고만 있었다.

"저 좀 일으켜주세요."

"아, 네네."

그제야 정신이 든 B가 C를 힘겹게 일으켜주었다.

"괜찮으세요?"

"보시다시피 안 괜찮네요."

"아, 병원에 모셔다드릴까요?"

B의 말에 C가 고개를 저었다.

"저쪽 정자로 좀 가요."

C는 정자 한편에 기대 오들오들 떨다가 B를 보았다.

"저기, 죄송한데 그 들고 계신 담요 좀 저 줄 수 있으실까요?"

"아, 내 정신 좀 봐."

B가 담요를 건네자 또다시 정적이 이들 사이를 찾아왔다.

"혹시 타이레놀이나 파스 갖고 계신 거 있으시면…"

"아, 네네. 드려야죠. 잠깐만 기다리세요."

B는 할 일이 생긴 것이 다행이라는 듯 후다닥 일어나더니 갑자기 다시 돌아와서는 C에게 무언가를 내밀고는 "혹시 쓸쓸하실까 봐."라는 말과 함께 급하게 사라졌다.

앙증맞은 블루투스 스피커가 C의 손바닥 위에 놓였다. C는 자신에게 닥친 이 난감한 하루가 혼란스러워 웃음이 났다. "그래, 이럴 땐 음악이지."라며 이소라의 〈신청곡〉을 플레이하자 스피커에서 제법 그럴싸한 사운드가 빗소리와 어우러져 밤의 농도를 더욱 진하게 만들어주었다. 그렇게 C는 B가 가져다준 약과 맨투맨티를 빌려 입고는 B가 잡아준 택시를 타고 집으로 무사히 귀가했다. 불행이 다행으로 바뀌는 시간이었다.

B 다들 잘 돌아가셨죠?

A 네, 방금 집에 들어왔어요. 생각해보니 집을 엉망으로 해놓고 왔네요. 좀 치워드리고 올걸.

B 그러게요. 왜 그렇게 빨리 가셨어요. 다음엔 꼭 치워주고 가세요.

G 두 분 따로 남아서 3차 하실 줄 알았는데 바로 헤어지셨어요?

B 저도 기대했는데. 여지를 안 주시더라고요, A님이.

C 저도 잘 들어왔습니다.

A C님, 괜찮으세요? 아까 비 많이 맞으셨죠?

C 저, 여기 엮이면서 참 많은 일을 겪네요. 아까 집에 오는 길에 오토바이 피하려다가 넘어져서 허리를 삐끗했거든요. 지금 파스 붙이고 있어요.

G 아이고, 고생 많으셨네요. 몸은 좀 어떠세요?

C 불행의 순간에 B님이 구세주처럼 나타나 주셔서 다행히 무사할 수 있었네요.

N 저도 잘 들어왔습니다.

B C님, 크게 안 다치셔서 천만다행이에요.

A 그러게요. 한동안 조심하셔야겠어요. 근데 D님은 잘 들어가셨을까요? 많이 취하셨던데.

G 뭐 다 큰 성인 남자가 무슨 일이야 있으려고요.

D a'd vkji jhaf asda;s

G 하하. 살아계시네요. 그럼 됐습니다. 생존 신고 감사합니다.

B 그럼 다들 안녕히 주무십쇼.

A 네!

C 모두 잘 자용.

G ㅇㅋㅇㅋ!

N 바이~.

5.

말할 수 있는 비밀

빛과 어둠이 공존하는 시간. 분홍빛으로 물든 하늘을 보며 C는 숨을 크게 내쉬었다. 금요일 저녁은 사람, 자동차, 건물 가릴 것 없이 모두가 분주해, 자신만이 세계와 동떨어진 듯 이질감이 느껴졌다. 바쁘게 어디론가 흘러가는 이들 사이에 섞여 가만히 오피스텔을 바라보는 C의 눈에서 눈물이 한 방울 흘러내렸다. '2시간 전의 나와 지금의 나는 다른 사람이다. 이젠 줄지어 늘어선 배달 오토바이의 행렬 따위에 쓸모없는 감상을 더하거나 감정을 소비하지 않을 것이다. 사물은 그저 사물일 뿐이다.'

C는 N을 만나고 돌아오는 길이었다. 몇 시간 전 N에게서 개인 톡이 왔을 때 C에게는 여러 가지 감정이 한꺼번에 몰려왔다. 하지만 N을 만나고 온 후 C는 단순하고 명료해졌다. 그것

은 과거와의 단절이었으며, 이제 자신을, 그녀를, 용서할 차례
라는 것을 가리켰다.

"무슨 일로 보자고 하셨어요?"

C가 묻자, N은 전에 없이 풀이 죽은 모습으로 술잔만 매만
졌다.

"할 말 없으시면 먼저 일어나고요."

C가 가방을 들자 N이 다급하게 C의 팔목을 잡았다.

"사과하고 싶어요." N의 말에 C의 미간이 찌푸려졌다.

"뭐라고요?"

"사과하고 싶어요. 용서받지 못할 수도 있다는 건 아는데, 더
는 이렇게 내 과거로부터 도망만 칠 순 없으니까."

C가 다시 자리에 앉자 N이 떨리는 목소리로 말했다.

"정확한 기억은 나질 않아요. 그때의 제가 너무 엉망이었어
서, 그냥 누구에게라도 닥치는 대로 화풀이를 하던 때라 정말
로 기억이 안 나요. 혹시 없는 소문을 만들었다는 게 뭐였죠?"

N의 물음에 C는 말문이 막혔다. 자신을 그토록 괴롭게 했던
문제에 대해 상대방은 제대로 인지조차 못 하고 있었다. '그럴
수도 있는 거구나.' 명치를 세게 얻어맞은 기분이었다.

"주은택."

C가 차가운 말투로 그 이름을 말하자 N이 "아." 하는 짧은 탄

성을 내질렀다.

"사실 어떻게 해야 C님의 마음이 풀릴지 모르겠어요. 제가 지금 와서 뭘 할 수가 있을지 정말 모르겠는데…, 미안해요."

N의 얼굴이 울음을 참는 어린아이처럼 일그러졌다.

"N님이 뭘 할 수 있겠어요? 그때로 돌아갈 수가 없는데."

C가 원망 섞인 표정으로 N을 보고는 물을 한 모금 들이켰다.

"다큐 끝나면 다신 보고 싶지 않아요. 솔직한 제 심정은 N님이 나가줬으면 하는데, 그럴 수 있어요?"

C의 물음에 N이 애꿎은 손톱만 물어뜯었다.

"쉽지 않죠? 그때의 나는 어땠을까요? 모두가 날 보며 수군대는데 그때의 내 마음은 어땠을까요?"

C는 대단한 결심이라도 한 사람처럼 컵에 남아 있던 물을 한 번에 다 마시고는 소리 나게 내려놓았다.

"확인되지 않은 소문만으로도 사람이 매장될 수 있어요. 그게 정말 무서운 거예요. 내 편인 줄 알았던 사람마저 등을 돌리는데, 그러니까… 그게 어떤 기분인지 알아요?"

C가 애써 참아왔던 눈물을 쏟아냈다. 무거운 침묵이 흘렀고 격정적인 슬픔이 밀려드는 듯싶더니 모든 것이 차분히 바닥에 내려앉았다.

N은 그제야 결심이 선 듯 입을 열었다.

"네, 제가 나갈게요."

C가 N의 대답에 두 눈을 감은 채 고개를 저었다.

"저한테도 생각을 정리할 시간을 주세요. 물론 N님이 죽도록 미웠던 때가 있었어요. 똑같이 당하라고 저주했던 적도 있어요. 하지만 난 당신과 같은 사람이 되고 싶진 않아요. 어느 편이 내 마음이 더 편할지는 그때 가서 정할게요."

G 오늘 드디어 첫 방송 날이네요. 사실 전 오늘만 기다렸습니다.

A 뭐가 그렇게 기대가 되셨길래. ^^

G 아, 사실 그동안 만나자고 하고 싶었는데 거절당할까 봐 좀 소심해져 있었어요.

A 에이, 그런 게 어딨어요. 라고 쓰고 있지만, 실은 저도. ^^;;

B 어쨌든 드디어 만나네요. 거의 일주일 만에.

G 네네, 저희 집으로 오세요. 빈손으로. 오늘은 제가 연장자로서 쏩니다. N분의 1, 이런 거 안 해요.

B 혼자만 너무 멋있는 거 다 하시는 거 아닙니까.

G 멋있어 보였다면 성공이네요.

C 첫 방송, 어떻게 나갈까요? 진짜 궁금해요.

D @@

G 우리 사이는 더 끈끈해지지 않을까요? 흐흐.

N 저는 오늘 좀 늦거나 못 갈 수도 있을 것 같아요.

G 네네. 늦어도 괜찮으니까 꼭 오세요. 자! 그럼 오늘 밤 8시입니다. 그

시간까지 다들 무사하십쇼.

집에 돌아와 조그마한 창문을 열자 도시의 소음이 복층으로 된 여덟 평 남짓한 공간을 가득 채웠다. C는 그 소음 속에서 일종의 안도감을 느꼈다. 더는 생이, 사람이 두렵지 않았다. 어느새 어둑해진 도시의 불빛들을 바라보며 말이 가진 힘에 대해 생각했다. N의 눈빛과 어투에 담겨 있었던 진심에 대해 생각했다. 그것은 꽤 진정성 있는 사과였다. 그 순간 C는 알아차렸다. 자신의 인생이 이전과는 완전히 달라지리라는 것을.

#N의 기록 4 _ 부엌

"드디어 오늘이 브이로그 대장정의 마지막 날이네요. 그동안 수고한 나를 위해 건배. 여러분도 같이 짠. 와, 너무 맛있어요. 이건 진짜 찐이에요, 찐. 제가 원래 집순이거든요. 촬영이나 협찬 건 아니면 거의 밖에를 안 나가는데 정말 오랜만에 집 앞에 있는 바에 가봤거든요. 음, 거기서 누굴 좀 만났어요. 뭐, 낮술 비슷하게 마신 거죠. 그리고 그 사람에게 사과를 했습니다. 후. 내가 기억하지 못한다고 해서 내가 했던 일이 없던 일이 되는 건 아니라는 걸 인정했어요. 그동안 저는 제 자신을 똑바로 보지 않으려고 애쓰면서 살아온 것 같아요. 진짜 내 모습이 너무 후질까 봐, 그게 좀 두려웠거든요. 근데 제가 있는 그대로의 저를 받아주지 않으면 이 삶에서 영원히 나는 혼자겠구나, 그런 생각이 들더라고요. 더 후져지기 전에 용기를 내봤습니다. 그리고 결론이 나진 않았지만 노력하려고요. 용서받을 수 있을 때까지. 아! 이 하이볼. 아까 혼자 남은 바에서 마셨는데, 너무 맛있더라고요. 그래서 열심히 검색하고 재료 사서 한번 만들어봤습니다. 아! 제가 너무 분위기를 심각하게 만들었네요. 톤을 바꿔서 즐겁게 짠하는 걸로 다시 시작할게요. 혼자 노는 20대의 일상은 그냥 이래요. 혼자서 뭘 만들어 먹기도 하고 OTT도 보고 음악도 듣고. 이게 먹방은 아니지만, 여러분하고 이 레시피를 공유하고 싶어서 준비했습니다. 이건 포모나 얼그레이 시럽. 저는 홍차 종류 중에선 얼그레이가 제 입에 딱 맞더라고요. 이걸 15밀리미터 정도 넣은 다음에요, 위스키는 여기 보이시죠? 산토리. 이걸 30밀리미터 정도 부어요. 그리고 요렇게 각얼음을 채워준 다음에 탄산수를 적당량 넣어줍니다. 마지막으로 레몬 슬라이스를 컵에 딱 끼워주면 짜잔. 그럴싸하게 보이죠? 사실 처음에 이 다큐 찍는다고 했을 때 왜 이런 걸 하는 거지? 그런 생각을 했었거든요. 그런데 오프라인에서 사람들도 만나고 단톡방에서 이야기도 나누고 하다 보니까, 제가 조금, 아주 조금은 달라진 기분이 들어요. 사실 그동안 제가 살아온 세상은 직접적인 접촉이라고 해야 하나? 소통보다는 그냥 온라인상에서 보여주고 싶은 모습만 보여주고, 듣기 좋은 말만 서로 해주고, 그게 아니면 뒤에 숨어서 실컷 험담을 하고 그런 세상이었거든요. 근데 제가 참 갇혀 살았구나, 내가 보고 느끼고 생각하고 이런 것들이 극히 일부였구나, 그런 생각이 들어요, 요즘. 그것만으로도 굉장한 성장이 아니었나 싶습니다. 오늘 다큐 첫 방송날이잖아요. G님의 집에 다 같이 모여서 보기로 했거든요. 전엔 이런 모임이 참 의미 없다고 생각했는데, 지금은 이 브이로그를 열심히 찍어온 저와 동지들 다 너무 수고했고, 또 이렇게 인연이 된 게 감사하단 생각도 들고 그렇습니다. 저를 제대로 알고 있는 분들은 쟤가 갑자기 뭔 변화야? 하실 수도 있고, 또 인스타그램 통해서만 아시는 분들은 아, 저 언니, 진짜 특이했구나, 그러실 수도 있는데, 뭐, 방송이 어떻게 될진 모르겠지만 저는 후회는 없네요. 아! 그리고 이 방송 나가기 전에 예고편 나오고 그런 거에 댓글 달린 거, 저 다 봤거든요. 개인 홍보하려고 나왔냐고. 네, 맞아요. 그래서 홍보가 된다면요. 그게 나쁜 건 아니잖아요. 어떻게든 PR하고 살아야 하는 시댄데. 암튼 저의 브이로그는 여기까지입니다. 안녕. 앞으론 인스타그램에서 만나요, 여러분."

A는 동네의 분위기에서부터 압도당했다. 택시가 멈춰 선 그곳의 아파트는 입구에서부터 위압감을 느끼기에 충분했다. 고개를 올려다보고 또 올려다보았지만 높다랗게 올라선 아파트들의 위용은 하늘에 닿을 듯 높아 목이 아팠다. '이런 곳에 사시는구나.' A는 중얼거리며 카톡에 남겨진 동과 호수를 다시금 확인했다.

사람처럼 알면 알수록 새롭고 흥미로운 존재가 있을까. A는 생각했다. G님은 어떤 사람일까. B님은. 그리고 다른 사람들은. 우리는 무엇을 이야기하고 무엇을 감추고 무엇을 공유하고 싶은 걸까. 주고받는 마음들은 각자에게 어떤 의미로 남는 걸까. 엘리베이터가 28층에 도착하고 문이 열렸다. A는 또 하나의 세계를 여는 기분으로 한 걸음, 한 걸음을 내디뎠다.

펜트하우스. 그곳에 꽤나 잘 어울리는 미소를 지으며 G가 사람들을 반겼다.

"다들 먼 곳까지 와 주셔서 감사합니다."

그때 A가 오른손을 살며시 들더니 말을 꺼냈다.

"저 솔직히 말해도 돼요? 저 여기 와서 좀 쫄았어요. G님 진짜 부자시구나."

"하하하하." G가 호탕하게 웃었다.

"그냥 운이 좀 좋았던 것 같아요. 자! 그럼 지금 N님하고 D님 빼고는 다 오셨으니까, 우리 먼저 시작할까요?"

G는 말과 동시에 팬트리로 가더니 와인 냉장고에서 와인을 꺼내왔고 냉장고에 미리 준비해놓은 토마토 부르게스타, 참치 카나페, 바질과 생모차렐라 치즈가 어우러진 카프레제를 꺼내 식탁 위에 올려놓기 시작했다.

"와, 이건 다 언제 준비하신 거예요? 이거 진짜 다 쏘시는 거 예요?"

C가 눈앞에 펼쳐진 광경을 보고도 믿을 수 없다는 듯 물었다.

"그럼요. 제가 없는 말 하고 그러는 사람은 아닙니다. 하하. 제가 직접 만들진 못했고 근처에 자주 가는 와인바가 있거든 요. 거기 사장님한테 부탁해서 포장해온 거예요. 다들 어서 앉 으세요."

G가 자리를 가리키며 먼저 앉자 그 옆에 C가, 맞은 편으로 B와 A가 나란히 앉았다.

"덕분에 잘 먹겠습니다." B가 와인을 들어 G에게 따라주었다.

"일주일 동안 다들 별일 없으셨던 거죠? A님 얼굴이 좀 안 좋 아 보이시는데." G가 몸을 앞으로 기울여 관심을 표했다.

"아, 저 5일 내내 야근했더니 몸이 좀 축난 것 같아요." A가 기운 없는 목소리로 말했다.

"에구, 고생 많으셨겠어요." C가 걱정스러운 눈빛으로 A를 보자, A가 괜찮다는 듯 미소 지었다.

"C님은… N님 계속 좀 불편하신 거죠?" A가 이번엔 C를 걱정했다.

"아? 뭐, 아주 편한 건 아니지만 괜찮아요. 세상엔 다양한 사람이 있는 거고. 지난 상처에 의미를 부여하지 않는 것, 그건 제가 해야 하는 일이잖아요. 저만 할 수 있고."

"제가 그날 N님이랑 얘길 좀 해봤거든요."

G가 의미심장하게 입을 열었다.

"저도 제 일이 아니라서 쉽게 말씀드릴 수는 없지만 N님도 그땐 그럴 수밖에 없었던 이유가 있었던 것 같아요. 왜 사람들 중에 자신의 상처가 너무 커서 그걸 들여다보고 있느라 타인을 전혀 신경 쓸 수 없는 부류의 사람도 있잖아요. N님의 경우가 그러지 않았나…."

G의 말을 듣는 C의 얼굴이 점차 굳어지자 G가 재빨리 다음 말을 이었다.

"아, 그렇다고 해서 N님이 잘했고 정당화될 수 있는 일이라는 건 아니에요."

C가 G를 보며 또박또박 말했다.

"저한텐 꽤 오랜 시간 트라우마로 남았던 일인데, 남에겐 하찮은 일이 되기도 하네요."

당황한 G의 얼굴이 발갛게 달아올랐다.

"아, 저는 그런 의미가 아니라."

"내가 상처 입었다고 해서 남에게 함부로 상처를 줘도 되는 건 아니잖아요."

"물론 안 되죠. 안 됩니다. 제가 드리고 싶었던 말은 대개 이런 일의 피해자들이 빠지게 되는 오류가 있다는 거예요. 왜 나한테만 이런 일이 일어나지? 내가 뭘 그렇게 잘못했지? 이런 마음이요. 그런데 아니거든요. 그 당시 상대방이 이상한 상황에 놓여서 제정신이 아니었을 수도 있고 정말 이상한 사람일 수도 있다는 것. 그걸 받아들이면 내 상처의 크기도 줄어든다, 그냥 그런 말씀을 드리고 싶었어요."

"그럴 수도 있겠네요. 사실 저는 저를 용서할 수 없었던 것 같아요. 그런 일에 인생 전부가 흔들리고, 그래서 결국 도망쳐버리고 맞서지 못했던 비겁한 제가 너무 싫었거든요. 그 사람을 마주해서 또다시 흔들리는 제가, 과거로부터 한 발짝도 멀어지지 못한 제가, 너무도 싫었어요."

"인간이 인간에게 얼마만큼 잔인해질 수 있는 걸까요?" B가 한숨을 내쉬었다.

"저도 힘든 일을 겪었을 때 C님과 같은 생각을 했어요. 이토록 양심 없는 일을 벌여 놓고 두 다리를 뻗고 잘 수 있다는 말이야? 그게 가능한 일이라고? 그런데 사람 마음이 다 내 마음

같은 건 아니더라고요. 궁극엔 그 사람은 그냥 그렇게 생겨먹은 사람이었던 거예요. 그건 내 탓이 아니었어요. 그건 내 잘못이 아니라 그 사람 잘못이었어요."

B의 말을 가만히 듣고 있던 C의 눈에 눈물이 고이더니 이내 뺨을 타고 흘러내렸다.

"어쩌면 저는 내내 그 말이 듣고 싶었던 것 같아요. 그건 내 잘못이 아니라고. 그 사람이 나빴던 거라고."

C가 울음을 터트리자 A가 자리에서 일어나 그녀의 어깨를 감싸 안았다. 열 마디의 말보다 한 번의 뜨거운 포옹이 필요한 순간이었다.

✦

분위기가 무르익고 이야기의 농도가 진해지는 만큼 모두의 긴장도 해이해져 가고 있었다. 어둠은 여느 때와 마찬가지로 도시에 내려앉았지만, 도시의 밤은 각자의 이야기들로 총총 빛나고 있었다.

"이런 생각이 들기도 해요. 삶은 곧 상처가 아닐까."

B는 취했는지 한결 느슨해진 말투였다.

"저는 개인적으로 아픈 만큼 성숙한다는 말이 정말 싫습니다."G가 방점을 찍듯 힘주어 말했다.

"왜요? 그래도 인간은 상처를 통해 성장하잖아요." A가 이해할 수 없다는 듯 고개를 갸우뚱했다.

"과연 그게 진실일까요? 저는 오히려 그 반대라고 생각합니다. 상처는 그냥 상처일 뿐이에요. 우리가 상처를 통해 배우는 건 삶에 대한 기대를 내려놓는 법이죠. 그러니까 체념에 가까워요."

G의 말에 C가 손바닥을 펼치며 하이파이브를 청했다.

"저도 동감이에요."

둘의 모습을 보던 A의 어깨가 세모 모양으로 축 처졌다.

"그게 진실이라면 저는 너무 울적해요." A의 모습에 G가 고개를 저었다.

"상처는 상처일 뿐이지만 그걸 어떻게 소화시키는지, 그건 결국 개인의 몫이죠. 약 잘 발라주고 밴드 잘 붙여주고 우린 그렇게 살면 되는 거예요."

"근데 G님은 원래 이렇게 차분하신 편이세요? 그때 여사친 사건 이후엔 대부분 그냥 평온하신 것 같아서요. 그게 참 신기해요." A가 의자를 바짝 당겨 앉았다.

"음…. 산전수전 공중전까지 겪고 나면 이렇게 변합니다. 하하. 저도 사람인데 왜 화가 안 나겠어요. 그냥 감정이란 건 흘러가는 거니까 속으로 심호흡 크게 하고 흘러가게 두는 거죠. 그리고 제가 좀 단순해서 금방 잊어버려요."

"와, 진짜 편리한 성격이네요." C가 부럽다는 듯 말했다.

"저는 C님처럼 자기 생각 바로바로 말할 수 있는 사람이 훨씬 부러운데요. 그럼 속에 남는 게 없잖아요. 그게 더 건강한 삶이죠. 저 같은 사람은 한 번씩 화병이 와요."

"G님은 그냥 갈등이 싫은 거 아니에요? 진짜 괜찮은 게 아니라 피해버리는 거죠. 제가 그런 편이거든요." A의 목소리 톤이 올라갔다.

"그 말, 일리가 있네요."

"하고 싶은 말을 다 한다고 해서 늘 괜찮은 건 아닌 것 같아요. 쓸데없는 오해도 많이 받고. 굳이 안 해도 될 말인데 해서 한번씩 분위기를 깰 때가 있어요. 제 안에, 안 하고 살아서 당한 것 같다는 심리가 숨어 있나 봐요. 그리고 정작 진짜 말해야 할 상황에선 도망치거든요. 바보같이."

C가 시무룩해하자, G가 도리질을 했다.

"그래도, C님 덕분에 우리 톡방이 재밌습니다."

"지금 놀리시는 거죠?"

C가 입술을 쭉 내밀고 뾰로통한 얼굴을 하자 G가 개구진 표정을 지었다.

"어? 저희 다큐, 시작할 시간 됐네요." B가 핸드폰의 시간을 확인하더니 모두에게 말했다.

한 사람의 에너지라는 것은 언제나 상당하다. N이 도착하자 집안의 공기가 아까와는 사뭇 달라졌다. 그것은 좋다, 나쁘다라는 단어로 양분해서 규정할 수 있는 것은 아니었다. 그나마 다행한 것은 N과 C가 한 공간에 있을 때면 느껴지던 아슬아슬한 분위기가 오늘은 옅어졌다는 것. 대신 방송을 통해 서로의 정체가 공개된다는 묘한 긴장감이 TV 앞에 앉아 있는 이들의 공간을 떠다녔다.

방송은 이들이 처음에 정한 알파벳 순으로 진행이 되었다. 이름은 공개되지 않았지만, 직업은 자연스럽게 밝혀지는 경우도 있었고, 철저하게 숨기는 출연자도 있었다. 나이 역시 그랬다. 그래 봤자, 네티즌 수사대들이 하루도 지나지 않아 밝혀낼 것이 자명했지만, 그 시기를 유예시키고 싶은 마음 또한 개인의 자유였다. 프로그램의 실시간 토크에는 출연진들에 대한 왈가왈부가 이어졌고, 이들의 SNS 방문자와 댓글도 삽시간에 늘어났다.

다큐멘터리는 이들이 생각했던 것 이상으로 폭발적인 반응을 일으켰다. 자신도 저 그룹에 들어가고 싶다든가, 2기는 언제 받는 건지 궁금하다든가, 출연자를 소개받고 싶다는 것까지 다양한 이슈가 생성되고 있었다.

"B님, 대기업에서 너무 힘드시겠어요. 매일 야근이라니. 저는 상상도 할 수 없는 일이에요." A가 안쓰럽다는 듯 B를 보았다. 그러고는 다시 TV로 시선을 돌린 A의 두 눈이, 마치 생전 처음 보는 물건이라도 발견한 듯 놀라움에 번뜩였다.

A는 무슨 말이든 해보라는 표정으로 G를 보았다. G는 그 시선을 애써 못 본 척하더니 급기야 자리에서 벌떡 일어나 주방으로 피신했다.

"아, 우리 너무 진지하게 다큐만 보고 있는 거 아니에요? TV에서 내 모습 보는 게 신기하긴 해요, 그렇죠?"

G의 발걸음이 어딘가 부자연스러웠다. 그 뒤를 A가 바짝 붙어 쫓았다.

"무슨 말이라도 해보세요, 네?"

A가 채근했지만, G는 빙그레 웃으며 와인과 마른안주만을 챙길 뿐이었다.

"와, D님이 이음 작가님이었구나. 저, 이분 소설 학생 때 읽고 와, 진짜 천재다, 했었는데. 근데 D님 왜 안 오시죠? 아까 톡에서 오늘 오신다고는 하셨죠?"

B가 물었지만, 누구는 어깨를 으쓱했고 누구는 그저 고개를 가로저을 뿐이었다.

어느새 다큐멘터리 첫 방이 끝나고, 왠지 머쓱해진 이들이 마주 앉아 눈동자만 굴리고 있을 때 A가 기다렸다는 듯 G에게 단도직입적으로 물었다.

"G님, 혹시 저에 대해 알고 계셨어요?"

"아니요. 제가 A님을 어떻게 알고 있었겠어요." G가 능청스럽게 대꾸했다.

"아니, 근데 우연치곤 너무 이상하잖아요. G님의 여사친이 우리 팀장님이라니. 이게 가능한 일이라고요? 저 옷, 저 뒷모습, 분명 우리 팀장님인데."

A가 고개를 절레절레 흔들었다. 다들 의심의 눈초리로 G를 보았지만 G는 전혀 당황한 기색이 느껴지지 않았다.

"왜 케빈 베이컨의 법칙이란 것도 있잖습니까. 알고 보면 건너 건너 다 아는 사이인 거예요."

G가 당당하게 내뱉고는 화제를 전환했다.

"저기, 근데 오늘 D님은 원래 못 오신다고 했었나요?"

이번에도 모두 알 수 없다는 표정을 지었다.

"전화 걸어보면 되죠." C가 핸드폰을 꺼내 카톡을 열자 사람들이 가까이 모였다.

그때 C에게서 페이스톡이 울렸다. C가 '엄마'라는 발신자를 보고 멈칫하자 옆에 있던 A가 "빨리 받아요."라며 대신 통화 버튼을 눌렀다.

"엄마."

화면에서 3살 남짓한 남자아이가 등장하자 C의 낯빛이 파리

해졌다.

"아!"A는 자신이 실수했음을 깨닫고 주위를 둘러봤지만, 그 누구도 이런 상황에 어떤 태도를 취해야 할지 알 수 없었다.

아이가 다시 한번 C를 불렀다.

"엄마~."

"어어, 진수야. 안 자고 왜 전화했어."

"엄마 안 보여."

아이의 말에 C가 그제야 자신의 모습이 잘 보이게 전화를 들었다.

"이제 잘 보이지? 어여 자야 쑥쑥 크지, 우리 애기."

"엄마 업쪄. 안 자꼬야."

"엄마 금방 집에 갈 거야. 그러니까 할머니랑 코 자고 있어."

아이는 고개를 절레절레 흔들며 떼를 부리기 시작했다.

"시쪄. 지금. 지금."

"알았어. 지금 갈 거야. 그런데 우리 진수가 이렇게 떼 부리면 엄마 못가. 엄마가 레고 사간다고 했지요? 그러니까 울지 말고 지금 자야 돼. 그럼 엄마가 짠하고 나타날 거야. 알았지?"

"지금?"

"응. 지금 가."

"자장가 불러줘."

"잘 자라 우리 아가. 앞뜰과 뒷동산에 새들도 아가 양도 다들

자는데. 진수, 빠빠이."

C가 손을 흔들자, 화면 속 진수도 손을 흔들었고 이내 전화가 끊어졌다.

어색한 침묵만이 공기 사이를 퍼져나갔다. C는 어쩔 수 없다는 듯 한숨을 내쉬더니 입술을 깨물었다.

"아, 진짜 이렇게 밝혀질 줄은 상상도 못 했는데. 사실 저, 싱글맘이에요."

"아…, 이럴 땐 뭐라고 말을 해야 하는 건지. 제가 잘 모르겠는데."

G가 말을 더듬자, C가 웃음을 터트렸다.

"그렇게 심각하게 반응하시면 제가 뭐라고 해야 할지 모르겠는데. 엄마이긴 하지만 혼자 살고 있고요. 아이는 저희 엄마가 키워주고 계세요."

"제작진은 알고 있는 거예요?"

B가 제작진이 도청이라도 할까 봐 걱정된다는 듯 속삭였다.

"네. 처음에 다 말씀드렸고, 어쩌면 그래서 저를 섭외하셨을지도 모르죠. 특별한 삶이니까."

"그럼 다큐에서도 공개가 돼요?" A가 과장된 몸짓으로 물었다.

"네. 방송하신다고 했어요. 첫 방엔 안 나왔지만 아무래도 제 일상 브이로그에 자연스럽게 아이가 나오니까. 그래도 이런 식으로 놀라게 해드릴 생각은 없었는데."

"C님은 어떻게 출연을 결심하시게 된 거예요?"

G가 진심으로 궁금하다는 표정을 지었다.

"복수?" C가 웃었다.

"섬뜩하게 왜 웃으면서 말씀하십니까?" G가 몸서리를 쳤다.

"그냥 제가 잘살고 있다는 걸 보여주고 싶었어요. 그 놈이랑 그 놈 와이프한테."

C의 말은 커다란 물음표가 되어 거실을 어슬렁거렸다.

"음…, 그러니까…."

C는 입술을 깨물었다가 자리에서 일어나더니 아무 말 없이 한참을 서성댔다. 그러곤 다시 자신의 자리로 돌아와서는 털썩 주저앉아 자신의 잔에 있던 와인을 원샷했다.

"아주 큰 거짓말에 속았어요. 대학생이 유부남일 거라고 누가 상상이나 했겠어요? 저는 졸업반이었고 그 놈은 복학생이었죠. 학식을 먹고 있는데 누가 자꾸 쳐다보더라고요. 그렇게 처음 만났어요. 너무 잘 맞았어요. 힘든 제 과거에 대한 보상이라고 생각했죠. 그렇게 연애를 했고 졸업을 했고 취직해서 회사도 잘 다녔어요. 그런데 어느 날, 회사로 법원 등기가 날아왔어요. 아무도 진실에는 관심이 없었죠. 아무도 제 말은 들어주지 않았어요. 남자에게 속았다는 사실보다 모두가 나를 보며 수군대는 게 정말 견딜 수가 없었어요."

담담한 어조로 말하던 C가 그때의 기억이 떠올랐는지 울먹

이기 시작했다. A가 C의 손을 잡았다.

"몸이 안 좋았지만 상상도 못 했어요. 임신 테스트기의 두 줄을 보는 순간, 정말 어떻게 해야 할지 모르겠더라고요. 어영부영하다가 시기가 지났고, 저는 차마 배 속에 있는 생명을 지울 수 없었어요. 그래서 낳는데, 산후 우울증이 왔고, 그래서 지금은 제가 아닌 아이 할머니가 주 양육자처럼 봐주고 계세요. 그래도 아이 덕분에 제가 살아 있는 거예요. 진수가 아니었으면 전 이미 이 세상 사람이 아니었을 거예요."

"하, 삶이 이렇게 꼬일 수도 있네요. C님 얼마나 힘드셨을까. 감히 위로조차도 못 하겠어요." G의 말에 C가 흐느껴 울었다.

C가 힘겨운 이야기를 털어놓는 동안 N은 고개를 숙인 채 자신의 손톱만 만지고 있었다. 그러더니 슬쩍 고개를 들어서 C를 힐끗 보고는 다시 고개를 숙였다. 다리를 떨다가 입술을 깨물었다가 다시 손톱을 매만지다가를 반복하던 N이 개미만 한 목소리로 속삭였다.

"미안해요."

그 순간 모두의 시선이 N에게로 쏠렸고, N은 바닥만 내려다본 채 말을 이었다.

"사실 그날 G님과 대화 나누고 집에 돌아와서 생각해봤어요. 그런데 기억이 잘 안 나더라고요. 그때가 저도 인생 최대치로 힘들었던 때라, 무슨 짓들을 벌이고 다녔었는지, 아까 C님 만나고 나서야 확실히 알았죠. 내가 굉장히 형편없는 인간이었구나, 이제야 인정해서 정말 죄송해요. 겪으셨던 일도 왠지 다 저 때문인 것 같고. 그래서….″

N은 지금 느끼는 자신의 감정을 뭐라고 설명해야 할지 몰랐다. 오히려 자신이 피해자라고 생각해왔는데…, 자신 때문에 절망의 끝까지 갔던 사람이 있다는 건 극복하기 힘든 낯선 감정이었다.

″근래 살해 위협 DM도 받아보고 모르는 카톡으로 욕설도 받아보고 그러다 보니까 또 하나 기억이 났어요. 그때 제가 카톡 감옥 개설했었죠?″

감정이 결여된 사람처럼 굴었던 N이 큰 소리로 울었다. 그리고 그제야 진정한 C는 울음을 삼켰다.

″감옥? 아니요, 지옥이었어요. 나가면 초대하고, 나가면 초대하고. 난 아무것도 한 게 없는데, 미친년, 나쁜 년, 걸레 같은 년, 온갖 욕설을 쏟아부었죠. 난 감정 쓰레기통이 아니었는데, 그곳에서 쓰레기 취급을 받았어요.″

″난 사실 다른 사람 마음에 공감도 잘 못 하고, 어디 하나 나사가 빠진 것처럼 어긋난 사람이에요. 내 마음은 태어날 때부터 고장이 났어요. 내 삐뚤어진 마음으로 C님에게 상처를 줘서 미안해요. 정말 미안해요.″

아무도 N의 절규에 가까운 사죄에 끼어들지 못했다. 정적이 무겁게 모두의 마음을 짓눌렀다.

"그때의 나는… 나랑은 다르게 반짝반짝 빛나던 C님을 흠집 내고 싶었던 것 같아요. 맞아요. 그게 누구든 망치고 싶었어요. 내가 돋보일 수 있다면 무슨 짓이든 할 수 있었어요. 사랑받을 자격이 없는 사람이란 걸 들키지 않으려고 돈으로 환심을 사고 무리를 만들었어요. 너무도 어리석었어요. 솔직히 말하면 잊고 살았어요. 그때의 내가 굉장히 별로였고, 그래서 다 지워버리고 싶었고, 대학에 입학한 후로는 완전히 다른 방식으로 살았어요. 모든 관계를 끊고 OT, MT, 과 모임 어느 것에도 참여하지 않았어요. 수업만 듣고 집에 오기 바빴죠. 인터넷에서의 나와 현실에서의 나는 완전히 다른 사람이었어요. 그곳에서의 나는 친절하고 예쁘고 독립적이고 당당했죠. 그런 내 모습에 도취되어 살았어요."

자기 안에 고여 있던 말들을 쉬지 않고 쏟아내던 N이 숨을 고르듯 잠시 말을 멈추었다. G가 N을 걱정스러운 눈빛으로 바라봤다.

"지금은 마음이 좀 어때요?"

"후련해졌어요. 내가 이렇게 별로라는 걸 인정하고 나니까 차라리 속이 시원해요. 사실 그동안 악플과 협박성 DM 받으면서 너무 무서웠어요. 과거의 내 잘못에 대한 대가를 받는 것 같아서 몇 날 며칠을 악몽에 시달렸죠. 부정하고 싶었어요. 그건 내가 아니었다, 사람 잘못 본 거다, 했는데, 더 이상 도망갈 곳도, 숨을 곳도 없더라고요. 그래서 오늘 C님께 만나자고 했던 거예요."

N은 말을 마치더니 다시 고개를 숙였다. 손끝이 미세하게 떨리고 있었다.

"그때의 저도 그렇게 빛나지 않았어요. 부모님은 이혼을 협의 중이셨고 그 사실 하나만으로도 위태로웠죠. 그래도 다행인건 그 와중에도 엄마는 저를 지키기 위해 혼자서 심리상담센터를 전전하고 전학도 시켜주셨어요. 사실 N님이 미워서 힘든 게 아니었어요. 그때 아무 말도 하지 못한 내가 미웠어요. 그 후론 하고 싶은 말은 하고 살자 그렇게 다짐했는데, N님을 보는 순간, 저는 퇴행해버리고 만 거예요. 내가 어떻게 도망쳤는데, 내가 어떻게 피해왔는데, 왜 하필 여기서 다시 만난 건지, 너무 화가 났어요." C가 담담하게 말했다.

"이제 모임에 나오지 않을게요. 사실 오늘도 오지 않으려고 했는데…."

N의 말끝이 흐려졌다. C는 고개를 저었다.

"아까 N님 사과받고 생각해봤는데…, 이젠 저를 용서할 거예요."

N이 무슨 의미냐는 듯 고개를 들어 C를 바라봤다.

"사실 우리는 모두 자신을 용서하지 못해서 힘든 거더라고요.

N님은 타인을 괴롭힌 자신을 용서할 수 없어서 망각을 택한 거고, 저는 못난 제가 너무 싫어서 도망을 쳤던 거죠. 하지만 이제 더는 피하지 않을 거예요. N님하고 가깝게 지낼 자신은 없지만 불편해하지도 않을 거예요."

"C님, 이제 괜찮으신 거죠? 아니, 괜찮으실 거죠?"

G가 둘을 번갈아 바라보며 물었다. C가 고개를 끄덕였다.

"아, 저 사실."

N이 말을 다 마치기도 전에 무언가를 찾는 사람처럼 가방 속을 뒤적였다. 그러고는 손바닥만 한 상자를 하나 꺼내 C에게 내밀었다.

"이게 뭐예요?"

"저 협찬받는 마스카라랑 틴트인데."

N은 전에 없이 쑥스러운 사람처럼 손을 내밀었고 C는 고개를 살짝 끄덕이는 것으로 감사를 표했다.

"저, 거기 두 분 분위기 좋은데 찬물 끼얹어서 죄송합니다. 오늘 D님 못 오신단 얘기 없었죠?"

B의 한마디에, 잊고 있던 한 사람의 존재가 풍선이 부풀어 오르듯 모두의 마음속에서도 부풀려졌다.

"D님 진짜 어떻게 되신 거죠?"

A의 목소리가 별안간에 높아졌다. 핸드폰을 열어 카톡을 유심히 살피던 B의 이마에 주름이 잡혔다.

"D님 설마 무슨 일이 있으신 건 아니겠죠?"

"전화번호는 아무도 모르시죠? 다시 보이스톡 걸어볼까요?"

"아, 제가 해볼게요." B의 한마디에 모두 모여들었다.

신호음이 울리다가 이윽고 숨차게 뛰는 소리가 들렸고 핸드폰만 뚫어지게 바라보는 이들의 마음에 두려움이 실렸다.

✦

D는 오른손에 핸드폰을 쥔 채로 누군가에게 쫓기고 있었다. 보이스톡을 받긴 했지만 말할 여유 같은 건 애당초 없었다. '지금 자신은 저들에게 잡히면 살아남기 힘들 것이다.'란 생각만이 머릿속을 가득 채웠다.

"저 새끼, 잡아!"

D는 그 목소리를 구령 삼아 더욱 힘차게 달렸다. 숨이 턱 끝까지 차오르고 다리는 오래달리기의 마지막 바퀴처럼 후들거렸지만 여기서 멈출 수는 없었다. D는 '이상한 희열이다.' 생각하며 골목 여기저기를 뛰고 또 뛰었다.

불과 10분 전, D는 허름한 포장마차에서 홀로 술을 마시고 있었다. 테이블 위엔 이미 마신 소주가 세 병이었고, 반쯤 마신 소주가 한 병, 안주는 고작 우동 국물이었다.

D는 자신의 이번 생이 글러 먹었다고 생각했다. 그의 표정은 침울함을 넘어서 침통함에 가까웠다. 술에 취한 건지 잠에 취한 건지 자신도 알 수 없다고 여겨질 때쯤 이상하게 거슬리는 남자들의 목소리가 귓가를 때렸다. 게슴츠레 뜬 눈을 똑바로 뜨며 그들을 노려보자 대화의 내용도 또렷해졌다. 자신의 또래 남자 셋이 자전거 라이딩 복장으로 신나게 떠들고 있었다.

"나, 이번에 주식 배로 뛰었잖아."

"그래서 X발, 네가 쏘는 거냐. 이왕이면 좀 비싼 걸로 사지. 포차가 뭐냐."

"원래 이 새끼는 학교 다닐 때부터 좀스러웠어."

"이것들이 사준다고 해도 지랄이야."

"나, 꼼장어 시킨다."

"그러시든가."

자신들만의 세계에 빠져 주위의 시선은 아랑곳하지 않고 떠들던 세 남자는 얼마 후 D의 반쯤 풀린 눈동자를 의식하게 되었다. 그러자 한 남자가 옆에 있던 다른 남자에게 말했다.

"야, 저 새끼는 뭔데 눈빛이 저따위냐."

언제나 술이 문제다. 속삭이려던 의지와는 상관없이 그 남자의 목소리는 너무도 크게 포장마차 안을 울렸고 그 목소리는 곧장 D의 귀에 꽂혔다. D는 생각했다. '이때다!' 지금이야말로 내가 죽든 니들이 죽든 결론이 나는 날이다. D는 자리에서 벌떡 일어나 발걸음도 당당하게 남자 셋에게 다가갔다. 자전거로 다져진 튼튼한 허벅지를 자랑하는 그런 남자 셋에게 말이다.

"왜? 내 눈빛이 어때서?"

D는 자신이 매우 도전적으로 그들에게 쏘아붙였다고 생각했지만, 실상은 이러했다. 그는 슬로우 모션처럼 느릿느릿, 아니, 비틀비틀 그들에게 다가갔고 발음은 뭉개질 대로 뭉개져 도무지 무슨 말을 하는지 알아듣기 힘들었다. 이런 D를 보고 그들 중 하나가 입술의 한쪽 끝을 올리고는 비아냥댔다.

"말이나 똑바로 해, 새끼야. 재수 없게."

남자는 말만 내뱉은 게 아니었다. 실제로 침도 바닥에 내뱉었다.

"그래, 나, 재수 없다. 그래서 이 모양 이 꼴로 살아. 니들이 보태준 거 있어?"

D 자신은 악다구니를 질렀다고 생각했지만, 그의 어눌한 말투는 비웃음을 사기에 충분했다. 남자 셋은 몸까지 뒤로 꺾어가며 웃어댔다. 그중 한 명이 다시 말했다.

"X신. 말도 똑바로 못 하는 게."

D는 자존심에 스크래치를 심하게 입었다. 그때 번뜩 든 생각이 '나는 글만 못 쓰는 게 아니라, 말도 못 하는 인간이구나. 그런 취급을 받고 있구나.' 하는 깨달음이었다. D는 그 남자의 얼굴에 자신의 얼굴을 갖다 댔다. 그리고 최대한 미친놈처럼 눈

을 희번덕거렸다.

"웃어?"

하지만 상대는 한 치의 물러섬도 없이 '내가 더 미친놈이다.' 하는 기세로 눈을 부라렸다.

"그래, 웃었다. 어쩔 건데?"

그의 말에 D는 실성한 사람처럼 웃어댔다. 그러다가 이내 눈물이 찔끔 나는지 눈을 비벼댔다.

"너는 세상이 우습구나. 부럽다, 새끼야."

D는 입술을 이죽거렸다. 그러고는 자신의 주먹을 자신의 힘으로는 도저히 제어할 수 없다는 듯 그 남자의 얼굴을 향해 날렸다. 상대의 얼굴은 반대편 방향으로 완전히 돌아갔고, 몸이 휘청거리면서 하마터면 의자에서 떨어질 뻔했으며, 입술에는 피가 맺혔다. 상대는 D의 선방에 혼이 나간 듯 입을 벌린 채 자신의 뺨을 만지더니 이내 찐득한 액체가 만져지자 자신의 손을 눈앞으로 가져가 확인했다.

"피? 이 새끼가."

말은 신호탄이 되어 그의 동행에게도 가닿았다. 그러니까 그것은 먼저 폭력을 가한 것은 저놈이니까 우린 정당방어든 뭐든 우겨볼 수 있을 것이고, 시작은 저놈이 했으니 말리지 말라는 뜻이었다. 건장한 남자 셋이 자리에서 일어나 자신과 가까워지자 D는 주춤주춤 뒤로 물러섰다. 뒤를 확인할 겨를도 없이 펴뜩 정신이 들었다. 몇 발자국 뒤로 가다 의자가 넘어졌고 더 뒤로 가다 자신이 앉았던 테이블에 몸이 부딪혔다. 덕분에 소주병들도 와장창 떨어져 깨져버렸다. D는 순간의 판단 착오로 자신에게 어떤 일이 발생한 건지 대략 0.5초 생각한 후 외쳤다.

"죄송합니다."

그리고 그는 사력을 다해 뛰고 또 뛰었다. 그때 보이스톡이 울렸다.

✦

하루라는 건 모두에게 똑같은 양으로 주어지지만, 그 질적인 면에서의 격차는 매우 크다고 할 수 있는데, D에게는 오늘이 바로 디데이였다. 질적으로 최고의 하루가 되느냐, 최악의 하루가 되느냐, 판가름이 나는 날. 1년을 구상하고 1년을 쓰고 1년을 수정한 시나리오의 결과가 발표되는 역사적인 날. D는 여느 때와 다름없음을 증명하기 위해 스타벅스에 글을 쓰러 나갔고 최대한 신경 쓰지 않으리라 다짐하며 공식 사이트에 접속하지 않았다. 물론 핸드폰을 수시로 확인하게 되는 것만은 어쩔 수 없었지만. D는 내심 기대했다. 오늘 발표가 나고 당당하게 사람들을 만나고 웃고 떠들고 다 같이 다큐를 보며 자신의 정체에 어깨를 으쓱하기도 하면서 그렇게 주인공이 되어보자. 그리고 이 방송은 분명 내 인지도를 올려줄 것이고 나는 천재 소설가에서 천재 시나리오 작가로 변모할 수 있겠지. D는 부푼 꿈에 심장이 터질 것만 같았다. '아, 이런! 지금은 글을 써야 할 때지.' D는 다시 글 작업에 집중하려 했지만, 신체의 허기까지는 어쩔 수 없었는지 꼬르륵 소리가 들려왔고, 옥탑방으로 돌아가 컵라면을 먹어야겠다는 일념하에 자신의 거처로 발걸음을 옮겼더랬다.

하지만 그는 불과 몇 시간 뒤, 약국에서 수면유도제를 사게 된다. 분명 컵라면의 물이 끓을 때까지만 해도 D의 기분은 좋았다. 오랜만에 집중해서 글을 썼고 뇌를 많이 썼다는 것을 입증이라도 하듯, 몸은 에너지가 될 만한 것을 어서 빨리 먹으라며 아우성을 쳤다. 마음이 급해진 D가 컵라면에 물을 붓다가 발등에 그만 뜨거운 물이 튀었고 반사적으로 발을 치우려고 뒤로 물러서다가 하마터면 컵라면을 통째로 떨어트릴 뻔했지만, 운 좋게 잡았다. "나이스 캐치." D는 안도의 숨을 내쉬었다. 설핏 웃음도 나왔다. 위기의 컵라면은 곧 자신이었고, 자신은 위기로부터 벗어났으니까. 컵라면을 들고 라면 상자 앞에 자리를 잡고 앉았다. 오후 2시의 햇볕은 따가웠고 머리는 뜨거웠고 세상은 조용했다. 그 적막이 낯설었던 D는 이불 속에 숨겨져 있던 리모컨을 찾아 먼지를 후- 불고는 오랜만에 TV를 켰다. TV에선 뉴스가 흘러나오고 있었고, 아나운서는 또박또박한 발음으로 다음과 같이 말하고 있었다.

[성분이 뒤바뀐 신약으로 논란을 일으킨 K바이오가 주식시장에서 퇴출됩니다. 가짜 서류로 상장을 했다는 건데, 이미 손실이 큰 6만 명에 달하는 소액 주주들 하루아침에 그나마 있는 주식까지 휴짓조각이 될 위기에 처했습니다.]

D는 신이 자신에게만 무자비하다고 생각했다. 고작 컵라면 한 젓가락을 입에 넣었을 뿐인데, 이런 뉴스가 들려올 까닭이 있었을까. D는 입에 물었던 라면을 그대로 뱉었다. K바이오는 자신의 첫 소설 인세의 대부분을 투자한 종목이었다. 손이 부들부들 떨렸다.

그때 핸드폰의 문자 알림이 울렸다.

[안녕하십니까? 한국영화진흥원입니다. 먼저 2023 한국영화 시나리오 공모전에 관심을 갖고 지원해주셔서 감사드립니다. 지원자께서 접수해주신 출품작에 대하여 하나하나 면밀히 검토하였으나, 유감스럽게도 불합격 소식을 전해드리게 되었습니다. 다음 기회에 꼭 함께할 수 있기를 바라며, 건필을 기원합니다.]

D는 들고 있던 핸드폰을 내동댕이쳤다. 그와 동시에 자신의 품위도 함께 부서졌다. 자신에겐 더 이상 자신을 증명할 기회도, 살아야 할 이유도 없는 것만 같았다. 한참을 멍하니 있었다. 방 안의 벽지가 오늘따라 더욱 어지러워 보였다. 눈을 감았지만 잠이 들지 않았다. 다시 글을 쓰러 나갈 의지 같은 건 도무지

생기지 않았다. 그렇게, 자는 것도 깨어 있는 것도 아닌 상태로 시간이 흘렀다. 해는 어느덧 저물어 가고 있었고, D는 느릿하게 일어나 밖으로 나갔다. 자신의 세상은 온통 어둠뿐인데 바깥세상엔 아직 해가 남아 있었다.

흐릿한 눈으로 열림 버튼을 눌러 들어간 그곳에선 병원 냄새라고 해야 할지 소독약 냄새라고 해야 할지 정의 내릴 수 없는 냄새가 코를 찔렀다. 약사는 매우 친절했다.

"하루에 한 알, 자기 30분 전에 드시면 되고요. 술 드시면 안 돼요."

D는 약사의 말을 정확히 반대로 이해했다. '아, 이걸 한 번에 다 삼키고 술을 먹으면 되겠구나.' 딱히 죽을 정도의 용기가 있었던 것은 아니었다. 그냥 어쩔 수가 없었다. 자신이 너무도 가치가 없는, 쓸모가 없는 인간이 되어버린 것 같아서. 쌀이나 축내는 식충이가 돼버린 것만 같아서. 이러려고 태어난 게 아니었는데. 이렇게 살고 싶지 않았는데.

D는 약국을 나오자마자 수면유도제를 뜯어 물도 없이 여러 개를 삼켜서 씹어버렸다. 약은 썼다. 하지만 괜찮았다. 자신의 인생은 이보다 천만 배는 더 썼으므로. 그렇게 눈앞에 보이는 포장마차에 무턱대고 들어갔다.

요란하게 울려대는 벨 소리에 모두의 시선이 현관으로 향했다. G가 인터폰을 확인하니, 소금이 아니라 땀에 절인 생선, 아니, D의 모습이 보였다.

G가 열림 버튼을 누르자 모두 우르르 현관으로 모여들었다. D는 얼마나 뛰었는지 벌겋게 상기된 얼굴로 숨을 몰아쉬고 있었다.

"아니, 대체 무슨 일이 있었던 거예요?"

G가 D를 문밖에 세워둔 채로 채근했다.

"아, 저 물 한 잔만."

그제야 G는 들어오라며 D에게 손짓했고 다들 식탁에 모여 앉았다. G가 냉장고에서 500밀리 생수를 꺼내 내밀자 D는 벌컥벌컥 한 번에 원샷을 하더니, 둘러앉아 자신만을 보고 있는 10개의 눈동자를 보고는 세상이 떠나가라 큰 소리로 웃어댔다. 그것은 광기로도 들렸고 절규로도 들렸다.

"대체 어떻게 된 일이에요?"

B가 진정하라는 듯 D의 어깨를 두드렸다. D는 침을 꼴깍 삼켰다.

"죽으려고 했거든요. 되는 거 하나 없는 인생, 살아서 뭐 하나 싶어서."

여기까지 말하고 D가 뜸을 들였다. G가 현기증이 난다는 듯 독촉했다.

"아, 진짜 D님, 유명 작가님이라더니 역시, 말하면서 이렇게 뒷이야기 궁금하게 멈추기 있습니까?"

G의 말에 D가 씨익 웃었다.

"근데 내가 살겠다고 뛰고 있더라고요. 껄껄껄껄껄."

그때 A가 슬며시 손을 들더니 말했다.

"저기 말씀 중에 죄송한데, 저는 먼저 좀 가봐도 될까요?"

"어머, A님, 낯빛이 왜 그래요?" C가 걱정스레 물었다.

"저 사실 오늘 컨디션이 영 아니었는데 꼭 오고 싶어서 타이레놀 먹고 온 거거든요. 근데…."

A는 말을 멈추고는 목 언저리를 만졌다.

"저, 여기가 너무 아파요."

그 말에 B가 벌떡 일어나 A에게 다가갔다.

"어? 진짜. A님, 거기 임파선인 것 같은데 엄청 부었어요."

B는 마치 자신이 아픈듯한 표정으로 A를 보았다.

"119라도 부를까요? 아, 아니다. 응급실에 가야겠어요. 제가 모셔다드릴게요. 아, 아니, 술 마셨지. 참. 아, 그래도 같이 가요. 택시 타면 되니까."

B는 자신이 무슨 말을 하는지도 모르게 내뱉고는 다리까지 떨며 A의 대답을 기다렸다. 그런 B를 보는 A의 입꼬리가 자연

스럽게 올라갔다.

"저 그 정도는 아닌 것 같아요. 택시 타고 집에 가서 좀 쉬면 될 것 같아요. 집에 타이레놀도 있고."

B가 다급하게 말을 끊었다.

"아, 교차 복용이 나을 것 같은데, 타이레놀 말고 그 뭐지, 이부프로펜? 그 계열 해열제는요?"

"그것도 있을 거예요."

"그럼 제가 택시 잡아드릴게요. 같이 나가요." 하며 B가 일어서자, A가 고개를 저었다.

"저 혼자 갈게요. 감사합니다."

B가 걱정스러운 눈빛으로 A를 바라봤지만 더는 나설 수가 없어 그 자리에 털썩 주저앉았다.

"A님! 댁에 도착하시면 톡 남겨주세요." G가 손을 흔들었다.

✦

식탁에 앉은 4인은 궁금해 못 견디겠다는 표정으로 D의 다음 말을 기다리고 있었다. N은 자신도 모르게 검지로 리듬을 타고 있었고, C는 D의 가까이로 몸을 기울였으며, G는 어떻게 물어봐야 실례가 아닌 건지 골똘히 생각하는 듯했다. B만이 D의 이야기보다 A의 안위가 걱정되는 표정으로 핸드폰만 보고 있었다.

그때 G가 조심스레 말문을 열었다.

"저기… D님, 괜찮으신 거죠?"

"괜찮은데 괜찮지 않고. 뭐, 그렇습니다. 그래도 여러분 만나고 다시 힘을 내서 잘해보자 했는데, 모든 게 수포로 돌아간 것 같아요…."

D가 깊은 한숨을 내쉬었다. 덩달아 공간의 분위기 역시 무겁게 가라앉았다.

"혹시 무슨 일이 있으셨던 거예요?" G가 나지막한 목소리로 물었다.

"오래 준비했던 공모전에서 떨어졌어요. 이제 절필해야 할 때가 된 것 같아요."

"혹시 그럼 그 만년필에도 특별한 의미가 있었던 거예요?" B가 호기심을 못 참고 물었다.

"전 여자친구가 각인해서 선물해준 거였어요. 못난 제 옆에 오랜 시간 있어 줬던 사람인데 제가 글이 안 풀린다는 이유로 참 모질게 굴었어요. 들려오는 얘기로는 결혼해서 애 낳고 잘 산다고 하더라고요."

D가 허공을 보며 맥없이 말했다. 적막이 흘렀고, 어느 누구도 감히 함부로 위로의 말조차 뱉을 수 없었다.

"다큐 방송돼서 이제 다 아시죠? 제가 잠시 허황한 꿈을 꿨던 것 같아요. 천재 소설가, 천재 시나리오 작가로 거듭나다. 하하. 이런 시나리오를 꿈꿨는데. 첫 소설로 벌어놓은 인세는 주식에 잘못 투자해서 다 날려 먹게 생겼고. 하하하하.”

D가 실성한 사람처럼 웃었다. 너무 웃어서 눈물이 맺혔고 오른손으로 눈물을 닦자 그대로 울상이 되어버렸다.

“사실 너무 두려워요. 거듭되는 실패 속에서 나를 지탱하는 게 가능한 건지. 이젠 노트북 앞에 앉는 것조차 너무 무섭고. 몇 년째 답도 없는데 혼자 떠드는 기분이고. 지인들은 두문불출하며 글에 매진하고 있는 줄 아는데, 사실 많은 시간을 허투루 보냈어요. 이렇다 할 성과라는 게 없으니까 대인기피까지 생긴 거죠. 창작의 고통이란 건 누구에게도 공감받을 수가 없고.”

“보상이 없는 것에 대한 불안 같은 걸까요?” G의 눈빛이 날카롭게 빛났다.

“글쎄요. 그보단 내 존재의 미약함이랄까. 물론 글이 나라는 인간 자체가 아니라는 건 나도 알아요. 그래도 학창 시절부터 글만 보고 살았는데… 이젠 내 정체성이 뭔지 전혀 모르겠어요. 근데 남자 셋이 죽자 사자 쫓아오니까 제가 살겠다고 뛰고 있더라고요. 죽고 싶었는데. 사실은 살고 싶었나 봐요.”

말을 마친 D의 어깨가 흔들리는가 싶더니 흐느낌은 그 크기를 더해 엉엉 우는 소리로 나왔다.

그때 C가 말했다.

"에이, 뭐. 신체 건강하고! 재능 있고!"

"한번 정상을 찍었다 내려온 사람의 패배감. 그런 게 있을 것 같아요." G가 D의 마음을 헤아릴 수 있다는 듯 말했다.

G의 말에 D가 오열했다. 그런 D를 표정 없이 바라보던 N이 말했다.

"좀 나약하신 것 같은데. 어디 죽을병에 걸린 것도 아니고 빚 더미에 앉아 있는 것도 아니고."

꺼이꺼이 울던 D가 울음을 삼키며 말했다.

"이젠 생존의 문젭니다. 돈도 전부 바닥났어요."

N이 답답하다는 듯 인상을 썼다.

"생존이 문제시면 돈을 벌면 되죠. 그다음에 글을 쓰면 되고 요. 현장에서 생생하게 체험을 해봐야 살아 있는 글도 써지는 거 아니에요? 맨날 키보드 앞에 앉아서 무슨 설득력 있는 글을 쓰겠어요. 택배를 하든 배달을 하든 대리를 뛰든 할 수 있는 일 을 찾아서 닥치는 대로 하세요. 함부로 시간을 보낼 바엔 몸을 쓰고 맑아진 머리로 새로 시작하면 되죠. 근데 D님은 고고하게 '나는 작가다.' 그냥 그러고 싶으신 거잖아요?"

D가 정곡을 찔린 듯 잠시 멍한 표정을 지었다.

N의 말은 조목조목 다 맞았다. 어느 하나 반박할 수 없을 만 큼 다 맞는 말이었다. 그래도 G는 D의 편이 되고 싶었는지 눈 빛에 인자함을 가득 담아 말했다.

"타인이 내 마음을 어떻게 다 헤아릴 수가 있겠어요. D님이 아프고 힘들다면 그런 거죠."

G의 말에 N이 인상을 잔뜩 찌푸리며 내뱉었다.

"아, 쌤. 근데 이제, 그만 좀 하죠."

"쌤이요? G님이 N님의 쌤이에요? 전에도 여러 번 선생님이라고 하셨던 것 같은데."

B의 눈빛이 예리하게 빛났다.

"이분 정신과 닥터예요, 닥터."

✦

G는 사방이 모두 적인 것처럼 느껴졌다. 자신은 한 마리의 연약한 양이고 주변에 늑대 네 마리가 포위망을 좁혀 서서히 자신에게 다가오고 있는 듯한 압박감에 절로 몸이 움츠러들었다. 팔짱을 낀 이들은 무슨 말이라도 해보라는 듯 무언의 압박을 가했다. 시선만으로 압도당한다는 것이 아마 이런 느낌일 것이었다.

"그러니까 해명을 좀 해보시라고요. 도대체 우릴 모은 저의가 뭐예요? 우리 가지고 장난치니까 재밌어요?"

C가 발까지 동동거리며 언성을 높였다. G는 눈썹까지 추켜세우며 무슨 소리냐는 듯 정색을 했다.

"장난이라뇨. 아, 이렇게까지 오해하시면 정말 섭섭한데."

"도대체 어디까지가 G님의 진실인 거죠?"

B가 화가 단단히 난 듯 경직된 말투로 G를 몰아세웠다. 그러고는 잠시 숨을 고르더니 G를 똑바로 바라보았다.

"저희 섭외부터 관여하신 겁니까?"

"아, 그게 솔직히 A님 섭외는 제가 의견을 내긴 했어요."

G가 N을 제외한 이들의 눈빛에서 분노를 느끼고는 뒷걸음질을 쳤다.

"아니, 그렇다고 해서 제가 뭘 어떻게 하려던 건 아니고, 저는 진짜 순수하게. 우리끼리 있으면 재밌고 외롭지 않고 위로받고 그랬잖아요. 제 대학 동기가 이 다큐 CP인데, 그냥 이런저런 얘기 하다가 저처럼 혼자인 사람들 다큐 만들어보면 어떻겠냐고 얘기가 나와서…. 저는 여러분이 누구인지 정말 하나도 몰랐어요. 아, 물론 A님은 제 여사친 후배여서 추천받긴 했지만."

"그럼 N님은요? 혹시 N님이랑 저, 이런 사이였던 것도 아셨던 거예요?"

C가 잡아먹을 듯 G를 노려보았다.

"아니, 제가 무슨 탐정입니까? 사실 N님 어머니랑 제가 아는 사이라 그냥 한번씩 만나서 얘기 나누면서 알게된 사이 입니다. N님이 자신의 과거 얘길 이렇게 한 건 근래 처음이었어요. 저, 정말 그 이상은 아무것도 제작진한테 한 게 없어요. 처음에 세

팅할 때만 이런저런 말을 했던 거지."

그때 어디선가 호쾌하게 웃는 소리가 들렸다. D였다.

"어쩐지. G님 얘기를 들어주는 스킬이 보통이 아니라고 생각했어요. 남자들 중에 이런 사람 진짜 드물거든. 난 뭐, 나쁘지 않았어요. 무료 상담받은 것 같고."

G가 D의 말에 고개를 격하게 끄덕였다.

"제 말이 그 말이에요. 저, 진짜 억울합니다. 불쾌하신 여러분 마음은… 네, 당연히 그럴 수 있죠. 근데 이건 그냥 제 직업일 뿐입니다."

G가 갑갑하다는 듯 가슴을 두어 번 내리쳤다.

"아, 진짜 여길 열어서 보여드릴 수도 없고. 진짜로 제가 고독사할까 봐 무서워서 그냥 친구랑 얘기하다가 이런 프로그램 기획해보면 어떠냐고, 그래서 우연히 우리가 모이게 된 거고. 제가 솔직히 아직 실버타운 들어갈 나이는 아니잖아요."

"실버타운에 뭐하러 들어가십니까? 이 정도 재력이면 조식 주는 아파트 같은 데서 살면 되잖아요."

B가 뾰족해진 마음을 숨기지 않고 그대로 내뱉었다.

"아니, 밥의 문제가 아니라 외로워서요. 여사친 결혼하고 삶의 허무가 온 것도 맞고, 마음이 힘든 사람들 얘기만 들어주다 보니까 제 얘길 할 곳은 막상 없더라고요. 그래서 필요했어요. 여러분이. 그게 전부입니다."

C가 한숨을 깊게 내쉬더니 G의 내부까지 관통하겠다는 듯 매서운 눈빛으로 쏘아보았다.

"이렇게 얼렁뚱땅 넘어갈 일은 아닌 것 같아요. 우리 이제라도 좀 더 세부적으로 규칙을 정해요. 우리가 사실 방송 때문에 알게 된 사이지만 그냥 이대로 끝낼 건 아니잖아요."

"좋아요. 그럼 뭘 어떻게 할까요?"B가 물었다.

"벌금제. 일단 B님 개인 연락 금지 조항 어기셨으니까, 벌금 5만 원."

"어? 어떻게 아셨어요?"

"지난번에 A님이 카톡 확인하시는데, 제가 옆자리에 있었거든요. 보려던 건 아닌데 목록에 B님 개인 톡이 떠 있더라고요."

"와, C님, 칼 같아요. 그럼 저는?"G가 벌벌 떠는 시늉을 했다.

"G님은 신분을 속였으니까, 100만 원?"

"아, 거참, 그건 좀 너무한 거 아닙니까. 원래 우리가 익명으로 만난 건데. 제가 거짓말을 한 것도 아니고."

"아니, 이렇게 좋은 집에 사시면서 100만 원 정도는 우스운 돈 아니에요?"C가 눈동자를 굴리면서 한껏 능청스러운 표정을 지어 보였다.

"그러니까요. 정신과 원장님이시면 한 달 수입이 몇천씩 되고 그렇다던데."

B가 옆에서 거들었다.

"아! 그리고 D님, 지난번에 방 마음대로 나가신 거, 이번만 봐드립니다. 아무 이유 없이 방 나가는 건 벌금 10만 원. 그리고 가장 중요한 건 당일 오전에 생존 신고 안 하면 만 원!"

"그럼 그렇게 모인 돈은 어떻게 할까요?" B가 물었다.

"지금 이미 100만 원이 넘었으니까 200만 원 되면 가위바위보로 한 명한테 몰아주기?"

C가 말하자 다들 콜을 외쳤다.

"자자, 다들 진정하세요. 지금 B님, D님, G님은 자격이 안 돼요. 규칙을 어긴 사람은 예외입니다."

"아, 치사하게 그런 게 어딨습니까." G가 부루퉁하게 외쳤다.

"오, C님, 천재!"

N이 엄지손가락을 치켜들자, C가 어깨를 으쓱하며 흐뭇한 표정을 지었다.

"거참, 두 분이 언제부터 그렇게 사이가 좋았습니까?"

G는 짐짓 황당하다는 말투였지만 입가엔 미소가 배어 있었다.

✦

A는 아무리 택시를 호출해봐야 소용없는 날이구나, 깨닫자 점점 지쳐갔다. '불금이란 이런 것이구나.' 받아들이려 했지만,

몸이 더 이상 버텨낼 수 없다며 신호를 보냈다. 어느새 이마에 선 식은땀이 흘러내리고 있었고 서 있을 힘조차 없어 털썩 주저앉아 다시 호출 버튼을 눌렀다. 100분 같았던 10분이 흐르고 드디어 오겠다는 택시가 생기자 감사함에 기도라도 드리고 싶은 심정이 되었다. 그렇게 겨우 잡아탄 택시에 등을 기대자 졸음이 몰려왔다. 창가에 머리를 대고 바라보는 야경이 아름답다, 생각한 순간 자신도 모르게 스르르 눈이 감겼다.

얼마간의 시간이 흘렀을까. "아가씨, 도착했어요. 일어나요." 택시기사의 호통에 A는 화들짝 놀라 깼다.

"뭘 식은땀을 그렇게 흘려. 어서 들어가서 쉬어요."

택시에서 내린 A는 자신의 몸이 정상이 아님을 다시 한번 깨달았다. 한 걸음, 한 걸음은 지나치게 무거웠으며 목은 처음보다 심하게 부어 탁구공처럼 만져졌다.

"너무 아파."

A는 자신도 모르게 내뱉으며 힘겹게 계단을 올랐다. 손가락마저 둔해졌는지 비번이 틀렸다는 "삐삐삐" 소리가 들렸고 제대로 눌러 현관문을 열었을 때 어떤 미션에라도 통과한 것처럼 안도의 한숨이 나왔다. A는 신발도 벗지 않은 채로 거실 바닥에 누웠다. 핸드폰에선 쉴 새 없이 카톡이 울려댔지만 A에겐 가방에 있는 핸드폰을 꺼낼 힘조차 남아 있지 않았다.

G 오늘 참 버라이어티했네요. 그래도 와주셔서 감사했습니다.

C G님, 저는 왜 자꾸 화가 나죠? 정신과 닥터 소견 좀 듣고 싶네요.

G 제가 100만 원에 얹어서 밥도 한 번 쏠게요. 그럼 화가 좀 풀리실까요?

C 밥으로 되겠어요? 술도 사세요.

G 콜입니다. 저, 진짜 억울하니까 믿어주세요.

B 근데 A님은 잘 들어가셨을까요?

D 그러게요. 아까 얼굴이 많이 안 좋아 보이시던데.

C 제가 보이스톡 해볼게요. 근데 우리 그냥 전번 정도는 서로 알아도 되지 않아요?

　　A는 전화를 받기 위해 손을 뻗었지만, 그 길은 천 리 길이었다. 그사이, 울리던 전화는 꺼지고 말았다.

C A님 전화를 안 받네요. 약 먹고 잠드신 거 아닐까요?

D 아까 얼굴이 많이 안 좋아 보이시던데. 괜찮으신 거겠죠? 아무튼 저는 오늘 정말 감사했습니다. 진짜 괴로웠는데 잠깐이라도 여러분 만났더니 숨이 쉬어지네요.

B 이러려고 G님이 우릴 모으셨나 보네요.

G 아니, 제가 모은 게 아니라니까요. 저는 A님하고 N님 섭외만 도운 겁니다. 사실관계는 확실히 짚고 넘어가야죠.

B 그럼 G님은 이걸로 얻으시는 게 정말 1도 없으세요?

C 저, 사실 말할 거 하나 있어요.

B 뭔데요?

C 저 아까 화장실인 줄 알고, G님 서재 갔다가 데스크톱 켜져 있는 걸 봤거든요.

B 설마?

C 무슨 논문 같은 거 쓰시는 것 같던데.

G ^^;;;;;;;;;;;;;;;;;;;;;;;;;;;;

B 헐. G님, 이 씁쓰레한 웃음의 의미는 설마 인정?

G 아, 제가 뭘 좀 쓰고 있긴 한데, 여러분한테 먼저 다 허락받을 거고요. 익명성도 보장해드릴 겁니다.

B 와, 이 배신감을 어떻게 해야 합니까? 어쨌거나 사적인 관계를 이용하신 거잖아요?

G 저기 D님이 뭐라고 말씀 좀 해주세요. 작가님이시니까 잘 아실 것 같은데. 왜 캐릭터 설정할 때 주변 인물 참고하시잖아요. 그냥 그런 거랑 비슷한 거예요.

C 다 알겠는데요. 도대체 그럼 언제 얘기하시려고 했어요? 저희가 눈치 못 챘으면 그냥 몰래 발표하시려던 거 아니에요?

G 아, 절대 그런 거 아닙니다. 저 그렇게 비양심적인 사람 아니에요. 저도 제 명예 중시하는 사람입니다. 요즘 세상이 어떤 세상인데, 막 허락도 안 받고 그러면 혼나요. 그나저나 진수는 잘 자고 있나요?

C 네. 친정으로 바로 왔는데 자고 있네요. 어? 저 지금 G님이 말 돌린 거에 넘어간 거죠?

A는 가방에서 겨우 핸드폰을 꺼냈다. 연달아 올리는 카톡의 내용이 궁금한 게 아니었다. 자신은 지금 긴급전화를 눌러 구급차를 불러야만 하는 상황이었다. 어떤 도움이 필요하냐는 상대의 목소리가 들리자 A는 긴장이 풀렸는지 자꾸만 졸음이 쏟아졌다. 그 목소리는 이상할 정도로 아득히 들려왔다.

11/21 23:58 119에서 긴급구조를 위해 귀하의 휴대전화 위치를 조회하였습니다.

심야의 한적한 동네에서 울리는 앰뷸런스 소리는 동네의 적막을 깨기에 충분했다. 누군가는 꿀잠에서 깼으며, 누군가는 학업에 열중하다 창문 밖을 내다봤으며, 누군가는 우리 동네에 무슨 일이라도 생겼나 인터넷 뉴스를 검색했다. A는 그렇게 119에 실려 응급실로 이송됐다.
구급차에서 바깥으로 들 것이 이동하자 A는 불시에 차가워진 공기에 정신이 번뜩 들었다. 그때 구급대원이 말을 걸었다.
"정신이 좀 드세요?"
A가 고개를 끄덕였다.

"제가 접수할게요."

A는 들것에서 내려 접수대로 향했다. 응급실 안은 피를 흘리며 들것에 실려 들어오는 사람과 응급실이 떠나가라 울부짖는 아기를 안고 발을 동동거리는 엄마 아빠로 아수라장이었다. 병상이 따로 없어 A는 안내받은 의자에 앉아서 대기했다. 간호사가 체온을 쟀는데 39.9도, 이어 혈압을 쟀는데 144/89. 염증 수치를 보겠다며 피를 뽑아 갔고, 그제야 A는 침대처럼 생긴 기다란 의자로 자리 배정을 받았다. 그때 의사가 왔다.

"맥박이 너무 빨라서 일단 물 좀 넣을게요. 수액이랑 해열제. 열이 너무 높은데 왜 이렇게 늦게 오셨어요? 염증 수치 나오는 거 보고 씨티는 찍을지 말지 결정합시다."

의사는 안 그래도 아픈 자신을 타박만 하더니 쌩하니 가버렸다. 간호사가 링거를 달아주고 돌아서자, A는 약발이 드는 것인지 아니면 병원에 와 있다는 안도감 때문인지 좀 살 것 같았다. 119에 전화를 건 상태로 의식을 잃었던 탓에 손에는 핸드폰이 쥐어져 있었고 그제야 단톡방을 열어 내용을 확인했다.

✦

B는 집에 돌아와서도 A에 대한 걱정과 오늘 일어났던 꿈만 같던 상황들 때문에 쉽사리 잠자리에 들지 못했다. 단톡방만

계속 들여다보고 있던 그때 마지막 남아 있던 1이 사라졌다. B는 용기를 내어 A에게 보이스톡을 했고, 이내 A의 목소리가 들리자 안도감에 눈물이 날 것만 같았다.

"여보세요."

"은수 씨, 괜찮아요?"

B가 심야에 전화를 걸어 미안한데, 나는 정말 걱정이 돼서 잘 수가 없다, 아픈 건 좀 어떤 것이냐, 라는 모든 의미를 담아 함축적으로 물었다. 전화기 너머에선 B의 그런 애타는 마음이라도 알아차린 듯 희미하게 웃는 소리가 들렸다.

"어떻게 이 시간에 전화를 다 하셨어요."

"아, 제가 또 너무 실례를 했죠? 단톡방에 1이 사라져서 안 주무시는 것 같은데…, 제가 또 너무 걱정이 돼서…."

B의 목소리에 실린 간절함에 A는 또 피식 웃음이 났다.

"안 그래도 저, 정말 죽다 살아났어요."

✦

A와 전화를 끊고, B는 자신이 어떻게 그곳까지 달려갔는지 몰랐다. 집에서 멀지 않은 곳이었고, 택시가 잡히지 않을 것 같아 무작정 뛰었다. 제법 쌀쌀한 날씨였지만 추위 따윈 조금도 느껴지지 않았다. 숨이 턱 끝까지 찼구나, 느꼈을 즈음 응급실

에 도착했고, 이곳저곳 정신없이 헤매다 A를 발견했다.

"괜찮아요?"

B가 세상의 온갖 시름을 한꺼번에 겪은 사람처럼 구겨진 얼굴로 물었다. 그러고는 자신도 모르게 A의 손을 덥석 잡았다.

"아, 네. 링거 맞고 살아났어요. 저, 진짜 괜찮아요. 저기 근데 이 손 좀."

A가 자신의 손을 보며 말하자 B가 황급히 손을 놓았다.

"누가 이렇게까지 걱정해주는 거, 참 오랜만이네요."

A가 웃자 B는 그제야 안심이 되었다.

"근데 어디가 안 좋은 거래요?"

"급성 편도선염이래요."

"아, 제가 아까 같이 갔어야 했는데."

"그 정도 아니에요. 링거 다 맞으면 집으로 가려고요."

B는 A가 링거를 다 맞는 2시간 남짓 되는 시간 동안 잠자코 기다렸다. A는 설핏 잠이 들었다 깨었을 때 자신의 옆에서 졸고 있는 B의 모습을 보고는 여러 생각이 일었다.

'누군가에게 다시 기대봐도 괜찮은 걸까.'

A의 그 생각을 알아차리기라도 한 듯 선잠에서 깬 B가 A를 보고 미소 지었다. 그때 간호사가 다가왔다.

"양은수 씨, 이제 집에 가셔도 됩니다."

A가 몸을 일으키자 B가 부축이라도 하려는 듯 자세를 취했다.

"저, 다리 다친 거 아닌데요?"

A는 그런 B의 모습이 귀여워 자신도 모르게 웃었다.

"아, 그… 그래도 힘드실 수 있으니까."

"저보다 B님이 더 피곤해 보여요."

B가 입가에 묻은 침을 재빨리 닦았다.

"아, 저, 졸았던 거 아니에요."

A가 소리 내어 웃자, B가 민망한 듯 머리를 긁적였다.

"근데 은수 씨, B님 말고 이름 불러주시면 안 될까요? 지선호."

어둡지만 어둡지 않은 밤이 빛나고 있었다.

✦

G 생존.

A 생존. 다만 죽다 살아났음이요.

B 생존.

C ㅅㅈ! A님, 괜찮으세요?

A 네, 지금은 괜찮아요. 새벽에 저 응급실 갔다 왔어요.

D 아이고, A님, 지금은 괜찮으신 거죠? 저도 살아 있습니다. 하하.

N ㅅㅈ! 와, 만 원 안 내려고 다들 이렇게 빨리 답하는 거예요?

B 아, 저 고백할 거 있는데, A님이랑 또 개인적으로 연락했어요.

C 아, 뭐야. 두 분 사귀는 거예요?

N 아싸. 5만 원 더해서 B님 총 10만 원.

B 아직은 아닙니다.

C 아직은 아닌 건 또 뭐지? G님, 다 내쫓아버려요. 연애 금지 조항 추가합시다.

B 에이, 그런 게 어딨어요.

C 어딨긴요, 여깄지.

G C님 말이 맞아요. 두 분은 사귀게 되면 이 방 나가셔야 합니다. 외롭다고 말할 자격이 없어진 거니까.

B 아, 아쉬운데. 저는 여기 재밌는데.

C 그럼 연애를 하지 마세요.

B 그건 쉽지 않겠는데요.

G 방은 나가시되, 여기서 커플 생기면 제가 세탁기에, 건조기까지 쏘겠습니다.

B 나이스~.

A 근데 우리 만나서 수다 떠는 거 말고 다른 것도 해보면 어때요?

C 어떤 거요?

A 같이 캠핑도 가고, 공원에서 모닝 요가도 하고. 좀 재밌는 걸 같이해보면 좋겠어요.

B 새로운 사람들도 초대하고요?

A 맞아요. 한 사람씩 아이디어를 내서 그 주에 참여할 수 있고, 참여하고 싶은 사람은 누구든 오는 거예요.

B 친구가 올 수도 있고. 오! 여차하면 모집을 할 수도 있겠네요.

G 재밌겠네요.

B 혹시 다음엔 같이 음악 들으면 어때요?

A ???

B 제가 예전 가요 듣는 걸 좋아하거든요. 70년대부터 2000년대까지 주옥같은 노래가 정말 많습니다. 그래서 다른 건 몰라도 저희 집 스피커가 좀 비싼 녀석이거든요.

A 같이 영화도 볼까요?

G 아, 이거 참. 데이트는 두 분이 알아서 하시고.

N 다음에 저 하고 싶은 거 있어요.

D 뭡니까?

N 야자 타임 가져요. 맨정신으로. 다도 하면서.

C 어! 완전 좋아요.

G 아, 이건 왠지 보복의 스멜이 느껴지는데. 저는 빠져도 되죠?

N 아니요.

A G님은 필수 참석이에요. 저희 팀장님도 꼭 데려오세요. 안 그럼 벌금 천만 원!!!

G 아! 진짜 너무합니다. 어른 놀리는 거 아닙니다. 나이 먹을수록 상처는 더 잘 받는다고요.

시끌벅적한 어제를 지나 아침이 되었다. 다큐멘터리 촬영부터 다 함께 본방 사수까지. '내 생에 다시 이런 일이 일어날 수 있을까.' G는 생각했다. 단순한 호기심에서 시작한 일이 예상치도 못한 방향으로 흘러갔고, N을 합류시키고 일부러 도발을 유도하면서 때론 가책을 느끼기도 했다. 하지만 분명한 건 차츰 그 역시 모두에게 물들었고, 스며들었고, 익숙해졌고, 기대게 되었다는 것이다. G는 논문을 학회에 제출하기로 마음먹었다. 물론 모두의 동의를 얻은 후에 말이다.

우리는 모두 불완전한 개체로서 타인에게 정서적으로 기대고자 하는 열망을 갖고 있다. 느슨한 관계에서 느낄 수 있는 일종의 해방감은 개인의 상처 치유에 어떤 영향을 미쳤을까. 편견이 없는 관계에서는 좀 더 수월하게 자신을 내보일 수 있었고, 그렇게 스스로 감정의 실체를 알아차림으로써 우리는 성장할 수 있었다.

G는 마지막 문장을 입력하고는 씨익, 미소 지었다.

제 고독에 초대합니다

2023년 5월 31일 초판 1쇄 발행

지은이 정민선
펴낸이 박시형, 최세현

책임편집 김명래 **디자인** 윤민지 **교정교열** 노은정
마케팅 권금숙, 양근모, 양봉호, 이주형 **온라인홍보팀** 신하은, 현나래
디지털콘텐츠 김명래, 최은정, 김혜정, 서유정 **해외기획** 우정민, 배혜림
경영지원 홍성택, 김현우, 강신우 **제작** 이진영
펴낸곳 팩토리나인 **출판신고** 2006년 9월 25일 제406-2006-000210호
주소 서울시 마포구 월드컵북로 396 누리꿈스퀘어 비즈니스타워 18층
전화 02-6712-9800 **팩스** 02-6712-9810 **이메일** info@smpk.kr

ⓒ 정민선 (저작권자와 맺은 특약에 따라 검인을 생략합니다)
ISBN 979-11-6534-743-7 (03810)

• 이 책은 저작권법에 따라 보호받는 저작물이므로 무단전재와 무단복제를 금지하며, 이 책 내용의 전부
  또는 일부를 이용하려면 반드시 저작권자와 (주)쌤앤파커스의 서면동의를 받아야 합니다.
• 잘못된 책은 구입하신 서점에서 바꿔드립니다.
• 책값은 뒤표지에 있습니다.
• 팩토리나인은 (주)쌤앤파커스의 브랜드입니다.

쌤앤파커스(Sam&Parkers)는 독자 여러분의 책에 관한 아이디어와 원고 투고를 설레는 마음으로 기다리
고 있습니다. 책으로 엮기를 원하는 아이디어가 있으신 분은 이메일 book@smpk.kr로 간단한 개요와 취
지, 연락처 등을 보내주세요. 머뭇거리지 말고 문을 두드리세요. 길이 열립니다.